摇晃的时光

YAOHUANG
DESHIGUANG

张茂 著

中国出版集团

现代出版社

图书在版编目（CIP）数据

摇晃的时光/张茂著. --北京：现代出版社，2016.6
ISBN 978-7-5143-5004-3

Ⅰ．①摇… Ⅱ．①张… Ⅲ．①散文集－中国－当代
Ⅳ．①I267

中国版本图书馆CIP数据核字（2016）第121579号

摇晃的时光

作　　者	张　茂
责任编辑	李　鹏　陈世忠
出版发行	现代出版社
地　　址	北京市安定门外安华里504号
邮政编码	100011
电　　话	010-64267325　010-64245264（兼传真）
网　　址	www.1980xd.com
电子邮箱	xiandai@vip.sina.com
印　　刷	北京一鑫印务有限责任公司
开　　本	787×1092　1/16
印　　张	16
版　　次	2016年6月第1版　2022年7月第2次印刷
书　　号	ISBN 978-7-5143-5004-3
定　　价	49.80元

半生为人，再往前走

许久没有提笔了，有点提笔忘字。

我多年坚持着的写作也曾因为一些事而一度中断，有一天，我曾对老师说，我可能以后不写了，我这样说可能觉得自己的心境让我很难拿起笔了，我以为老师会语重气长地对我说番劝慰的话，毕竟因写作而结的缘。可不曾想，老师很淡然地对我说，不管你写不写字，我们都是朋友，照样可以一起吃饭，一起聊天。那一瞬间，我内心良久不能平静。也有朋友说，谋子，不管怎么样，手艺不能丢。

我曾经把它归为心有所担，也算是找个借口让自己放下来。可是，这一放，两三年过去了，有着诸多的无奈。回头看时，发现我已不是当初的那个青年，曾经的我意气奋发，精力充沛，做着喜欢做的事情，没有过多的想法，不喜欢设定，按自我的方式活着。可转眼间，半生已逝，忽然发现还是遗失了很多，写作于我，曾是一份坚守的梦想，然而我却将它搁置了，原因不详。

写作与我的生活而言，无非是两个方面，一方面为我提供了工作的可能，即涉及生存，这个关乎物质，另一方面是精神世界的，写字能够修心，可以让我从容面对现实世界里纷杂的东西，在妥协让步的时候获得精神层面的完整。

我记得有个外国作家说过，文字可以临时搭建起一个避难所，规避外面所有的一切。

我写下的都是我的经历与人生体验，所经历过的一切，我为记忆而写作。写作对我来说是释放，宣泄，是纪念，怀念与审视。我曾经说过文字于我是解药，也是毒药，文字可以疗伤，但却会将人引进更深的未知里。有时候，你根本找不到出路，只有不停的思考，不停的挣扎。在面对内心的冲突，精神世界时，文字是温热的，是有疗效的，它让人冷暖自知的活着，可在面对现实生活时，它是疲软无力的。这些年，通过写作也得到了一些小小的光环，它曾让我的内心膨胀，但终究是虚的，所以我尝试着与生活和解，不再那么意气用事，用一颗包容的心去盛放这个世界所有的刁难。

我现在住的地方叫黄金山，但脚下全是土，再一次眺望，我的方向是故乡，关中平原上的一个小村庄，村旁有条河，村东村西各有一口井，一个大的麦场，麦场上堆着麦草摞，那里有大片成片的麦田，田间地头种植着我的童年，从不凋零，永远鲜活，郁郁葱葱。也许是因为漂泊了太久，对故乡我总有着一种挥之不去的眷恋。这本书的前半部分就是我对生我养我的那个村庄，那片土地的深情回眸。不管愿不愿意，生活终究还是要往前走。

十多年前，我站在学校门口的塬上，向着远方遥望，那只是一个方向，我什么也不可能看到，就连想象也是匮乏的，年少的我，对未来充满了憧憬。如果现在让我站在那个地方，再一次遥望，我会看到我的过去，还有时间，辽阔的远方，在我身后暗淡，就像打着手电筒走夜路，走过去，身后就又陷入一片黑暗，我有时候觉得，时间就躲在每个人身后，你回头才能发现，转身又会消失。我的半生已经陷进黑暗里，回头就只剩下记忆。书写也许只是为了给记忆做注解，挽留一段时光而已。

人生总有着那么多第一次，第一次坐火车留给我的只有疲惫与不安，我站了三十四个小时多，喝了两瓶水，茫然不知所措，狭小的空间，人贴人站着，各种声音充填着车厢，叫卖声，打呼噜声，说话声，小孩子的哭音，杂乱无章，各种味道袭来，泡方便面的味，汗味，脚臭味，让人眩晕。为了往前走，到达远方，我必须选择接受。

　　人生也许就是一趟列车，上了车，就只能选择到站，在车上所有的事情，都是理所当然要发生的，不可幸免，唯有黑夜可以淹没一切，而我半生的光亮已经熄灭，剩下的路还要往前继续走，有人说过，现在过的每一天都是余生中最年轻的一天，不可重来，过去了就不会再有。人生的劫数也在于此。我喜欢夜晚的来临，世上所有一切的骚动终于可以暂时平息下来，闭上眼，让记忆在脑海中浮现出那些逝去的时光，让温暖漫过所有的人生节点，醒来后会更加坚定地前行。

　　我坚实地走过每一步，我虚度过，懊悔过，失意过，荣辱与共，我曾站在整齐的队列里，军人一样训练，在烈日的暴晒下，汗流浃背，在工厂的流水线上，我把手上的螺丝一颗一颗打进产品里，青春年华随着移动的拉条一点一点地流逝。旱冰场上，多少次摔到，站起，稳稳地滑翔，风驰电闪般的一晃而过。录像厅里，电影院里，留存着几许美好的不美好的记忆。草地上休憩，多少工友的话语与面容似乎还发生在昨天。曾几何时，我还站在因罢工而上街游行的队伍里大声呼喊口号，又或者在黑职介里经历打砸的一幕，还有铁窗里的冰冷与无助。我已到达，还是我从未出发。远方，也许就只是一个方向，无始无终。但人生还得继续前行。

　　关于疾病，关于生活，关于这个世界，我有着太多的话语，而有时我却彻底失语了，在表达上我非常的不善于，我经常站在人前就说不出话来，可能这也是我选择以文字表达自我的原因吧，这本书里的文字可能不是我写的最好的，但却是最带有我个人体温的。由此，我知道写作其实是私有的事情，而文本却是要面对大众的。

今天，我又有了新的起点，人只有短短的一生，总得留下点什么，我，选择了文字。以后，我还会继续坚持着写下去，但我只会写一些简单的文字，好像我以后的生活，会更简单。

2016年6月15日于深圳黄金山

第一辑 南庄在上

DI YI JI NAN ZHUANG ZAI SHANG

第二辑 病隙手稿

DI ER JI BING XI SHOU GAO

第三辑　编　外

DI SAN JI　BIAN WAI

第一辑

南庄在上

DI YI JI

NAN ZHUANG ZAI SHANG

南庄在上

你写了你的村庄，你就写了整个世界。

——列夫·托尔斯泰

我写的或许不是我的村庄，而是她的村庄，更有可能是很多人的村庄。

在大西北关中平原上，村庄就如夜空里的星星般星罗棋布地散落着，我能叫得上名字的村庄并不多，熟悉的就更少了，在我反复忆及一些村庄的名字时，南庄率先沉湎在我的心里。时值冬季，此时，一阵西北风刮来，我静默在一个名叫南庄的村庄边上，南庄是我人生前二十年的栖息地，不管是安身立命，还是灵魂的安放。多少年过去了，我总是在心里复原着南庄里曾经的一切。作为一个人，我有着与生俱来的记忆，记忆使一个人的人生变得充盈起来，不管是疼痛，悲伤，兴奋，快乐，抑或是其他什么，都是一截时光里映照的影像，这也源自于南庄这块土地的坚实与厚重。

一九七六年，我还没有出生，但我想从这一年开始，开始对南庄的记忆。

有时，复述过去会让我悬而未决的心有所安放并得到慰藉，因为这一年，一个叫莎的女孩子出生了，大概是六月天，她哭了，周围的人都笑了。一条生命的诞生总是伴随着笑，而在最后离开人世的时候却总是笼罩在哭声里。哭与笑是人类表达喜与悲的重要符号，与生俱来，不可消除。或许正是有了这些类似的符号，人类才在漫长而枯燥的时光里活得有声有色，有了光彩，不然，人生将是多么的孤寂与无助。莎的出生其实很平常，在那个年代，女孩子并不是讨人喜爱的，但在莎之前已有一个男孩子出世，也就是莎的哥哥，所以莎是容易被接受的。莎是在父亲的疼爱下长大的，当然，这些我没看到过。我晚了莎四年才来到这个世上，但这并不影响我后来注意到她，或者说跟她产生交集。南庄，从一个叫莎的女孩子开始吧！

莎出生后不到半个月，就发生了骇人听闻的唐山大地震，关中平原也受到波及，南庄里的村民全部从屋子转移到院子里，或村子外面的空地上。莎被家人安置在架子车的车厢里，此时的她并不知道外面世界的恐慌。地震是灾难性的，人在自然面前，往往显得是那么的渺小。

莎出生一个月后，就摆了满月酒，亲戚朋友，七大姑八大婶，左邻右舍，村里的人纷纷前来道喜，家人自然张罗着招呼，摆上流水席吃喝，算是庆祝，声势虽没有红白事那么闹腾，但也得办得有模有样。反正在南庄里，刚出世的孩子，满月酒肯定都是免不了要摆摆的。这一天，莎的脖子上戴着银项圈，这是这块土地上的习俗，一般是祖母给准备的，家家都流传下来有一个。在银项圈上绑了很多条一匝多长的红头绳，这是近亲给上面绑钱用的，姑，婶，姨，舅等六亲之内的都要绑上些钱的。那个年月的钱值钱，一般都两毛五毛的，也不算少了，一块的只有家里人才舍得绑上，也算是起"引蛋"的作用。

满月酒摆完后，能消停一年，这一年就要悉心照顾着，天天抱着捧着，逗她玩，惹她笑。莎从来都不缺少宠爱的，生在大家族里，几个姑姑叔叔都当她宝贝一般，每天争着抢着要抱，尤其她的父亲，每天从田地里忙回来，再累也要抱她逗她，用浓密的胡茬扎扎莎娇嫩的脸蛋，逗得她嘎嘎笑。当然，最怕的就是生病，感冒发烧闹得一家子人不安神，有时大半夜得上医院。还要定期打上预防针，所以那个年代出生的孩子，每个人的胳膊上都留下了一道磨灭不去的疤痕，也算是一个时代的烙印。

等莎长到一周岁的时候，也会办个岁。在这块土地上，依旧俗在周岁生日这天，会对小孩子进行一种有趣的测试——抓周，用以预测小孩子前程和性情。一般在孩子身前左右放上一些物件，任其自由抓取，有书本笔墨，也有算盘花朵，吃食绣线等。比如一边放张钱币，一边放一个玩具，如果小孩抓到了钱币，就预示着以后能赚到钱，如果拿起玩具把玩，那便预示着以后贪玩，有可能不成大器。这也是大人们为宽心玩的小把戏，事实证明，并不准确，只是流传下来的民间习俗而已。这个时候，莎已经能说一些简单的话语，起码会叫爸爸，妈妈，爷爷奶奶了，虽然吐字不是很清楚。也开始慢慢下地学走路，摇摇晃晃着不稳当，要大人看着，不然会摔跤，摔倒摔疼了哭也是常有的事。一般先松开手，让站稳了，大人蹲在前面一两米远，逗她，让她往前走，一般快走几步一下子就窜到大人怀里去了，她知道这样是安全的。这么小的时候一般还留着短发，衣着也分得不是很清楚，看不出是男孩子还是女孩子。

从三岁开始，莎留起了头发，穿的衣服也和男孩子有了区别，大都是花色的，男孩子一般都是素色单色的。头发没多长时，就用皮筋扎两个七寸钉长短的朝天"毛盖"，这也是区别于男孩子的标志。随着年龄的增长，头发也越留越长，等到可以扎两个羊角辫子的时候，就出落得像个小姑娘的样子了，娇滴

滴的变得可爱起来。那时候已经四五岁大了，可以离开大人的监管，独自在家
中院落里玩泥巴，或者看蚂蚁搬家。特别是大人们在夏忙秋收作物庄稼时，不
放心孩子独自在家，一般都带到自家地头上，将蛇皮袋子铺在田埂边大树的阴
凉下，让小孩子坐上面玩。莎自然是不例外的，常常也被安放在浓密的树荫下，
大人们会用狗尾巴草绑个小兔子逗莎玩，或者逮个蚂蚱用细线绳绑住腿让她牵
着玩。有时，蚂蚱挣扎着跳到身上也会被吓得哭，或者挣断了一条绑着细线绳
的腿会跑掉。咪咪毛绑在一起摇来晃去，不多时也会被莎抓散掉。或者把甜的
麦秆拿来嚼着吸水，或者做成管子，在水壶里吸水喝，还可以用洗衣粉调水用
瓶子装起来，用吸管吹泡泡玩。一个人太无聊了，也会找些临近的小伙伴一起
玩，但容易为了争玩具起争执，哭闹起来。

　　好不容易挨到五六岁了，终于可以像村子里稍大些的孩子一样，背着用针
线碎布缝制成的花书包走进学校了。对于学校，莎是期待着的，很多孩子都很
期待能早日上学。莎先是跟着村里一个比她大的孩子跑去学校听课，老师说上
学要交学费的，莎就傻傻的跑回家，向祖母讨要学费，祖母没当回事，顺手从
兜里掏出一个两分钱的硬币，递到莎的手里。莎永远是那么可爱，纯真，就拿
着跑去了学校，让老师哭笑不得。后来，莎旁听着就参加了考试，没想到成绩
很好，就自然入了学。这所小学叫护兴小学，离南庄最近，就在村子正南边一
里地处，站在南庄的麦场上很清楚的能看到学校的大门和四周边上的围墙，顺
着乡间小路转几个地头小弯就到了学校门口。莎背着花书包开始上学前班了，
莎是个乖乖女，安安静静地听老师讲课，放学后就顺着那条乡间小路回家。莎
入读小学的那一年，我才两岁，还没开始有记忆。也许我的母亲曾经抱着我和
她的母亲碰过面，但我们只能把对方看成是木偶或是田地里的稻草人，没心没
肺的，什么也没有。

莎上学后肯定有了玩伴，一起上学，一起放学，可能一起跳皮筋，一起踢毽子玩，可能会在春天伊始的时候，扭咪咪吹，把柳条折下来，或是杨树枝，用手转动，抽出里面白嫩的枝，留下管道的皮，切下一指长，一头压扁，轻轻削去前端的皮，就能吹响，那声音有粗犷的，也有细腻的，反正是春天的气息，成长的音符。莎上学时，有时课间休息，老师让学生们午睡一会，班上有一个男生的脚很臭，还脱了鞋子，后来睡醒了，鞋子却不见了，原来是被其他几个男孩子恶作剧给扔到学校的房顶上去了。这件事让莎一直觉得好笑，每次回想起来都会乐上小半天。

我在三岁多的时候开始有了记忆，我人生最初的记忆就是搬一个小板凳，到村子的仓库里去看村里唯一的一台黑白14寸电视机，人天人地的，我搬着小凳子没地方坐，站在边上看了一会，黑白影像里有人影在晃动，只觉得新奇，但我看不懂，后来就搬着小凳子回家了。在我的记忆里，我很怕穿军装的人，我的爷爷是个校长，他的学生有几个是派出所的，常来我家里，他们一来，我就害怕的躲起来，可是他们偏要逗我玩。我觉得他们着装太正式，看上去好严肃，威猛。我还常记起村子里公路边停放的一个架子，是木制的，很大很笨重，上面亮着奇怪颜色的灯，夜里亮起来让人害怕。很久以后我才知道那是专门抬棺材用的架子，当时我新奇于它的灯光与另类，所以到现在都能想到这一幕。再有就是村口的小卖部了，那里面摆着糖果。对于甜，是儿时最美妙的感受。

每个人的成长都伴随着疼痛，或者说是意外与丑事。莎在六七岁时，有一年冬季的入夜，父亲在房间和村里人拉家常，母亲在厨房里烧开水给猪烫食，刚打好一盆子开水，放在厨房地上。那晚停电，点的是煤油灯，光线便昏暗了许多，莎跑进厨房找母亲时，没看清楚地上那盆开水，一脚踩在盆子边沿上，整盆水便洒在了莎的右小腿肚上，莎疼得叫起来，母亲惊慌失措，背起她就往村子边的医疗所跑，因为心疼女儿，母亲一路上边跑边哭。莎从小就很懂事，也很坚强勇敢，趴在母亲肩头，伸出小手帮母亲擦拭着眼泪，还一边安慰母亲说不疼，这让母亲心里更是难过。医疗所很快就到了，莎已经疼得开始抽搐，医生小心翼翼地用镊子一层一层夹掉烫坏死的皮，敷了药，包扎好。就是那一次，莎的右小腿上留下了永远的疤痕。还有一次，莎穿了新棉裤和棉鞋，跟着村子里几个大一点的女孩子，去村子边上的玻璃厂玩，然后一群人都挤进去上茅房，莎比较小，人多一挤，莎一个不小心，掉进了茅坑，幸好只是一条腿踩了下去，几个伙伴七手八脚将莎拉上来，新鞋新裤子自然脏得不像样了，莎哭着回了家。这件事让莎成了笑柄，总被人无意间取笑，说是小时候竟然掉进茅坑里去了。

莎长到八岁的时候，南庄开始了家庭联产承包责任制，土地分产到户，宣告着吃大锅饭时代的结束。早在一九七八年年底，安徽凤阳县小岗村的十八个农民签下"生死状"，将村内土地分开承包。开创了家庭联产承包责任制的先河，等到推广到关中平原上的南庄时，已到了一九八三年。包田到户，使南庄里农民的生产积极性大大提高，人们潜藏已久的劳动热情被大大激发了出来，村民的生活也逐渐有了提高与改善。

五岁多那一年，我上了学前班，按当时学校的规定，不满六岁不给入学，我还差了大半年，后来还是硬报上了名。那时莎已经上小学四年级了，我还是不知道有这么一个人。我从小在祖母的溺爱下长大，我不喜欢上学，常常逃课，不愿意去学校。在学校，也总是被其他同学欺负，我从来不敢反抗，我胆小怕事，直到后来上了小学一年级认识了同村的两个比我大一岁的伙伴，才好转起来，渐渐地不受别人欺负，还欺负起别人来。我的周围也开始发生变化，视野变得开阔起来，我终于知道了有个叫莎的女生。我开始默默关注她，尽管她大我很多，我要叫她姐姐，但我只在人前叫，在人后我是坚决不叫的，我喜欢走近她，喜欢跟她亲近的感觉，我觉得她很好，人长得好看，笑起来像朵花。我家和她家能串上点亲戚关系，所以我常会找借口去她家里玩，此外她有个叫门子的弟弟和我一样大，是同学，这更是个借口。我记得为了靠近她，常常和她们女生一起玩，我跟着女生学跳皮筋，还踢毽子，我还曾经像女生一样找来铜钱缝制起毽子，用碎布包裹铜钱做底，到鸡窝里找好看的鸡毛做毽子的羽翼。小时候的我，总是那么好玩，除了和男生玩打弹子，拍纸包，在麦场上抽陀螺，碰击，背人，跟着女生我们也跳皮筋，跳房子，丢沙包等。莎最喜欢玩的其实是抓石子，七枚弹珠大的石子，尽量找些大小相等，圆滑的，丢地上，分开来抓，玩法是手里捡一个，先扔上去，抓地上一个后要接住扔上去掉下来的另一个，一般先一个，后两个，再三个，或者不分，随意抓，一把抓，最后还要扔起来用手背接住，再扔起来抓到手心，才算玩完了一把。游戏过程中没有抓到的，或者滑落的就算输了，换别人来。有一段时期，我常常跟着莎，和几个女孩子一蹲一起，一玩一上午，玩抓石子多了，就会把手指甲磨到很短很短，手指头也会磨的红肿起来。我记得因为贪玩，莎的右手指甲总是磨得秃秃的，指头蛋蛋红红的，估计是疼了，常常大热天也会伸到嘴边呵气。有时候，我也会帮她揉揉，陪她一起呵呵地傻笑。莎的母亲看到她的手，自然也心疼，会说的，不让多玩。

护兴小学的校门内左右两侧各有一棵垂柳树，特别是在开春的时节，葱葱绿绿的，那柳枝倒垂下来，能掉到我们头顶上。放学的时候，我们排着队唱着歌儿从柳树下走出校门，我们男孩子总是一走到那里，就跳一下伸手扯住几根垂下来的柳条，吊猴子玩，有时也会摔下来坐到地上，我们常常把柳叶弄掉了一地，老师看见了就喊，我们就笑着跑开了。

　　我小学三年级前学习成绩一直不好，就是因为太贪玩。等我学习转好，莎已经上了初中，跟小学的方向相反，而且距离远了，要向北到镇上的中学，每天骑着自行车上学，我们见面就少了，只有在寒假和暑假才能赖在一起，我总是把作业拿到她家里跟她一起做，她并不知道我喜欢看到她，跟她在一起。但每次我去她家里，她总是笑盈盈的，以大姐姐的身份帮我看作业，告诉我要把字写得再好看些。时光流逝的总是很快，当我小学临近毕业的时候，莎已经外出求学住校了，很少回来，我看到她的时候越来越少。我能想起的就是在村口遇见的几次，可能那时我也长大了些，我一直看着她，她也一直看着我，我们相互看着，都有些不好意思，但终究什么也没有说，倒像是陌生人一样，各自走开。从那个时候起，我在不知不觉中似乎把莎放到了一边，或者说是封存。我刚上初中的那一年，最疼爱我的祖母仙逝了，我受到了很大的打击，学习成绩开始一落千丈，很多人没有看出来，从那个时间起，我发生了很大的变化。我一直无法接受那个事实。我开始变得无所事事，变成了一个十足的混蛋，打架闹事，后来闹到停课的地步，初中三年浑浑噩噩后，我甚至一度放弃求学，外出打短工一段时间。

　　在这段时间，莎已经在外地读起了师范，我们离得越来越远。南庄的边上就是一条马路，通着往外地的公交车，莎站在村口，站在马路边，坐上公交车走了，走了很远，也很久。多少年以后，我才想起，才坐上了外出的公交车。一切都太迟了。有一段距离，无法超越。我重新回到学校，已经没有了动力，在混了两年高中后，我选择了去南方，我想换种方式生活。临近二十岁的我，一脚离了南庄，便是许多年，归来的次数屈指可数。很多事情并不是不记得了，只是不愿意再提及，有些事，适合回忆，而有些事，只可消磨，放在心里，悉数交给时间。

　　童年是一个人最难忘的一段时光，多少次我想起南庄的角角落落，鸡零狗碎，村旁的那条河，那是我儿时的温床，有多少欢乐的时光都在河水里浸泡着，一度滋润着我干渴的心。我时常梦见我和儿时的伙伴在河里跳着石头过河，多么清澈的河水啊，又是多么纯真而温暖的记忆。南庄往南进秦岭，往北过渭河，在关中平原上，南庄是具有代表性的。南庄村口的小敏商店，那是供销社的时候就有的，算起来至少已有四十多年的光景，比我还年长很多。小敏商店算是远近十里八村最老最大的商店了。南庄麦场的一个角落，曾在我读小学时，连续几天大雨过后塌陷下去好大一块，我还能清楚地记得是东南角，因为临近公路。麦场塌陷下去后，露出了一座古墓，后来政府把那块地方圈了起来，来了警察，来了专家，好多天的挖掘，出土了一批有价值的文物。南庄在历史的长河里，不知经历了多少风雨，伴随着依然劳作在这里的村民，仍将继续。

南庄方位

东：齐镇

人们常说八百里秦川，可见秦岭是悠长的，久远的。齐镇这座小镇也和秦岭一样久远，经久不衰。齐镇地处秦岭北麓，隶属宝鸡市眉县，距县城大约8公里处，又身在眉县、太白、岐山三县交界处，东与眉县金渠相连，西与岐山安乐相畔，南与太白鹦鸽乡接壤，北与城关镇相通，具有较强的经济辐射，是西府一座重要的物资集散地和商贸流通镇。

在我的记忆里，齐镇是庄稼人必须去的地方，因为齐镇有两个地方能让庄稼人驻足，一个是买卖牲口的市场，一个是"调粮"的市场。牲口场处在齐镇两条主街道其中一条出口的外侧，我们叫它南街，旁边就是一条主干公路。牲口场周边是用砖墙围起来的，我想这多半是因为怕有些牲口性急跳将起来，冲上路面或集市。这墙并不高，站在外面踮起脚就可以看到里面。牲口场只有一个门，开在南街和马路的交汇处。顺着门进去，中间是空出来的一条一直通到底的路，两边用石灰划着白线，路有三米多宽。在入口处，先是一些比较小的家禽类，鸡啊，鸭啊，鹅啊，猫啊……所谓鸡鸭成群，大多都是三五个装在一个竹子编成的笼子里，一个个神情慌张，探着脑袋四处张望。这里面也有刚孵化出来的小鸡，一群一群的近百只装在一只大箱子里，黄茸茸的一片，特别的可爱。稍微往里走一些，就是猪啊，狗啊，羊啊，身体稍大一些的家畜类。这个地方周边散落着很多块较大的石头，上面还拴着铁链，这些畜生都是要绑起来的。狗和羊这类的还容易绑一些，套住脖子就好了，猪就要费些神，要五花大绑的在身子、腿上绑过。走到路的最尽头，就是牛啊，驴啊，骡子等体形高大一些的牲畜，这里可能并没有马。俗话说得好，是骡子是马拉出来遛遛，大概是说两者体形虽然相近，但骡子和马的性情是完全不同的，一拉出来上路，就能看出到底是马还是骡子，现实中也常隐喻人和人之间才能的展现，唯才是用。牲口场的总面积不算大，大概两三亩地，但却关系着方圆百里的家禽牲口买卖，与民生息息相关。

牲口场的正对面，隔着马路遥遥相望的便是粮食市场。粮场里各种农作物一应俱全，大米，小麦，高粱，大豆……小时候，我常跟着母亲、父亲一起去赶集。齐镇每逢双号便开集市，当然每年也有一两次大的动作，比如大型贸易交流会，有社火表演，秦腔戏团助阵。赶集时，父亲拉着架子车，上面装着自家产的粮食，一般是大米多一些，因为大米相对来说销路广，集市上相对稀少一些，容易脱手。到了粮食市场，先把粮食卸下来，摆在公家规划好的地点，父亲便守在边上，等待着卖家来。母亲带着我把架子车先拉到边上空地处，一般看架子车的任务就交给了我，母亲也去帮父亲调粮。在市场里，一番讨价还价在所难免。有时人多运气好，十几分钟就能成交，也能拿到父亲满意的价格。也有时候，一半个钟过去了还是没反应，父亲就老是叹息说，这么好的米，自个儿都舍不得吃，拿来卖，却卖不上个好价钱，反正拉出来了是不愿意再拉回去了，也只好压低了价格卖。卖了好价钱，父亲总是笑哈哈的，反之，父亲就有些愁眉不展。这也难怪，庄稼人种地有多辛苦，是城里人不会明白的。与买家经过讨价还价，说定价格后，都要把整蛇皮袋子的粮食拉到公家的秤上，俗称过磅，这是比较公正的。当然公家也要收取一点费用，这相当于现在的公证处的作用，促使市场健康有序的发展。

粮食调完以后，手头也就有闲钱了，母亲、父亲便会带着我进齐镇的街道去逛街。齐镇的街道是个井字形，刚才说的那条马路算是井字的底，我们一般都会顺着靠牲口场的街口进入，也就是南街。街口有几个面皮摊子，其中一家母亲认识，我们一般不会先急着吃，因为来之前是吃饱饭的，等逛完后出来才来捧场。其实在哪吃都一样，但人熟，再说了我们的架子车也得放在人家这里，不帮衬人家也说不过去的。在外面马路边上，也有帮你专门看车的，但要收费两毛，给你个牌子，上面有号，是一分为二的那种，你回来后人家要对号对开口，对上了才能给你，这也麻烦。顺着街道再进去一点，就是菜市场，干货什么的都在这里，庄稼人的菜都很新鲜，自家地里种的白萝卜、红萝卜、青尖椒、土豆、西红柿、菠菜、大白菜……反正青红皂白，应有尽有。干货类的八角、花椒、陈皮……也一一挑战你的味觉。再往里进去一点，就是肉市场，这里的街道两边全是挂起来的猪肉，在那些大片的肉皮上面，盖着大大的红色检疫章。有时，母亲也会去买上几斤，改善一下生活，再者日后可以做臊子面待客。穿过肉市场，后面就是一些杂货店了，经营一些日用百货，锅碗瓢盆之类的。

沿南街再往前走就进入行政村了，所以只能止步，折身往另一条与南街平行的主街道走，我们叫它北街。去北街有两条路，也就是横在南北街之间的两条贯穿街道，相当于之前说的井字形的两横。一条街是以吃食为主的；另一条则是以服饰为主。吃食为主的这条街道靠里边，有面皮，擀的、蒸的都有，粽子、醪糟（别处称甜酒酿）……最值得一提的是有一家羊肉泡馍的老字号店，大锅里翻滚的羊肉汤，加上新鲜的羊肉，刚出锅的饼子，然后再加入葱花等调味料，真是色香味俱备的上品美食。当然，你也可以选择泡麻花、粉丝等。但在那时，这种美食不是人人都享用得起的，在我的记忆里，我也就吃过那么一两次。横向另一条买衣服的那条街道，我们是很少进去的，有时母亲只是进去买块布，用来纳鞋垫，或者帮我缝补衣服用。

北街最里面是几家大的商店，里面大多也是经营衣服之类的。北街给我印象最深的就是那些房子，整个前面都是木板做的，早期的建筑风格在这里可见一二，以木料为主，而且整体上美观大方。北街还有一处并不起眼的饼店，对于我来说是每次都要光顾的。这个饼店做的并不是什么特色，而是早期的窝头，但这窝头的手工却很精美，而且火候适中，吃起来虽然略显粗糙，但却软硬有度。有好长一段时间，我就是喜欢吃这里的窝头。后来，这家店没有再开了，我吃这窝头的日子也宣告结束。不过我总是会想起那些窝头的样子，圆圆的，上面带着点尖，外皮带着点火的黄色，像一团跳跃着的火焰。北街入口处，临近马路边上，是家用电器的集散地，这里大到电视、冰箱，小到灯泡、电线、一把手工钳子都有处可寻。

我和母亲、父亲一般是顺着街道走一个圈，大致上也全逛到了，等出来时，人也走累了。时值中午，日上三竿，肚子也有些饿了，就回到南街入口处的面皮摊上，一来拿东西，二来逛累了歇下脚吃点东西。就在母亲认识的那家面皮摊位上，一家人都坐下来，开始吃面皮。一般母亲都会说她不饿，不想吃，就给我们爷俩整着吃。母亲有时会拿筷子在父亲的盘里挑几根吃一两口，说是尝尝味道，然后就向摊主要碗水喝。当时的我并没有在意这些小小的动作，时隔多年，今日想起，才知道这到底是怎么一回事，不免心里隐隐作痛。如今五毛钱一盘的面皮已经涨到了三块钱，而我现在生活的南方这些城市，面皮更是漫天要价，路边的小贩五块钱一份，进了馆子一般七到十块钱一份，要是进了高级一点的餐厅最少是十二块钱一份，但吃起来的味道却一点也不地道。去年回家，我和母亲、父亲特地去了一趟齐镇，通街吃了个遍，面皮我一次能吃三份。

齐镇这座小镇只是整个大西北的一个缩影，像齐镇这样与庄稼人生活息息相关的小镇，我想大西北多的是。

南：斜峪关

小时候，家乡流传着一句顺口溜：岐山（县名）到眉县（县名），一坐一毛钱，开始时不解其意，稍大一些后明白了这句话的意思和来龙去脉。原来两个县的界碑就在村子附近的一条路旁，你站在界碑这边的路上，我推你一把就过界碑那边去了，你就等于从这个县到另一县去了，你就得给我一毛钱。这当然是一句玩笑之语，只能说明两个县的分界线不是很明朗，农田、道路都错综复杂的交织串连在一起，很难真正的划分界定。

我要说的斜峪关就是上边提到的两个县——岐山县、眉县，外加一个太白县，这三县的交界地，名不见经传，除了本地人，外人可能闻所未闻。年少时常常错以为它就是历史书中提到的嘉峪关，一字之差，差之何止千里。斜峪关其实不算是三县交界的中心点，如果以界碑为中心点的话，这座界碑在离斜峪关大约三公里处的秦岭山里。小时候，我和同伴们经常进山玩，我们那地方人都把秦岭叫作山，我们进去大都找野果子吃，比如野葡萄，野杏，野山楂等。我们曾无意中看到了这座界碑，上刻着"界碑"两个大字，下书三个县的县名，此外还有立界碑的年份和简史。我们觉得好玩，围着界碑飞快地跑一圈，意思是我三县都跑遍了，而且只用了很短的时间，几秒钟。那天回家后，我们特别得意地向别人炫耀着我们的发现，相比之前的一坐一毛钱的说法，我们这次的发现更是胜出一筹。

斜峪关的地理位置离界碑最近，而且斜峪关坐落在秦岭脚下，一个能叫关的地方，其实就是一个关卡，可以这么说，如果不过斜峪关，你就进不了太白县，反之，不出斜峪关，你也来不了岐眉二县。如果是古代，斜峪关绝对是兵家必争之地。斜峪关虽然是三县的交界之地，但绝不是三不管地带，它隶属眉县，与岐山县、大白县相接壤。斜峪关分东关、西关两个区域，以一条河为界，河东面为东关，河西面为西关。西关位置偏僻，少有人问津，一般说的斜峪关其实指的都是东关。斜峪关的位置决定了它会成为附近居民的枢纽中心。在很小的时候，我要剪发，都是跑到斜峪关去剪的，那时候剪发的都是些老头子，用的那种老式的手推子，不讲究什么发型，只要剪短就行了。中老年人刮胡子时，都是在嘴上涂上大量的肥皂泡沫，然后用很笨重的那种剃须刀刮掉。冬季洗头的时候，都是在蜂窝煤炉子上烧好热水，再搭个凳子倒在上面钉在墙上的铁皮桶里，然后才打开水龙头洗头，冲水。在当时，这种店在斜峪关只此一家，是家老店，开了很多年，常年剪发的人络绎不绝，剪个发大人一块，小孩子五毛钱，价格公道。

斜峪关打我记事起，就有很多做买卖的在此聚集，比如开大小商店的，卖肉和蔬菜瓜果的，摆面皮摊子，蜂蜜粽子，烧醪糟的，做衣服的，开面馆的，反正麻雀虽小，五脏俱全。附近的村民也可以把要卖的东西拿到斜峪关，沿着街道两边一摆，没有什么人管，就可以开卖了。买家也都是些附近的村民，看到自个需要的就上前询问，讨价还价，觉得合适就出手，要不就多走几家比较一下，看哪家便宜，哪家的货好。最热闹的时候就是逢年过节，比如八月十五前后，山里的核桃啊，栗子啊，五味啊什么的都成熟了，大多山里人下山到斜峪关，把收获的果实一麻袋一麻袋运过来，摆在地上，任挑任拣，任意试吃，山里人淳朴，不会跟人计较太多。而山外的人自然涌进来，他们当然知道山里长的东西好，土生土长纯天然的，经过一番讨价还价，欢欢喜喜的买些回家过节。此外，还有民间纯手工做成的纸灯笼，红彤彤的一片，很有喜庆感，让整个斜峪关像赶集似的热闹非凡。斜峪关没有正式规划的街道，只是一个呈T字形的交叉口，人们就在这一小块地方各取所需，进行交易。这里先前本就是一个偏远的小村落，因为位置特殊，才发展成这个样子，没有人规划过什么，都是一种自发式的经营和买卖。

斜峪关一直通着班车，可能考虑到它位置的特殊性，附近的人口众多，这样一来大大方便了附近的人们出行，始发站就在斜峪关街道口的马路边，上下车都很方便。也有些城市的游手好闲者来斜峪关游玩，因为在斜峪关上边不远处坐落着一座水库，名为石头河水库，这座水库工程浩大，集附近村民之全力，修了近二十年才完工。水库的蓄水量巨大，号称"亚洲第一高黏土心墙土石坝"，水位最高时近百米深，绵延至秦岭深处，往太白县方向一个叫鹦鸽嘴的地方有好几公里长。就是这座水库，岐眉两县方圆几百里的农田灌溉全靠它，此外，还通过黑河往西安供水。秦岭植被厚实，是天然的水仓库，太白山是秦岭最高峰，常年积雪难以消融，六月天，站在平原地带，还能看到远山近岭白茫茫的一片积雪。这座水库为斜峪关带来了旅游资源，夏季的时候，水库里可以游泳，有汽艇，还有划木船等项目，可供游玩，自己租个小船，一个小时15块钱，三两个人划着周游一圈，确实是很惬意的。几年前，因为水库溺死了人，听说是个大学生，就被取消了各种游玩项目，还封闭了起来，都不给人下水，钓鱼给钱也不行了，又有一说是想保护好水资源，所以暂时不再对外开放。

斜峪关是个边缘化的小地方，一直以来，就这么慢条斯理地发展着，在城市化进程的今天，斜峪关也努力的进步着，多了一些高档饭店，多了一些舞厅，还多了些什么呢，我看不出，它的外表似乎更像个城镇的样子了，但它却依旧是个边缘化的小地方。也许这就是变革的阵痛，在一些旧事物消逝的时候，我总是在深深地怀念着它们，我无法忘记斜峪关很久以前的样子，尽管那是革新必须牺牲的一部分。老式理发店，裁缝铺，街边炸油糕的，路边的凉粉、蜂蜜粽子、醪糟摊位都慢慢地消失了，我多想再回到斜峪关时看到，闻到，吃到它们，现在看来只能是一种奢望了。历史不会倒退，我也无力挡住历史前进的车轮，我能做的，只是记住，记住这个边缘化的地方和我一起走过的那段远去的岁月。

西：落星

落星是个依山傍水的小镇子，说是个镇子，其实就是几个山脚下的村庄依次排开，外加几个山沟沟里的小山村，具体有多少个，我没有细究过，我只知道是由南往北开始的，这些小村庄就像衬衣上的扣子依次排开来，隔一两里地一个。我去过最远的是六队，在落星，人们习惯用队这样的称谓，从南往北，沿着秦岭的边缘地带依次是一队，二队，三队……把这些队串起来的是一条公路，这算不上真正意义的公路，它不是水泥打的，也不是沥青铺的，它就是一条土路，和山里的土，田地里的土是一样的颜色，都是黄的。碰上下雨天，是很难出行的，后来开始铺上沙石，情况才稍微好转一些。这条公路没有公交汽车经过，这条路一直下去进入了一条沟里，所以没有通车，车进去也是没有出路。落星的人们出行，主要是靠走，当然也有骑自行车和摩托车的，但毕竟是少数。整个镇子呈条状分布在秦岭的边缘地带，靠一条路贯穿，往外围无路可走，一边是连绵不断的秦岭，一边是一条叫作石头河的河流，村庄都在秦岭脚下，一抬腿就进山了。各个村庄一般距离石头河二三里地，中间地带都是田地，正是这一段距离里的土地养育了落星人，这些范围里的地势很平坦，有利于引水灌溉，可以种植水稻等大部分作物。山坡阳面也有开垦的地，但呈梯田状，没有水源，一般只能种点小麦、玉米之类耐旱的作物，遇上大旱，只能听天由命，有时收成不好，有时颗粒无收。

落星的人要出镇子往外面走，只有一条路可走，就是把村子串起来的那条路，往南走，从一个叫斜峪关的地方过桥，才算走了出来，有公交车可以通往各个乡镇、县市，这个关口是个三县交界地，处在秦岭山脉"人"字形位置的交叉点。往北走，要翻梁越沟，出去了也到了别的镇子上。落星的人往外走，主要看要到哪里去，从而选择从南还是往北出来，哪头近就从哪头出。一座秦岭，一条石头河，把落星两边堵了起来，也把落星压迫成了一条状结构的链子。那条路是绳子，各个队都成了串在上面的珠子。

落星还有一个别名，叫河西，它处在石头河的西岸，由此得名，反过来，东岸的叫河东。当然，这些都是本地人的叫法。人们通常说去哪里，不会说去落星，而是很顺口的说是去河西，河西是落星的代名词。我小时候去过最多的地方就是河西，因为外婆家在河西一队，母亲带上我，兜半个圈子从斜峪关过桥，然后沿着秦岭边上走一两里路就到了外婆家，有时也会走捷径，从石头河淌过去，但水大的时候是行不通的。外婆的家门口就在那条路的边上，说是家门口，其实没有门，土打的墙，空出一大截，就是院子的门，进了院子，右手边上有一棵梨树，每年梨子成熟的季节去外婆家，外婆都会用竹竿把树上最大最黄的梨子敲下来给我吃。后面是一排土墙打的三四间房子，梨树后面是一间厨房，外带一间房间，三四间房子后面就是猪圈和厕所，再往后去就是山，这山就是秦岭，我们那的人都这样叫。

俗话说得好，靠山吃山，靠水吃水，大舅是个猎手，他年轻时常背着猎枪，我们那习惯叫兔枪，经常进山打些野兔什么的。我记得很清楚的是大舅曾经打死过一头鹿，是什么鹿我不知道，反正煮了一大锅的鹿肉，喊我们一家子去外婆家一起吃。那天，吃完了鹿肉，我还特地跑到大舅杀鹿的地方去看了看，只看到一些带花点的皮，还有些血迹。大舅和父亲曾经说起，他有一年冬季在雪天进山打猎时，碰到过两头野猪，吓得他没敢开枪。大舅后来不打猎了，是因为一件事，半夜的时候听到后院圈里的猪叫得厉害，知道是被狼叼走了，于是，大舅慌了，黑夜里抓起猎枪就跑了出去，由于天黑路滑，大舅没能追上，还从山上摔了下来，把头都摔破了。从那以后，大舅就不打猎了，听老人们讲，杀生太多是会遭报应的。大舅后来承包了山脚下的一片核桃林，说是两千块钱包一年，到了收获时节，也能收下来不少核桃，拿出去贩卖，也能赚些油盐柴米的小钱。

对于落星的记忆有些远，随着时间的流逝变得有些恍惚，不过我身上有一处印记，是在落星留下的。那时候我还很小，刚能端着碗吃饭，在外婆家吃饭的时候，我端着饭碗从院子里走了出去，眼睛不朝前看着路，而是盯着碗里的饭，冷不丁的就撞在停在路边的拖拉机上，在左眼角的位置留下了一道抹不去的疤痕。现在，我的眼角还是有着这道印记，连同这道印记印在我心里的，就是外婆，和那棵消失的梨树，以及院子里的一切事物，有些东西，不管时光走多远，总能回到那道脸上的疤痕里。厨房那间的小屋子，是我去外婆家经常睡觉的地方，每次在炕上和表弟们打闹着疯玩时，外婆总是进来，喊着让我们安静，我们则越闹越凶，直到外婆拿着高粱秆扎的扫炕笤帚，把扎紧的把头朝着我们的脚，我们才会停下来，坐在炕头上。外婆吓完我们后，总是笑呵呵的，靠着柜子看着我们，一会就出去忙活了，我们又照旧玩。外婆过世的时候，我不在家，也没有看到她最后一眼，那个慈祥的外婆，在含辛茹苦养大了众多儿女后去了。老早的日子很清苦,她没有机会看到现在的红砖绿瓦,那个老院子和外婆一起沉没了,沉没进了岁月的河,我能打捞起的,就只有这些零星的,片断的记忆。

落星李姓人家居多,舅舅家也是李姓的,有从上辈人手里建起来的李氏祠堂一座,里面供放着李氏祖先们的牌位,碰上清明、过年这些特殊的节令,李氏的子孙们都会去祠堂拜祭,给先人们上炷香,以慰藉其在天之灵。落星有两所学校,一所小学,一所中学,很简易的校舍,学生和老师都不多,落星的中学生参加中考的时候,分数可以比其他地方低十分录取上高中,落星是划分到山区的,对于山区落后地区给予一些适当照顾,这是国家的政策之一,也有非山区的中学生往落星中学挤的,因为这样就意味着可以低十分的录取成绩。落星的乡政府离中学不远,看起来和普通的民居相差无几,只是院子大,门口挂着落星乡政府的牌子。落星后来和旁边河东离得近的一个镇子合并了,中学也一并移到了合并的镇上,从此便没有落星镇,也没有落星中学了,落星的孩子上中学只能去河东镇子上的那所中学。

落星的名字由来已久,听老一辈的人说起,是天上掉下来一颗星星落在了那个地方,所以那个地方后来就叫落星。老人们并不知道,他们所说的星星就是陨石,陨石落过的地方,带来的可能是神明,也可能是灾难。

北:胡新小学

每个人的记忆里都有一道别样的风景,或苦涩,或甜蜜,它就是所有记忆的一道闸门,无论你想回到记忆的哪个角落,它总是义无反顾地出现在最前面。

每次当我的记忆从城市向故土延伸时，首先浮现上来的就是小时候读书的胡新小学。它不是高大的教学楼，只是几排简陋的瓦房，就这样，也是附近村民为了自己的孩子上学自发建起来的。学校的周边是用围墙围起来的，一段砖墙，一道土墙，土墙上往下掉着泥坯，砖墙上用白色的灰浆刷着"普及九年义务教育"、"十年树木，百年树人"等标语。

我的记忆力在胡新小学显示出非常惊人的能量，我依然记得从学前班到最后走出学校时所有的老师，我甚至可以像数数一样从心里把他们一个个数过去，名字和相貌，这些都像是印记一样刻在我心里。我能想起他们曾经说过的话，还有不同状态下的眼神，我能记起是哪个老师罚站我，哪个老师让我上讲台念自己的作文。我清楚地记得我小学三年级的老师在新学期开学时，不给我报名，任凭我父亲、母亲跟前跑后地说好话，并当着我父母和很多学生家长的面，大声嚷嚷着说，把你家的孩子带回去，他根本就不是读书的料，哪有他这样的学生，我还从来没有见过。那时的我整天旷课，反正只知道玩，不知道学习。

当时我并不在意他怎么说，因为我不懂得羞耻，我只是隐约觉得父母的脸色很难堪，有些挂不住，母亲含着泪躲到了一边去，她嫌太丢人，父亲一个劲地当着老师的面责备我，并拉下脸缠着老师让给我报名。后来，名还是报了，但这位老师待我就像对仇人一样，我当时特恨他，恨得咬牙切齿，我发誓等我长大了，我一定要狠狠地揍他一顿，好出这口恶气，因为他经常体罚我，并动手打过我多次，而且下手挺重。如今二十多年过去了，我出来参加工作，再次回家偶尔碰到他时，我却没有了之前的怨恨，取而代之的是敬重。他已经老了，五十多岁的人，头发有些发白，像一层霜洒在头上。还是一身蓝色的中山装，骑着一辆破自行车，这么多年，他就这样一天一天，年复一年地过着。一个民办教师，无怨无悔地为这所小学奉献了一生。

学校的校舍是简陋的，每逢下雨，特别是连阴雨，教室的屋顶就开始漏雨，我们只好把课桌搬离那些漏雨的地方，这样，课桌横七竖八的，显得有些零乱。教室的地面也总是湿漉漉的，上课的时候，也总能听到雨滴从上面掉下来的声音。冬季的时候，教室里阴冷，我们会用白纸把窗户糊起来，连同玻璃窗和所有透风的缝隙，这样一来，光线就很暗，特别到了傍晚的时候，就看不清课本上的字了，于是就点蜡烛，一根一毛钱的白蜡烛，每个课桌上点一根。

天气非常恶劣的时候，学校也会停课。我记忆里清楚地记得这样一幅场景，校园里倒了很多碗口粗的小白杨，到处是折断的树枝和散落一地的叶子，有的电线被扯断，半掉在空中，有的树倒在教室的房顶上，压碎的瓦片一地都是，整个校园一片狼藉，显得萧条，落寞。学校已经通知停课，几时开课，还要再等通知。我们几个同学在风雨停后，不约而同地回到学校，跨过倒下的小白杨，然后顺着倒在学校院墙的树爬上去坐在墙上，望着学校外面的马路，虽然学校已经被风雨摧残，面目全非，但我们却不知道去哪里，我们只能回到这里。学校是我和同学们的第二个家园，我们一起在校园里植树，一起挖水渠，栽种花圃里的月季花，给冬青树剪枝，对于校园的一草一木，我们都是熟悉的。

学校里总有一群可爱的同学，他们总会给我留下些回忆，有快乐，有哀伤。最不幸的是，在这所小学里我失去了三个同学。两个女生，她们有男孩子的性格，能爬上树去掏鸟窝，能把柳树枝吹响，她们还跑到河里去游水，就是因为水，她们两个一起落入了水里，再也没有上来，这一度成为人们诉说悲伤时唉声叹气的根源。还有一个男生，我至今记得他叫张岁星，他的坟就埋在学校不远处的田野里，小小的一座土堆，有时不经意地路过，总会想起他，一个胖胖的大男孩。好端端的一个人，就因为放学后和其他同学在乡间小路上追逐玩闹，然后不小心摔了一跤，就再也没有站起来。我至今都不太清楚他得的什么病，只是摔倒了，就爬不起来了，生命是无常的，一个充满着生机的生命就这样过早的夭折了。他的逝去让他的母亲悲痛无比，我们每天放学后排着队从学校大门出来，她的母亲就站在门口含着泪看着我们，但她再也看不到她儿子了，这样一直过了很多天。在当时，我无法体会到她的痛苦，同学们也只是议论着说，是张岁星他妈，他妈又来了。她有时也会走进我们的教室，眼眶含着泪，和她一个村的同学就劝她，老师也过来劝，这样她才含着泪依依不舍地离去。现在想来，让人无比的感伤。

离开故乡这么多年了，胡新小学一直是我回忆的奠基石，有几次回家，路过时看到它，还是老样子，似乎没有多大的变化。有时，很想走近它，但总觉得无法走近，我该是个什么身份，我不是老师，更不可能做个学生，那么多的学生我都是陌生的，我根本无法融入他们，就像我不可能再回到那个年代。在外越久，我越发现我只是个过客，对于这些记忆只能放在心里，偶尔拿出来晒晒，证明我有过这样一段人生的历程。这也是大多数人都要走的一段路，有的人正在走，有的人走过了在回忆，有的人却过早地退场……

南庄五行

金

在南庄，最早关于金子的传说，是从南庄边上那条叫石头河的河堤开始的。

在老人们口中，说是有一年石头河发了大水，冲垮了河堤，不曾想堤边竟埋藏着一座古墓，古墓里埋葬着谁没有人知道，但古墓里有一尊金佛。首先发现金佛的人并不是南庄的人，也不是河东的人，一条河把两岸分成河东和河西。由于古墓的位置处在东河堤，河堤在村庄平面以下，所以河东的人是看不到的，只有河西的人，才能看到河东的堤岸闪烁着金黄色的光芒。老人们说起时，都说那光芒太亮了，刺眼，在河西庄稼地里做农活的人都看到了那股强烈的光芒，于是，他们渡过河，几个人抬走了那尊金佛。但还是被河东这边的人给看到了，于是，河东河西两岸都因为这尊金佛而吵嚷起来！河东的人都说，金佛是在我们河东这边发现的，就该归我们河东人，而河西那边的人却说是他们先发现的，就是他们的。后来事情传开了，政府出面收缴了金佛，这下河东河西的人都不说话了，一场天于金佛的风波也到此为止。

金佛被搬走了，但那个河堤上空出来的古墓却还在，并且存在了很多年，我小时候和伙伴们经常跑到那里去玩。其实说是古墓，却并不大，就是一个 n 形的过道而已，高两米以上，宽一米半，深度大约三米，被河水冲走的部分不清楚，在我们面前的就是这么一个拱形的小窑洞，里面都是土，没有其他的。那个古墓，村子里不少小孩子进去过，大人在地里做农活躲雨也会进到里面，最深处有两三个凹口在壁上，像是摆放过东西，我想金佛大概就是摆在上面的。开始时听老人们说是抬过河的，我以为金佛很大，起码得有庙里的佛像那般大，后来我才知道金子的分量重，说抬确实是可能的。出土金佛的河堤其实是第二道河堤，真正的河堤还要过一畦地，再下去一丈多高，要是河水冲上这道河堤，怕是南庄和周边的村庄都要遭水灾了。当然，从我懂事起，发再大的洪水也没有到过这里。所以这道河堤上下都是田地，也有村里人在一道堤和二道堤之间这畦地里种过西瓜，这里是沙地，种植的瓜果甜，水分多。

关于南庄金佛的传说，我只能在想象里复原它出土时的场景：蓝蓝的天幕下，是那么巍峨的山岭，那么黄的土地，那么绿的田地，那么高的树木。几个农村汉子光着膀子抬着一尊金佛，像舞龙似的涉水而去。他们黝黑的肌肤，健壮有力，闪着光芒，滴着汗珠，就像一群负重的纤夫。但他们和纤夫不一样，他们的脚步是轻盈的，他们轻快的上了岸，很快就隐匿在村庄里。说起来很怪，从我听说这个事起，我的脑子里总是会浮现出这么一幅素描来。小时候，我不知道什么是金子，听了这个故事后，我也只知道金子是会发光的，对于其他的还是一无所知。很多年以后，当我知道了金子的贵重价值，我还去过那座叫古墓的地方，我曾试图挖出来点什么，但除了土，什么也没有。听老人们说，金子会走路，我半信半疑，后来我读书学了物理学，才知道，老人们说的是对的。

再次在南庄听说金子，是多年以后，我已经是个小伙子了，但我还没有亲眼看到。说是村子姓刘的人家盖新房，往地下打地基时，往下挖，挖着挖着就有一块土陷了下去，空出一个桶口粗的洞来，这引来人们的好奇，于是，众人用锄头、铁锨七手八脚地把周边都挖开，挖着挖着听到有陶瓷罐子破碎的声响，然后随着铁锨的扬起，看到有亮闪闪的金币落在地上，人们争先恐后地挖着，抢着金币，说是那个谁挖走了一陶罐子，又说谁双手捧着掬走了一大把，还有人装了满满一口袋子。众说纷纭，反正，在刘家的房基下，出土了数目可观的金币，后来有人说那叫麻钱，不值什么钱，要看年份什么的。又一日，另一家盖房子打地基，也挖出来一个洞，里面却是一窝蛇，清理掉，再挖下去，又是一窝子，整个地基到处都是蛇窝，被村里人耻笑，本来这家人就不怎么招村里人喜欢，这下话头可多了，有人说平时太那个了，所以才会这样什么的。流言蜚语在村庄实在太多，不可计较，房子照样盖，照样住，照样生儿育女，一天一天地生活着。

第一次看到金子是什么时候，是在什么状态下，我早已不记得了，但金银金银，银子我倒是见过，但我依然不知道它的价值。我从小戴着一个银项圈，那是祖母给我的，很多人因此羡慕过我，我戴的那个银项圈是有些分量的，祖母对我的疼爱是尽人皆知的，所以才给我的。小时候，我一直戴着它，后来，听母亲说是祖母下世后，被祖父要了去，再后来就不知所踪了。

木

我最早接触过的木，怕是小板凳了，再后来依次是烧火棍，柴禾等，但记忆最早最深的就是那黑色的让人望而生畏的棺材架了。那个时候，我不知道自己有多大，我家在路边上住，出了门就是一条马路，从我家往村口走有七户人家。我还记得就在第六户人家门口，我从村口往回走，那是个傍晚，我看到那户人家门口放着一个大大的木架子，上面亮着彩色的灯，有很多人在那户人家出出进进，看上去很热闹，我不知道热闹的背后是因为有人离开了这个世界。我也不知道那个大大的黑色架子是做什么用的，我好奇的是上面有着彩色的灯，分几个地方挂着，挺别致，反正以前没看到过。

在南庄，树是最多的，比鸡多，比狗多，甚至比人还要多出很多来。房前屋后都是树，院子当中也是树，路边上，地边上也都是树，最多的就是杨树，因为是材料，盖房可做大梁。在我的记忆里，能叫得上名字的有核桃树，桑树，拐枣树，柿子树，杏树，枣树，梨树，樱桃树，皂角树等。为了给蚕摘桑叶，我曾和小伙伴们爬上村子里最粗大的那棵桑树。我也从核桃树上掉下来过，不算高，但着实把人吓到了，脸擦破了皮，火辣辣的烧得疼。还曾在弯脖子的拐枣树下用麻绳绑过一架简易的秋千，闭着眼睛坐在上面晃悠，一坐一个下午，不曾想过时间的流逝。少年的我，似乎总站在邻居家院子里的那棵杏树下，那是杏子即将成熟的季节，满树都是摇头晃脑的杏子，馋得我直流口水，但熟透黄澄澄的却没有几个，我在寻找着先黄的个别杏子。我仰着头，盯着树上的每一颗杏子，那些刚带上点黄色的杏子，很快就被我找到，我找来长长的竹竿，将它敲打下来，杏子掉落下来的那一瞬间，我扔掉手中的竹竿，三步并作两步冲到跟前，蹲下身子，把它捡起来，然后洗也不洗，直接在胳膊上擦拭几下，就放进了嘴里，那酸酸的味道至今让人回味无穷。在天晴时，阳光斑驳地照在树上，我站在树下仰望，总能透过枝叶的缝隙与阳光对接。那是温暖的日子，阳光也在对着我笑。在雨天，我光着脚丫子，戴着草帽，披着塑料纸站在树下，尽管有雨水冷不丁滴下来，打在我的脸上，或者一下子钻进脖子里，冰凉得让我战栗几下，但我还是坚持寻找。也不知道我在这棵杏树下站立了多少时间，回想起来，那大抵是一段时光的缩影。

　　每个少年都有一个侠客梦，年少时的我，曾经无数次的找来木板，用砍刀割来劈去的，想要把它做成一把剑的模样，但大都没有做好过，总是半途而废，偶尔做成的一把，样子也是极其古怪，即便如此，我照样把它挂在腰间，大摇大摆的走出门去，好像自己真的成了一名侠客。也和小伙伴们在村庄里打斗，嘴里喊得噼里啪啦，但木剑却沉闷着，直到玩成两个半截，才扔到一边，侠客梦也暂时搁浅。每个少年也有一个陀螺梦的，砍砍削削，细心的装点，陀螺是旋转着的梦，是不想停止的梦。在麦场上，鞭子不停地抽打着，陀螺飞快地旋转着，转着转着，少年扔掉手中的鞭子，成了青年，中年；转着转着，麦场上人去楼空，曾经的少年远走他乡；转着转着，围观的长者已消失不见，长眠在这片苍凉的黄土地下。

　　要问南庄人摸过最多的木是什么，很多人想不到，其实是顶门棍。傍晚关门，支根顶门棍，清早起来，拿去顶门棍，顶门棍虽说只是一根粗大结实点的普通棍子，但用来顶门，它的名字和意义就不一般了，它是一家人的安稳之托。一根顶门棍，可以让人在夜里睡得踏实。虽然，在南庄每一户人家里，顶门棍总是立在门后，一个不起眼的角落里。

　　锄头把断在我手里那天，我才清晰地发觉锄头把是木的，并没有想象中那么坚不可摧，而此前，我一直以为一把锄头可以用一辈子的。锄头把断了的同时，我也知道我已经长大，变得勇猛有力。当我把架子车飞快地推进巷道，架子车的左轮子被巷道里突出的半块石头垫起，我被突如其来的方向改变重重摔在了地上，半天都没有爬起来。弄清楚是怎么回事后，我拉开架子车，几步窜进家门，从院子里提出一把锄头，抡圆了，使出平生最大的力气，狠狠地朝着那露在外面的半个石头砸去，那半块石头生生地被我砸开了花。就在同时，手臂般粗细的锄把从中间拦腰震断，一分为二，我怔怔地站在原地，手里握着断掉的半根锄把，突然间觉得鼻子一热，鼻血滴答滴答流下来……那个时候的我，是无知的，是愚昧的，但有着一颗比石头还坚硬的心，所以弱小的我，可以拼尽全身力气去粉碎一块挡着我路的石头，也许无知即无畏。

我近距离地看到木匠作业，是在那间老厨房里。木匠在不分昼夜地赶制一个大木匣子，厚重的木板似乎预示着事件的沉重。木匠用刨子推一下，就刨出一朵打着卷的木花，一朵又一朵，纷纷散落在地上，生命似乎可以像木屑一样轻薄，无足轻重。在刻着岁月纹理的木板上，木匠用墨线打出直直的线条，从这头到那头，随着刺耳的电锯声响起，木板一分为二，从线条处完全分离。木匠把木板重新拼凑在一起，装订，修整，黏合，大木匣子做好了，外加一个带着拱形的盖子，里面有足够能躺下去一个大人的位置。静守在一旁的我，或坐，或立，或蹲，一直在边上看着，我不知道做它的意义何在。后来，木匠拿来一个小铁桶，还有一把刷子，小铁桶里是黑色的黏稠液体。木匠用刷子蘸着黑色的液体，开始涂染那个大木匣子，从头到尾，从上往下，一点缝隙也不放过，从那个时候起，我的心里就开始不安起来，那和乌鸦身子一般无二的黑，让人心生厌恶。再后来，木匠还用其他花花绿绿的颜料给大木匣子画上一些枝枝蔓蔓的怪东西，似物非物，让人望而生畏，不寒而栗，从那个时候开始，我就不敢再站在边上看了，我离得远远的。最终知晓了，那个大木匣子是用来装人的，我的祖母被装了进去，在很长一段时间里，我心里总是疑惑，不知道祖母一个人在里面会不会觉得闷。棺材这个刺耳的字眼在以后的许多年里，一直刺痛着我的耳膜，因为我知道了，棺材是一个生命的终止符。

小时候，我的木马就是一条木凳子，我骑在上面，在院子里跑趟子，一圈又一圈。

水

提起水，先是村里的两口井了，然后就是村旁的那条石头河了，再就是灌溉庄稼的水渠了。

村东头有一口井，西头也有一口井，两口水井养活着南庄里的村民。井上还建了井房，逢上节令，还贴上对联。井是一座村庄的生命线。有事无事的时候，总有小孩子在井房旁的空地上玩，大人们在井房边上下象棋。如果是夏天，井水水位很高，像要喷出来一样，我们就用酒瓶子吊井水喝，冰凉甘甜的井水，滋润着我们的心田。也有村里人打水时不小心把桶掉到井里去的，井太深了，听老一辈人说起，井打得不直，东边的井底一直歪到旁边队长家门口的核桃树下去了，可实际上我们眼里的核桃树离井口起码也在一丈开外，可见井有多深。即便如此，铁桶还是可以打捞的。先要找来一根足够长的竹竿，在一端绑紧固定好一大块磁铁，再找来几面大的穿衣镜和梳妆镜。一定要在天气好，出大太阳的时候捞。在正午阳光最强的时候，在太阳底下竖立一面穿衣镜，先把光反射进井房里，然后拿大的圆镜子在井口往下照，就着镜子反射进井底的一束光线，人身上绑上安全绳，下去井里，以不沾水为宜，用竹竿在井底摸索。如果竹竿一端的磁铁吸到了铁桶，执竿的人是会感觉到的，慢慢地将桶牵引到水面，将里面的水倒出来，就可以小心翼翼地提上来了。

我和小伙们曾经把河里捉的螃蟹等丢到井里，至于它们能不能活，没有再去想过。我们还在井边看到一条很长的蛇从石缝里盘旋而过，老人们说那是井神，守护井的。有小孩子在井边上玩，不下小心掉到井里去的，被大人们一阵慌乱地救出。也有大人因为吵架闹纠纷，想不开跳井的。井是一座村庄最深沉的所在。

石头河发过多次大水，大水过后是鱼最多的时候，大人们常在大水过后去河里捉鱼，那些被搁浅的鱼，有的有一百多斤重。也会有上游冲下来的木头等物什，会被打捞上来。自然，这些都是现成的，也是临河而居的村民们最引以为豪的。村庄外边有一道渠，是人工开凿的，靠的就是南庄上下七十多户两百多号人，这条渠分摊到户，一户挖四米长，画着白灰打的线，要挖一米多宽，两米多深，总长度三百米左右。南庄人只用了两三天就开凿完成，靠得全是锄头，铁锨，洋镐，撬杆等最原始的工具，这条渠顾名思义叫引水渠，就是把河里空闲的水引到庄稼地头，用来浇灌田地。这条渠用了很多年，如不是参与和亲眼所见，我不敢相信它是人工开凿出来的。

南庄的田地有一季种的是水稻，离不开水，开始时水利建设不健全，一条西干渠从上到下，经过南庄，但上游有好多分渠的。在南庄南面，有一道分渠叫东干渠。用水浇地的时节，容不得半点马虎，如果浇不上地，庄稼就会干死，所以南庄人在东、西干渠分岔的地方会派人守水。东干渠边上的村庄也要等水浇地，便派人上来争水，所以两边人常常出现争执，也会有大打出手的时候，全村人提着铁锨、锄头上阵，两村人打得不可开交，好在没弄出人命，年轻的小伙子好几个被送进了医院，骑去的自行车也被砸烂。为了争水的械斗从来没有停止过，大到村庄与村庄之间，小到我的地头你的地头，总是发生摩擦。水利水利，水的利害关系重大，特别是对于土里刨食的农人。

在南庄上面不足五里地的地方，有一座巍峨壮观的水库，蓄积了从秦岭山涧流泻而出的水。听大人们讲，当初为了修建它，集周边三县的人力物力，花了整整二十多年时间，对于水库的作用我不想多说，但它总让我想起两位小学同学，都是女生，她们是很调皮的女生，会爬上树掏鸟窝的那种。她们去水库里玩水，双双溺水而亡。水是生命线，亦是洪水猛兽。水是无形的，也是常态的，带走的就不可能再回来。

火

我看到的第一点星火来自放在窗台上的煤油灯，在南庄的无数个夜里，窗台上总亮着一盏煤油灯，灯影下有祖母弯腰缝补衣服的身影，也有糊纸灯笼时认真的模样。我曾经拿针挑着一颗花生豆在煤油灯上烤着吃，全然不顾嘴成了黑的。在我读书时，每晚，我都在煤油灯下用功的做作业。那个时候，电是个神话，火柴成了点燃黑夜的旗手。在那些昏黄如豆的光景里，影子与影子交叠，晃动，并不明亮的场景，却总在眼前浮现。

我坐在灶口，祖母在厨房里忙碌起来。我往灶膛里添了把柴禾，是把麦草，麦草噼里啪啦地烧着，锅里的水开始翻滚沸腾。祖母提了两个水壶，她先把两个水壶灌满，然后才把淘洗干净的米下锅，祖母蹲在灶口，用烧水棍捅了灶膛几下，然后去院子的角落里，把砍好的干树枝抱了一捆到灶口，她先把那些细小的树枝用手折成一节一节的，塞进灶膛里泛着火星的位置上，然后拉三两下风箱，在风的鼓动下，火星四溅，那些干树枝沾上了火星，开始噼里啪啦的燃烧起来。等火烧旺后，再把那些粗枝大叶的树枝架进去，这时整个灶膛里就成了火的海洋，锅里的米也渐渐地泛起来。在我还很小的时候，我就坐在灶口，看着祖母做这一切，我是祖母一手带大的，做饭的时候，把我一人扔在炕上我会哭叫，所以祖母做饭时，灶口就成了安放我最好的地方。

我坐在灶口的小圆木墩上，眼睛盯着灶膛里的火苗，祖母有时出去取东西，会让我看住，不要让火掉出来。开始时我不敢用手去碰，渐渐地，也会小心地把未烧着的树枝往灶膛里面推几下，树枝有时会掉出来，落在灶口下方，掉下来的树枝有些还带着火，我不敢碰火，但我不会跑，我会用脚，或者找个小铲子把带着火的树枝挪到下面的掏灰的小洞里，我知道我身后有大堆的柴禾，绝不能让它们烧起来。做这些的时候，曾经也害怕过，但随着一天天地长大，就慢慢不害怕了，且坐稳了这个位置，烧火的事情慢慢也就交给了我。

我烧火时，烧的最多的是麦草和树枝，麦草很容易烧起来，用火柴棒一点就燃烧起来了，只要不断地往灶膛里添加麦草就可以了，但麦草不经烧，一顿饭要烧掉很多，所以树枝是最好的选择。但树枝不能直接点燃，一般就先烧几把麦草，等有火种了，再把树枝加进去就能烧起来。也烧过稻草，玉米秆，稻皮等，但不管烧什么，只要塞进灶膛烧了，那就没了，只能化为灰烬与炊烟。烧了这些的同时，锅里自然会出来很多吃的东西，米饭，面条，煎饼，油饼，南瓜粥……一口锅，可以烧出各种各样的食物，曾经，我一味地沉浸在那些美食里。我喜欢帮祖母烧火，在烧火时，映着红色的火焰，看着祖母在锅台边上忙碌的身影。我也曾多次熟睡在灶口前的柴禾堆里，那里温暖，有祖母陪着，我不会感到孤单，从小我就是个害怕孤单的人，哪怕是睡觉，我也喜欢有个人影在面前晃动，这样我才能睡得踏实。

我帮祖母烧火，也会得到格外的吃货，祖母有时会在饭熟的当口把锅灶里的火星用烧火棍堆在一起，在火星里埋上红薯，有时是玉米棒子，有时是土豆、核桃、大蒜等，等火星熄灭了，就可以刨出来吃了，那些烧的东西可好吃了，只不过会把嘴和手弄得黑黑的。时间久了，灶膛里积的灰太多了，祖母就掏灰，把这些灰洒到不远处的菜地里去给地施肥。祖母掏灰时，我就蹲在边上，伸长了脖子往里面看，祖母伸长了胳膊尽量往里面掏，想掏得干净些，有时会把鼻子、额头抵在灶口边沾上灰，我看到就笑，说祖母你变成花脸猫了，祖母也不忘用脏手在我鼻子、额头上抹抹，也给我沾上灰，让我和她一样变成花脸猫。在大多的时间里，就我和祖母两个人在厨房里，只有吃饭的时候，爷爷、父亲、母亲、叔叔、姑姑们才会回来，我们全家人围坐在一张桌子上高高兴兴地吃着饭，说着话。日子在一成不变地过着，直到有一天，饭桌上少了祖母。从那以后，我开始帮母亲烧火。

那间老厨房我再也不可能走进去了，但我能在心里复原它的样子，胡基和泥坯垒成的灶台，虽不精致，但经岁月的打磨光亮干净，灶口是柴禾堆，后面一张大案板，对面放着碗柜，碗柜的右边是一张吃饭的桌子，边上围着数只小板凳，再往右就是厨房的门，门边上放着一口水缸，水缸里放着一把铁瓢，手把光亮如新。祖母离开一段时间后，这间厨房便成了杂物间，再后来就彻底地拆除了。我还清楚地记得祖母的棺材就是在这间老厨房里面做成的，我曾经一味地在这间厨房里留恋。在下着雪的冬季，我蹲在灶火口，火已经用不着烧了，我不懂得死亡的意义，我不知道我再也看不到祖母了，我只知道我很冷，在没有烧火的灶口，再也没有温暖。我看着木匠在做那个大木匣子，他把它做好后染成了漆黑色，比烧火的灰烬还黑，我感到害怕。有一些时间，我想找一些东西，进过那间厨房，里面阴冷，门被扣上，好久没人进去了。我想加把柴禾把火烧起来，让里面不要那么阴暗和冰冷，却再也找不到灶口。

回忆的匝道里，灶膛里的火一直在烧着，锅里的水一直在沸腾着，案板上烙的油饼还冒着热气，那个熟悉的身影还在锅台边忙碌着，我还是个小男孩，蹲坐在灶口往灶膛里添柴禾，火光一闪一闪地印在我的脸上……

烧火

我还在继续往灶膛里添柴
那些祖母砍的柴现在变得枯干
而且很轻，仿佛一下子就被烟火吞噬
只落下灰烬或者化为炊烟从乌黑的烟囱里升走
此时祖母正好离开
锅里的粥汤那么香甜
那么让人怀念

我要如何停止烧火，停止
不知足地往灶膛里塞满枯干轻薄的柴火
就像停止成长

灶火快要熄灭，只剩下微亮的红点
我们全家开始吃饭
唯独少了祖母
我知道她还会回来——
树木的春天也会回来

土

在南庄的麦场边上，有一截断墙，不算高，我们在上面翻来翻去，从这边
翻上去，跳到那边，再跑回来，乐此不疲的玩闹着，也骑马一样骑在墙头上，

或者用小木棍在墙上写字，掉下一地的土沫在墙根。这半截土墙很厚实，经过很多年风吹雨打，仍然还在。一截土墙，裂了口子，透着风，还是这个村庄的一部分。

在我小时候生活过的老院子里，也有一截土墙，我和父亲曾经花了整整一天的时间才把它挖倒。它似乎是生了根的，看起来已经破烂不堪，风雨飘摇，但真的动起来，却不是那么容易。

我曾经看到过大人们打土墙，那是热情洋溢的劳动。光着膀子流着汗，喊着号子，在毒日头下，和上好的土泥，倒上麦草秸，用铁锨翻倒进夹板里，然后轮换着用石墩砸实了，一层又一层，从地下到地上，一面丈高的墙拔地而起，厚重而结实。

在南庄四周散落着的土坟不知道有多少座，那一小块一小块隆起的土地下，埋葬着曾经在这片土地上生活过的先人们。如今，依然劳作在这里的人们，也终将最后回归脚下的这片热土。生命轮回，我是南庄人，在不久的将来，我也会长眠在这片土地下，当尘世的土蜂拥而来，掩埋我时，我将幸福地降临。

南庄地理

村名

村子不大，五六十户人，一家一户地挨着，邻里共用一堵墙把两个院子分开来，整个村庄差不多是个不规则的正方体。村名现在叫新军组，新社会初期才改成以组为单位划分村子的，早些年叫新军营，下边还有个叫胡家营，听说以前都是部队的驻地，打上面山里有个叫八亩塬的地方的土匪时，部队的营地就驻扎在这些地方。听老一辈人讲，当时在靠近村子的河边，沿着河岸都架起了大炮，朝着八亩塬那个山头。直到现在，一说起八亩塬的人家，人们都戏谑八亩塬老土匪下山来了什么的。还有关于村名更早时期的一个说法，是父亲亲口对我说起的，父亲年轻时和村里的人们修灌溉田地用的水渠时，曾经无意间挖出了一块板石，上面刻着：失火郡更名为新军营。父亲说得有板有眼，让我深信不疑。郡是秦朝时才设有的划分单位，这足以说明村庄的历史久远。

原始记忆

我能忆及最早的关于村庄的事情，是从村庄的仓库开始的。那时候，位于村口的那间房子是村子的仓库，里面没有什么东西，在我的记忆里，只有一台黑白的14寸小电视机能让人想起。每天吃完晚饭，村里人都提个小板凳，往破旧的仓库里钻，往电视机前面挤，一大堆人围着一台电视看，那情形现在忆起，觉得辛酸的同时又感到有趣。时常有前面坐着的人挡住了后面的人看电视，后面的人就大叫起来，有的还很有幽默感地来一句，看你别钻进电视里出不来了，搞得一屋的人都哄堂大笑。还有的气不过，一只手提起板凳，一只手摸着扭得发酸的脖子，说，回去了，不看了，简直是受罪。从我有了记忆开始，我能忆起的关于村庄最早的记忆就是这个地方，我曾经也去看过几次，但后来就不喜欢去了，人太多，后面的人都看不到，看不清楚，站着太累。真不是看电视，而是找罪受。对于这些片断零星的记忆，是我对村庄最直接最原始的感受。

小卖部

村口的另一边是个小卖部，是村子里唯一的一个。那时候的小卖部也没有多少东西可以卖，一般都是散装的盐，装在一个像牛槽一样的木匣子里，上面搁着一根横杆，一把小秤挂在匣子的上方。除了盐，还有菜籽油，装在一个大油桶里，当然少不了醋，这些都是每餐少不了的东西。日常的生活用品也必不可少，肥皂，洗衣粉，火柴等。副食品之类的也有些，有人走亲戚要买，最常见的就是饼干，蛋糕，罐头之类的。逢年过节时也有一些时兴的东西，比如秋收后走亲戚一般都送的挂面，中秋的月饼，过年放的烟花爆竹类。另外，还有些低档次的香烟，当时的大雁塔三毛钱一包，羊群九分钱一包。最吸引我小时候注意的就是糖果之类的，一颗洋糖一分钱，一根拉丝糖一分钱，酸梅味二分钱一小袋。上学后，我用的铅笔，最普通的一种三分钱一根，上面没有色，是木头的本色，彩色的一根是八分钱，带橡皮擦的一毛二，削铅笔的小刀一毛钱一个。我曾经没有削铅笔的小刀，每次去学校前都是父亲拿做饭用的菜刀帮我把铅笔削好带上。后来，我就偷走了爷爷的刮胡刀，可是刮胡刀不好使又太锋利，一削下去就把铅笔削断了。为此我常常没有削好的铅笔写字，每次都是削得只剩下最后一小节不能再削了，才勉强地捏着写字。

十三亩地

村庄的东面有块地，叫十三亩地，一般村人到那块地里去做农活，说到哪里去，都说去十三亩地。关于十三亩地，听父亲说起过，十三亩地曾经是我们家的祖业，那是在我爷爷的爷爷手里，爷爷的爷爷在旧社会算是个财主，十三亩地全是他的，当时叫十三亩地是因为这块地丈量起来刚好十三亩，一分不多，一分不少。后来，爷爷的爷爷抽上了大烟，并染上了烟瘾，从此，家道中落，十三亩地就这样被换成抽大烟的钱散没了。解放后，爷爷的爷爷又被打成了右派，在一片批斗声中郁郁地去了。后来土改就跟着开始了，实行分田到户，至此，十三亩地就被分了。如今，一畦一畦的田地都是由分到的不同人家耕种，不过这个名称却一直叫着，并沿用了下来，直到今天，那块地还叫十三亩地。十三亩地，俨然成了地名，并记载着一段历史。

生产桥

在村子的北面，人们要去田地，都要经过一座小小的桥，这座刚好只能容得过一辆架子车的桥叫生产桥。听这名字就知道，桥那边肯定是成片的田地，过了这桥，肯定是直奔田地搞生产去了。这座桥横在马渠上面，到现在我还不能确定为什么这条渠要叫马渠，不过这渠很深，直上直下有一丈多深，两边是很大的斜面，渠底宽一米有余，是平整的石头砌的底，斜面下半部也有砌石，上口宽五米开外，横截面就是个倒放的大梯形。马渠大多时间都有水，水流湍急，扔一块个头大的石块下去，一下子就被冲出几米开外，直到冲进有潭子的地方，否则在这样的急流中是不可能停下来的，这渠水流至急，因此曾经出过几次人命。生产桥就架在这条湍急的马渠上，桥面很窄，只能容一辆架子车过，两边稍显有余，这当然是按车辙看，如果按架子车的宽度，生产桥和车身宽度相差无几。桥身并不厚，用了水泥，水泥上铺了厚厚的一层土，所以看不出水泥板有多厚，桥面和周边的路颜色一致，土黄色，和路面高低也得当，方便拉架子车过。要是没有这座简易的桥，人们去田地，要绕行三里路，可能还不止，遇上收获的时节，还不把人累死，有了这座桥，拉着架子车可以直接到达田地深处，节省了很多时间和精力。一座普通得不能再普通的桥，它对于庄稼人的意义却格外深远。

洋槐林

洋槐林在村庄的正西面100米处，从村庄望过去是看不到的，要下一个斜坡才能看到。这一片洋槐林是公社的，也就是集体所有的。整个林子有大大小小几百棵洋槐树，树并不高大，最高的也不过到两层楼房的顶，低的只有一层楼房的高度，但它们手挽手，同气连枝打成一片，颇有气势。我最喜欢洋槐林开花的时节，也是因为这才让我有了关于它的记忆。其实不止我一个人喜欢，村里的人都喜欢，附近村子的人也都喜欢，那白色的花，一串串挤挤挨挨的挂在枝头，别提有多赏心悦目。整个林子就像是一片花的海洋，在风的涌动下，泛着白色的花浪，引来无数的蜂蝶在上面起舞，当然也引来了贪食的人们。洋槐树的花叫洋槐花，是可以吃的，味甜爽口，吃得嘴巴里花香四溢。每年花开时节，村里各家各户的人都会提着小篮子，拿着夹杆，去摘采洋槐花，一般也要的不多，一个枝的就够吃了，看林人不会多说什么，只是不让砍树，不让把太粗大的树枝给弄断。会上树的一般都会爬上树去摘吃，但树上有刺，要小心被刺到。洋槐花要是只能这样吃，也就不会吸引那么多人注意了，它是可以和米饭一起蒸来吃的，我们叫它槐花饭。和米饭蒸在一起后，米饭和着槐花变成了一团一团的，闻起来就香喷喷的，吃起来更别有一番风味，可以放在碗里用筷子夹着吃，也可以不那么斯文，用手抓起来吃，像吃手抓羊肉那样。我们那时候吃洋槐花，只图吃个稀奇，但听老人们说，在旧时那个缺衣少粮的年代里，一顿槐花饭带来的温饱，曾经温暖了多少苦难的人们，所以就不难理解洋槐林的花开，人们是怀着一种多么特殊的期盼和希望。

石头河

村子的西面100米处有条河，也就是洋槐林下面再下一道坎，叫作石头河，整个河床都是大大小小，形状各异的石头堆砌而成，最大的石头有一头牛那么大，小的一般西瓜大小。河水长年累月的流过河床，河水清澈见底，有鱼、螃蟹、虾，等等在河水里生长。在有水潭的地方，如果是夏季，整个潭子里都是人，大家都游水降暑。这条河是我童年快乐的温床，在这里，我学会了游泳，学会了钓鱼，学会了逮螃蟹。

学游泳时，要先学会扎猛子，也就是憋气，一般在淹不了人的浅水区，钻到水下，直到憋不住了再探出水面。这是我们那里学游泳的第一步，这样会避免溺水。接下来一般都是狗刨式，两只手在胸前不停地快速划动，一般会顺着流水练习，这样身体容易浮起来。假以时日，自我感觉不借助水的流动可以靠自己划动浮起来时，就可以找个潭子试试，这时最好有游水高手在场，你若是不行，别人可以救你上来。学会了狗刨式就等于学会了游泳，只要身体能在水里浮起来，其他的花样都是摆设，想怎么游就怎么游，蛙式，背式，仰式……随你高兴，到最后就像鱼儿一样，能在水里来去自如了。

钓鱼是个技术活，得先准备好鱼线，鱼竿，鱼饵，鱼钩，浮子，这些都算是硬件，你还得有耐心和经验。开始时没经验，要问别人，看别人，日后慢慢积累总结。鱼线一般是在商店里买来的一种和针线粗细的透明塑料线。鱼竿就是一根粗细得当有弹性的竹竿。鱼钩也是要去商店买的，一种金属制成的，特别注意的是除了往上的大弯钩，环里还有个小的钩叫倒钩，这是防止鱼脱钩的。浮子一般都是白色的泡沫，有一小块就行了，一般装电视机的箱子里都有。鱼饵有很多种，一般最好是去潮湿松软的墙角挖蚯蚓，不要大个的，很细小的那种就好，容易穿在钩上，鱼也容易吞食。还有就是和面团，不是用水和，是用油和，可以粘贴在鱼钩上。另外还可以到河边的浅水里捉一种小水虫，有毛毛虫大小粗细，去掉头尾，穿在鱼钩上，也可以钓到鱼。准备工作做好了，就可以去河里了，先选一个水潭，往潭子最上游走，因为鱼是逆水游动的，上游的鱼数量多。另外就是看时间和天气，下午太阳落山前鱼儿多，有时还跳出水面。还有就是下雨前，比较闷热，鱼儿也多。钓鱼很考验一个人的耐心，有时候坐了很久，浮子都不动一下，有时只是轻微的动一下，又一下，鱼儿就是不咬钩，实在让人干着急。但钓上一条鱼儿后，心情便会马上变得喜悦起来。钓鱼是一件很有乐趣的事，小时候和伙伴们钓鱼，有时竟然是勾着鱼的肚子，或者尾巴提上来的，更有的感觉拉不动，好像碰到大家伙了，喊来伙伴们帮忙拉，忙活了半天，却拉着了一堆水草，更有甚者竟然破天荒地把水蛇给钓上来了，吓得扔下鱼竿就跑。真是让人啼笑皆非。

螃蟹是有十只脚的，而且它是横着走的，一般都在水底爬行。逮螃蟹也简单，只要看到了用手去抓就好了，螃蟹行动不会太快，但有一点千万要记得，螃蟹前面的两只脚是带夹子的，别看夹子不大，夹住了可是不会轻易松开的，而且坚硬的夹子会夹破手的。所以，逮螃蟹一定要手从上面下去，用大拇指和食指轻轻掐住螃蟹的身体，这样两只夹子在前，不能伸向背后，就不会有危险，但这样往往慢些，而且不好下手，螃蟹很容易跑掉。最后还有一招就是满把手抓下去，一定要快，把螃蟹连同十只脚整个握在手中，让它动弹不得，只是切记要眼疾手快，否则会吃亏的。

石头河的水流这些年常年在东边的河床，西边的河床几近干涸。人们常说：三十年河东，三十年河西，这和地球公转自转，和潮汐现象有关。西边几近干涸的河床里有一个水潭让我记忆犹新，我们叫它"清水潭"，因为潭里的水不是流经的河水，这水都是从东边有水流的河床经沙石层渗透过去的，所以这水至清，且清凉无比，直接饮用都没问题。"清水潭"最深处约2米深，却看得清水底的石头，水中的鱼儿更是一目了然，掉了什么东西下去，一准能捞到。清水潭是现有不多的几个清澈见底的河潭了，石头河以前也是清澈的，但后来上游办起了工厂，机器声轰鸣不断，尤其有个电解锰厂，将大量的工业废水废渣排入石头河，使得河水受到严重污染，水变黄变黑了，虾蟹都没影了，偶然能看到生存力强的，适应了这样水质的鱼儿在水里艰难地游着，像在诉说着什么。如今的石头河依然在呜咽的流着，不分日夜奔向远方。

公坟

坟是一个中性词，本身不带有任何意义，但说到坟，人们都清楚地知道那是埋死人的地方，心里不免诚惶诚恐，忐忑不安。是的，我现在也是这样，尤其像公坟这样的地方。在村子的西北角，临近石头河边，有一处荒地，远远望去起伏着连绵不断的黄土包，上面长着杂草等植被，也有几棵叫不上名字的小树光着枝丫站立在那里，显得无比荒凉。这些隆起的一个个黄土包，都曾经是一个个鲜活的生命，而如今，他们倒下了，只留下了这一堆黄土，让后人有个念想。公坟是附近几个村子的村民埋葬先人们的地方，坟头好几百座，一座挨着一座，杂乱无章，没有任何的秩序。旁边的一条小路经过这里，人们走过时，都忍不住要看上几眼，这么大的一片坟地，埋葬着多少勤劳质朴的村民啊！他们一个个鲜活的面孔，印证在岁月消逝的历史长河里，我无从忆及，岁月的车轮早已碾过了他们沧桑的脸颊，将他们早早地置身于这片苍凉的黄土地下。

石堆

说土堆农村人家都知道是什么，但石堆就有些让人不明白了，我说的石堆，不是哪家门前堆起的建房子打基的石堆，更不是河里的石头堆，而是星罗棋布在村子周围田地边上的石堆。这些石堆有大有小，最大的有几所房子连成一片那么大，小的也只有一条小船那么大，有的我没有看到的可能已经消亡了。一般的石堆都呈长方形，长度宽度都不等，堆在两块田地中间，高度约一米到两米之间。说是石堆，当然都是石头堆砌成的，这些石堆的年月已经非常久远了，最上面的石头表面发黑，显得很陈旧，有的表面已裸露出沙子的颗粒，几乎是要风化了。石堆上面长满了各种植物，大都是簇团的爬在上面，也许是因为根扎的不深，只是在石头间的缝隙里。这些石堆是从哪里来的，想一想就知道，那是个非常久远的年代，可能是移居到这一带最早的先民，他们要开荒种地，把地里的石头全部移走，只留下松软的适合庄稼生长的泥土。这些一块一块被开荒时挖掘出来的石头，被祖先们又一块一块地运到一起堆放起来，后人们下地刨出了石头，也往上堆，慢慢地就形成了我们今天所看到的石堆，不得不由衷地从心里佩服我们祖先的意志。数以千万计的石头被从土里剔出来，又一块一块堆积起来，这也算是一项伟大的工程了。

鱼池

鱼池离村庄略显远，在石头河的西岸，要去鱼池，从村庄出发，越过石头河便是。鱼池总面积很大，合在一起有好几十亩，最小的鱼池长约50米，宽30米，最大的长100米开外，宽50米有余，大大小小像这样的池子约有二三十个。最上面全都是小池，下面全是大池，池深2米左右不等，边上都是平整的砌石，池与池之间的间隔都很均匀，三米宽。在放学后或者周末没事的时候，我们都喜欢去鱼池边转悠，心里当然想着搞几条鱼吃。鱼池有看鱼池的人和饲养鱼的人，我们得小心应付。开始时都是钓，不要鱼竿，直接拿鱼线，鱼钩，挂上钓饵。因为鱼池大，周边也有路，经常有过路的人走过来看看，要不就地坐在池边的石头上歇脚，所以看鱼池的人一般不太会注意，我们就是装作在鱼池边上歇脚，把鱼线放进池里，这个时候可以不用浮子，手上感觉得到，鱼池的鱼太多了，很容易就钓上来了，再说了用浮子，看鱼池的人可能会看到。我们钓几条后就会溜之大吉，看鱼池的人拿我们也没办法，有时发现了，等他气喘未定的从鱼池那头跑过来，我们早就提着鱼跑到河堤上去了。后来我们用笼子，或者找来网，鱼池边上经常放有喂鱼的饲料，我们把饲料大把大把地撒进鱼池里，鱼儿就成群结队地赶过来吃食，这时候下网，或者用笼子捞它一家伙，就能一下子搞定几十条，鱼儿得手，撒腿就跑路了，气得看鱼池的人望着我们只有苦笑的份。这些鱼池，是有分类的，有的是专门育鱼苗的，有的是专门给外人垂钓用的，有的就是养些外销的。鱼的品种很多，但草鱼和鲢鱼居多，四大家鱼里有这两种，四大家鱼分别是青草莲鳙，其他两种鱼可能是不适应我们这里的气候条件，所以没看到过。

鱼池一般都有进水的水渠和退水的水渠，别小看退水渠，这里面的东西可真不少，鱼肯定是有的，另外螃蟹，虾，贝壳比比皆是，有时还能看到鳖。在退水渠里捞东西，鱼池的人是不管的，要管也管不着。这些退水渠流到哪里，哪里就有了螃蟹，虾，贝壳，所以退水渠所到之处，一般都长年累月的有人在乐此不疲的捕捉。捉一篮子螃蟹不算什么难事，从泥里捉出的贝壳一般手掌大小，要是在鱼池里，捉出的就有手掌两倍的大小。贝壳移动时靠斧足，走过的泥上有条线，在两条线，或者更多条线的交汇处，凹了下去，一般都是贝壳的藏身之地，这样找贝壳百试百灵。到了冬季的时候，鱼池整个面都结上了冰，厚厚的，足足有四五寸。我们就在上面滑冰玩，跑起来一滑，哧溜一下就滑出丈余开外。

村庙

在我们那地方，几乎每个村子都有一座庙。我记得我们村的是座五圣庙，但里面供奉的是哪几尊佛，我却从来没有留意过。庙是村里人集资修建的，说是村子里有座庙，可以保一方平安。意图是好的，不然不会建起来，有很多人已经不再相信迷信了，但这却可以理解为一种寄托和信仰。庙刚建起来，开光的时候，说是那点了佛像眼珠的毛笔，谁要是用了，肯定能成大器。我母亲也帮我拿了一支回来，就是商店里几毛钱一支的笔，很普通。我小时候有一次患了感冒，吃药吃不好，奶奶便带着我去了庙里，拜佛烧香，最后在庙里几个住持的询问下，他们也都是村里的老婆婆，便把刚刚上了香的香灰包在纸里，让奶奶带回家给我吃，后来奶奶还真喂我吃了下去，麻麻的难以下咽。现在想来真是有些荒唐。

每年村里办庙会的时候就非常热闹，人山人海，和上街赶集市一样。庙会的重头戏就是请秦腔戏团来村里唱大戏，三天三夜不停地唱。此外，还要搞一些仪式。也就是这个时候，我才知道什么是秦腔的。戏子们身着花花绿绿的衣服，脸都涂抹了起来，扮成戏里的各种角色，有丫环，小姐，县太爷，衙役什么的，在事先搭建好的戏台上，走着唱着，唱腔浑厚深远，吼着嗓子眼。台下坐满了看戏的人群，黑压压一片，都是些老戏迷。因为庙会，寂静的村庄也因此沸腾了起来，各家的亲戚朋友也闻风而来，挤在一起吃饭，看戏，逛庙会。这也算是庄稼人喜庆的一种方式。

竹子林

其实村庄就两片竹子林，一片大些的是二爷家的，另一片是我家的，合在一起有三亩田大小，密密麻麻地长着青色的竹子。竹子一般高两丈开外，粗细手臂般均匀，是一种韧性非常好的植物。在我不多的记忆里，我记得爷爷、二爷会用竹子编背篓，竹筐，竹篮等。这手艺我想如今已是失传了。爷爷编竹篮的时候，我在旁边看过，所以还是知道一些的，不过编法确实不清楚，因为当时没有亲自动手编过。并不是我不想动手试试，只是当时年纪太小手太嫩，力气也小，经不起竹条的磨砺，爷爷有时也要戴上手套才敢下手。编织东西前，爷爷先把砍来的竹子从中间破开，用砍刀划成一条条铁丝般粗细的竹条，然后按一定的编法编织在一起，遇到太硬的竹子，不够柔软，就放在火上烤一烤，这样就容易弯得动了。

竹林在春天的时候会长出竹笋，一个个尖尖的，破土而出，身上裹着一层一层的外衣，向上延伸着，越往上长，身上的外衣就一层层地脱落。竹笋刚长出来那段时间，很嫩很脆弱，走路不小心撞着它，都会把它撞断。竹笋可以用来炒菜吃，不过吃一根竹笋，也就相当于吃掉了一根竹子，所以一般不吃竹笋，除非是不小心弄断了。冬季的竹林煞是壮观，厚厚的积雪压在竹冠上，一根根竹子都不堪重负，一个个弯下了腰，但它就是坚韧，硬顶着雪霜，屹立不倒。等到雪化了，就又伸展开身子，向高处长去。

庄稼地

围绕着村庄的是庄稼地，养育着村庄的也是庄稼地。庄稼地里一年四季都有它的色彩。春天的碧绿，那是捂了一个冬季的麦苗展现出的生机。夏天的金黄，整个田野里都是黄灿灿的麦浪，迎着风一阵阵的泛起。秋天的灰色，沉甸甸的稻谷饱满着颗粒挂在田地里，向人们诉说着又一季的丰收。冬天的雪白，那是天上的仙女向大地撒下的圣洁。在这样四季分明的气候下，庄稼地的收成刚好一季水稻一季麦子。夏天收割完麦子后又插下稻秧，待到秋季收割水稻后又撒下麦种。年复一年，如此循环，把希望的种子撒播向明天。

夏天里，庄稼地里除了大片金黄的麦子，还有河边沙地里一排排整齐的玉米和高粱。种什么得什么，有什么因就结什么果。秋天时，收割水稻的同时，也有大豆、小米等农作物，五谷杂粮，样样俱全，一样不缺。庄稼地是庄稼人的衣食父母，命根子，是庄稼地养活了庄稼人，并在这片土地上生根发芽，繁育着一代又一代的人们。

果园

家乡的果园以苹果园居多，早些年，不知刮得什么风，说是搞特产种植免除农业税，于是村子里家家户户都欣喜若狂，纷纷在自家的一些田地种上了苹果、猕猴桃等果树。早期也有人种植，但少之又少，经过这次以后，几乎每家都有了果园，于是也不存在以前的偷果子事件，果园就放在那里，也不把周围用一种带刺的植物围起来了，更不用人每晚轮流看守了。家家户户都有了，也就不稀罕了。

苹果树的树苗刚买回来时拇指粗细，运到田地里，每隔三米左右栽种一棵，一亩地有百来棵吧，品种多样，但最多的是红富士，秦冠，红香蕉，黄元帅这几个品种。苹果树苗经过三四年的成长才能挂果，在这期间要不断地上肥，使小树苗成形。成形的树已有小腿粗细，这时就开始结果，但要定期剪枝和疏果，不然会浪费果树的养分。村里的人熬了三四年，总是盼望着果树早点挂果，并能卖个好价钱，谁知道当时的苹果少有人问津，再加上庄稼人对果树的种植一知半解，种出的苹果果实偏小，形状也是形态各异，最后竟然卖不出去，好多都落在果园子里烂掉了。我还记得当时的果园边上，大都堆放着一些烂掉的苹果，可惜但没有办法，最后大多数贱价卖给了当地的一家果汁厂。我家也种植过一亩地的，我记得当时的收购价才5分钱到8分钱一斤。整个果园里的果子全部摘下，再贱也是要卖的，要不怎么处理，总不能看着烂在树上，烂在地里吧。后来，几乎是一夜之间，村子周边的苹果树都连根拔起了。人们算得来账，种苹果不划算，还不如种回庄稼。村子周边的苹果园就像一阵风似的，吹过来又很快过去了，只有少数的种植猕猴桃的果园保留了下来。

南庄风物

炊烟

小时候，在村子里和其他的小朋友玩游戏，因贪玩常常不记得回家吃饭，直到饿得肚子受不住了，才想起该回家了。偶尔也有村子里的长辈好心地提醒，吃饭时间到了，你们还在这里玩。我们小孩子玩在兴头上，自顾自地玩，爱搭不理地随便应一句，哪有，没这么快的。这时长辈们便很认真地说，我刚才看见你家烟囱往外冒着烟呢，这会怕饭都做好了。冒烟是一个信号，意味着谁家在生火做饭。从那个时候起，我们小孩子在一起玩得再兴起，我总是在玩着的同时往自家院子里的烟囱上看，看到烟囱往外冒烟了，我就知道家里生火做饭了，吃饭的时间快到了，再多玩一会就往家走，好回家吃饭。有时，母亲也会诧异地问我，帮忙做饭的时候人不在，吃饭的时候怎么就知道回来了。我不语，这是我的秘密。炊烟在那个时候的我眼里，是一个关于吃饭时间的信号。

入学后，每次走在放学回家的路上，远远地瞅见家里的烟囱往外冒着炊烟，就知道回到家里就有饭吃了，看到炊烟仿佛就闻到了香喷喷的饭菜香，顺着乡间小路一阵小跑。等跑回到家里，放下书包，奔到锅台边，锅里的饭早就做好了，拿起碗，用铲子舀在碗里，便坐在灶房里狼吐虎咽的吃起来。有时米饭还要焖会才好，便盘坐在灶口前，往里面塞一把麦草，或者玉米秆之类，拉几下风箱，风箱吧嗒吧嗒的响几下，灶膛里的火便燃起来，噼里啪啦地烧着，与此同时炊烟也从锅底顺着烟道飘向屋顶、村庄，飞向湛蓝的天空。那时的我总是好奇，炊烟都飘到哪里去了呢？是不是天上的云就是炊烟飘浮到天空堆积形成的呢？炊烟是缥缈的，我捉摸不透，直到现在也是。

后来我长大了，离开了村庄生活，我便很少再看到真实的炊烟，只是在一幅幅的画作里看到过炊烟，那袅袅升起的炊烟，一缕一缕的，或浓厚，或轻渺，弥漫在村庄上头，让村庄一下子变得鲜活起来。只要是关于一个村庄的画作，其间大都少不了炊烟的痕迹。没有炊烟的村庄死气沉沉的，有点不像村庄。只有飘浮着炊烟的村庄，看起来才是有生机的，才是鲜活的。似乎作画者都认为，要把一个村庄画得活灵活现，画出村庄的灵魂，则必须在画村庄的同时画上几缕缥缈的炊烟。炊烟就像是一座村庄的呼吸，有了炊烟，村庄立刻就有了生命。如果你站在一座村庄外，看到村庄里的烟囱往外冒着炊烟，你定会觉得这座村庄是鲜活的，充满着生气。反之，一座没有炊烟升起的村庄是静寂的，可怕的，因为它太沉闷，缺少灵气，似乎没有了生机，或者它已经不是以前你所认识的那座村庄了。当一座村庄里的炊烟不再像往常一样升起，那么就是说这座村庄已经停止了呼吸，这同时意味着这座村庄宣告死亡，不管它还存在与否。

井

一座村庄如果没有一口像样的水井，那就不叫个村庄，井是一座村庄的眼。不管离开村庄多远，多久，在怀念，眺望村庄的时候，总有一个眼与我对接，那个眼就是村庄里的那口老井，深邃，明亮，清透，一闪一闪地晃动着，同时，映照出村庄里村民的身影，从古到今，不知有多少勤劳质朴的村民曾在这口井里投下过身影。井面晃动的水纹，随着辘轳飞快地转动在一圈圈扩散，扩散到整个村庄里，把给养带给村庄。

我不敢想象一口井有多老，它在一座村庄里存在了有多久，一口井就是一座村庄的生命线，它曾经伴随着多少人来，又伴随着多少人离去。井就像村庄里一位历经沧桑的老人，看到了远去的陈年旧事，看穿了村庄的前世今生。井无私地养育了村庄里的一代又一代人，它总是不起眼，卑微地坐落在村庄的角落里，不被人重视。在这个多变的时代，当我们吃着哗哗哗的自来水时，我们已经彻底地忘记了村庄深处的那口老井，井落寞地蜷缩在村庄的角落里，井不知道它的存在还有没有价值。我们或许也早已淡忘了那些个挑水吃的年代，村庄里的人起早贪黑地排着队到井里打水，那时的井是喧哗，充实的，并伴随着幸福和快乐！井边洗衣服的妇女们，说着笑着搓洗衣裳，汉子们光着膀子从井里提水，孩子们在一边快乐的玩耍……一口井更容易看到并记住村庄的历史。我们忘记井的时候，井却一直默默看着我们，守望着村庄。当现世的某一个盲点不定期地来临，自来水中断，不能供给时，我们才忽然想起村庄里还有一口井，我们一边埋怨着自来水怎么没有了，一边又找回不知放到何处的扁担，挑着两个桶来到井边取水。那么井会不会因此埋怨，用着我的时候来找我了，用不着我的时候，从来没有人看过我一眼，我是不是真的将被淘汰了。

我不知道有多少村庄填掉或废弃了多少口井，也不知道一口井到底可以用多久？这恐怕没有人能告诉我，一座村庄里年纪最大的老人恐怕也说不上来这口井存在了有多久。追溯到上几辈人，恐怕还是没有人知道。他们只会说，我出生的时候，这口井已经在村庄里了。一口处在村庄里的井，它就是村庄的一部分。如果一座村庄没有了井，我不知道这个村庄还叫不叫村庄。我怀念一座村庄的时候，总是从一口井开始，我总是觉得井就是一座村庄的眼，深邃，明亮，清透，一闪一闪地，那里面有人影在晃动着……还有，只有一口井，才藏得住村庄里的秘密，并见证一个村庄的全部历史。

麦草垛

麦子颗粒归仓以后，偌大的碾麦场上顿时显得开阔空寂起来，不再喧闹，不再熙熙攘攘，麦场恢复了它原有的秩序，平静且从容，仿佛什么都没有发生过。唯一引人注目的就是堆在麦场四周与散落在中央地带的一座座麦草垛，此时的麦草垛衣着光鲜，在阳光的映射下散发出耀眼的金色光芒，远远望去，像一座座金色的小城堡。在村庄周围的田间乡野，麦草垛成为这块土地上最后的守护者。

前世里，麦草垛是一粒粒的麦种，它们被一只只粗糙的大手抓起，洒向大地，这块大地未开垦之前，被一头牛，一把犁，一个人，相继蹒跚走过。经过耕耘的土地变得松软，一粒粒种子就这样钻进了泥土里，吸收着土地的养分，开始生根，发芽，努力向上。终于有一天，它们破土而出，显露出了生命的绿色，迎风招展着叶片，向上，向上。在不断地成长中，它们变得坚强，并结出一穗穗麦子，在阳光的照耀下，麦子黄了，金黄的麦浪翻滚着，把太阳的光芒变成一条河。

今生，麦草垛屹立在麦场，隐忍着时光的流逝。这个世界上的事物，到最后无非上天入地，麦草垛也别无他路，它们只能一点一点地燃烧自己，带给这个世界最后的光和热，这是麦草垛的宿命。燃烧后，麦草垛将化作一缕缕炊烟飘向梦中的天堂，抑或化成灰烬重新回归大地，涅槃重生，在下一个轮回。

黄昏的时候，一名妇女提着篓子，奔向自家的麦草垛，她走到麦草垛前，前前后后打量着。她在看什么呢？麦草垛的表面平滑，经过风吹日晒，最外表的一层已变成了铅色，这一层护着里面的依旧泛着金黄色的麦草，这外表的一层就像是保护层，逢下雨下雪天，外表的一层会挡住雨雪，保持里面麦草的干燥。她在看有没有破坏到外面一层，如果有个缺口，雨水落进去，那里面的麦草到时就会腐烂。妇女检查完后，放下篓子，开始从以前的缺口处扯麦草，双手用力抓住一束，往后拉，拉出一束，放在篓子里，如此反复，还是有些吃力，经过一段时间的沉淀，麦草已经压严实了。扯麦草就是要从中间位置往里扯，不可图省事在边上或表层不费力的扯来装一篓，这样是对麦草垛的损害。麦草垛有时确实压得太实，很难扯出麦草来。孩童时的某一次，我和弟弟两个人提着两个篓子去扯麦草，麦草垛压得太实了，费尽九牛二虎之力都很难扯出来一束，我和弟弟在扯口面的正中间位置，拉住中间的一大把麦草，两个人一起用力，把脚都踩上麦草垛，使劲向外用力，都很难撕扯下来。再狠用力时，我们还没有反应过来怎么回事，只觉得一下子眼前一片黑，然后全身被什么东西给压住了，堵得慌，难受得要死，我就拼命挣扎，等我好不容易挣扎出来，急得都快哭了，弟弟也好不容易逃脱了出来。我们既气愤又觉得好笑，偌大的一个麦草垛被我们拉倒下来，把我们两个扣在了下面，这实在是一件非常危险的事，很可能导致窒息，怪不得当时憋气的那么难受。

麦草垛是捉迷藏的好去处。麦场里大大小小近百座麦草垛，一帮人藏，一帮人找，然后又换回来，那时都藏在麦草垛里，随便在麦草垛的某个位置挖个洞，扯出里面多余的麦草，自个钻进去往里面一藏，再用手扯些麦草把口堵上，这样很难被找到。如果不是麦草垛刚堆起来的时节，还好找些，就找整个麦草垛不是铅色的那片位置，一找一个准，就怕麦草垛堆起来还没多少时日，这样是看不出来的，整个麦草垛的色泽都是一样的金黄色，这样就只能找那些不平整圆滑的位置，全凭个人眼力了。麦草垛，是小时候的天堂，那里柔软，干净，不受任何约束，不分彼此，不会弄伤人，也不会弄脏衣服。麦草是很干净的，拿一个刚从地里刨出的红薯，先剥落粘在上面的大块泥土，然后扯一把麦草在手上，缠住红薯，使劲地擦拭，一会工夫，红薯的表皮都掉光了，一根白白胖胖的红薯便出现在眼前。

在晾晒麦子的时节，麦草垛刚刚堆起来，晚上，天气要是晴好，大多数人都不会收起麦子，而是睡在麦场边上看麦子。这个时候，麦草垛自然会成为避风港，在麦草垛下搭个小棚子，铺个凉席，下面再垫上麦草，睡在上面抬头可见星月，别提有多惬意。麦场上的麦草垛，也会成为流浪汉的收容所，那些流落乡间的叫花子，没有地方可睡，只要找到麦草垛，对他们来说，那是最好的去处。在麦草垛的庇护下，他们才能睡个安稳觉。

麦草垛也是乡村事件的焦点。在乡村里，经常会发生麦草垛起火的事件，这肯定又是哪家小孩子不懂事，在麦草垛旁边生火玩，或者是放鞭炮之类的，又或者是大人们的烟头乱扔，还有可能是一种报复行为的实施。总之，生在乡村的人，几乎无一例外地都遭遇过麦草垛起火的事件。一般时间上会是在傍晚时分或是入夜，随着几声惊呼，熟睡的村庄开始沸腾了，人们提着水桶、脸盆等物件往起火的麦草垛跟前跑，渠沟里有水就在里面舀，没有就在井里打，家离得近的就在自家的水缸里舀，反正乱七八糟的一片。火光再大，也禁不起人群的齐心协力，经过一阵子折腾，火最终被扑灭了，然后人们拖着疲倦的身体散去，在离去时还不忘七嘴八舌地瞎猜测，说着各种是是非非，谁看到谁晚上没睡，去过麦场，谁又看到哪家小孩子在麦场上玩火。

　　村子里的事总是像麦草一样杂乱无章。张三家的粮食装起来是七袋，到了晚上拉回家去就只有六袋了，明明少了一袋却不知去了哪里，找来找去又没有掉在路上，是不是记错了，想来想去不对，带着各种疑问，去麦场上打问。总有人看到的，打问下就知道了个八九不离十，这又是那个贪便宜的婆娘，趁人家中午回家吃饭，麦场上人少，没人注意，把人家的一袋粮食藏在了旁边的麦草垛里，想等别人都走光了，到了晚上再拉回自个家。不过没有不透风的墙，还是被人远远地瞧见了。这人啊，有时本性难移，到头来事情败露，又被人痛骂一通，羞愧得几天不敢出门见人，早知这样何必呢。

　　麦草垛是有季节性的，一季一换，如果旧的麦草垛还没用完，就把新堆的放中间，把旧的遮挡在上面，这样反复更替。麦子也是一茬一茬地更替，在麦场上堆麦草垛的人也在更替。

磨坊遗址

　　我看到的那个磨坊遗址离我家不远，就处在我家正门对面的一处荒野里，隔着一条马路和一道很深的沟渠。从我记事起，磨坊就早已废弃了，我看到的只不过是一个弧形的像桥样的造型，下面是个大坑，底部是乱石堆，弧形的这段石头砌得很整齐，突出地表，远看像极了一座拱起的石桥，只是略显单薄。开始时石桥下面那个大坑里经常有水，后来慢慢就干涸了。在雨水充沛的一些时节，里面还是渗存着少量水，这可能与它的建造结构有关。

磨坊离不开水车，木制的一系列结构，通过水流的冲力，旋转发力使上面的石磨盘转动。我从来没有看到过真正的水车，只是从电影电视里看到过，大致上如此。我想那肯定是极其有趣味的所在，但事实上那是个枯燥和乏味的地方，这和磨坊所处的地理位置有关，一般都比较偏僻，凝聚着时光的久远，略显得沧桑了些，磨坊就像是乡间一个饱经风霜的老人，守着岁月，在时光的长河里渐至垂暮。

这座磨坊修建于哪年哪月，恐怕已经没有人知道了，它废弃了也有好些年，拿我的年龄估算一下，它在这里站立了至少也不下三十多年了。在它的四周，现在都是菜地，村民们种着姜，蒜，辣椒等蔬菜。人们去往那片菜地，都说去老磨坊那边，老磨坊已经成了一个地理坐标。在我小的时候，我和小伙伴们常跑到磨坊的遗址上去玩，它拱起的部分平整，我们喜欢站在上面，从上往下跳到地面，或者端几块石头，坐在上面打一下午扑克。有时也偷偷地把菜地里的黄瓜等偷摘下来，藏在磨坊下面大坑里吃。我们曾经在那个大坑里，用三块石头搭建一个临时的灶，在下面烧火，把玉米棒子放上面烤熟了吃，有时也烤麻雀，还找个破搪瓷碗煮青蛙吃。大坑下面有一段像地道一样的空间，以前可能是放水车的所在，通水的，现在堵塞了，只留下一小段，我们常躲在里面烤火，特别是天冷下雪的时候，我们在外面抱些玉米秆子，点燃了围火堆边上，搬块石头坐边上烤火取暖。

在磨坊遗址周边菜地里忙碌的村民，有时碰上下雨天，会不约而同地跑到磨坊避雨。站在磨坊下的坑里，望着雨拍打在干涩贫瘠的土地上，飞溅起土星和水沫，有人就感叹道，这雨下得好啊，再不下场雨，庄稼就要旱死了。雨一时半会停不下来，人们就找块石头坐下来，拉着家常，诉说着自家儿女的事，诉说着那些生活的难处和苦痛，有人说到伤心处，忍不住就哽咽起来，旁人自是好言相劝，说都一样，各有各的难处。等雨停了，就又都从磨坊里走出来，回到各自的田地里，埋头干着各自未完的活计。磨坊里隐藏着很多辛酸的故事，有很多不为外界所感知，如同磨坊的兴建与废弃，没有人知道时间。

　　磨坊遗址底下那个大坑里的石头被很多人渐渐拉走，用来建造新房子打地基。这么多年过去了，那段突出地面拱立起来的结构仍然健在，因为它来源于古老，隐忍着时光的历练，已变得坚硬无比，没有人会浪费力气在这上面。几十年间，磨坊周边的事物都在发生着变化，这块田地无人打理变成荒地了，那几棵长在周边上的树被砍了，以前在田间地头晃动的老人都作古了，但磨坊的这块遗址却没有完全消失掉，而是带着满目疮痍遗留了下来。离不开磨坊的那个久远年代早已经离我们一去不返，我们再也看不到真正的磨坊了，但磨坊的遗址仍将存在，它是这块土地上最后的见证者，记录着一个时代的远去和曾经的创伤。

沥青马路

　　夏天安安静静的来了，阳光白花花的，刺眼，眩晕，从枝杈间投下斑驳的阴影，像剪影，像皮影戏，迷离，虚幻。一条沥青马路给这些影像做了底板，煤炭的色，显得庄重，古朴。

　　太阳不屈不挠的透过枝杈间的缝隙照在马路上，沥青经受不住炽热，变得松软起来，整条路不再硬实，从路上走过时，会觉得鞋底被黏着，一下一下地，有那么一段路上，甚至留下了浅浅的鞋底印，这样，这条路会记得谁来过，谁把足迹印在了这里。在这个善忘的年代，沥青路保留着一份记忆。

在我儿时，我看到过这条沥青马路的始作俑者，那是一个黄色的大车，前面装有一个大而重的滚轮，它滚压过去，路面就变得平平整整的。我给这种平整带来过不少破坏，在夏天路面松软时，我会用小刀或者小铲子，剜出一小块沥青，把它放在手上，揉成一个大的圆弹子，或者捏成各种稀奇古怪的形状，沥青就是我小时候的橡皮泥。我的破坏是微不足道的，相对于那些突突突冒着白烟的拖拉机，那些拖拉机跑得并不快，而且显得非常吃力，它们载着一车一车的青石，从上面的山上拉下来，要拉到下面的水泥厂做水泥的原料。那时候的路面上大多是拉石头的拖拉机，装得满满的，在严重超载的情况下，它们只能减缓速度慢慢地走，即使这样，也常常会出事故，这一条路上时常会看到拉石头的拖拉机坏在路上，中轴被压断，青石倒在路中间，沥青路面常常被落下来的石头砸得坑坑洼洼的。修路的人也时不时地来修补一下，修补好的地方就像衣服上的补丁，一块一块的，各种形状都有，圆的，方的，不规则的。刚修补过的地方一般会高出路面一些，等过往的车辆过来过去压一阵子，就又平整了，不过填补过的地方会有一个疤痕，很显眼。

后来拉石头的车越来越多，路面破坏的也越来越严重，修路的却不见来修了，沥青路渐渐变得千疮百孔，路两边的居民都是老实巴交的农民，眼看着路越来越难走，却束手无策。有一说是路面总被水泥厂拉原料石的车碾坏，要水泥厂出钱来修路的，政府的养路队不管了。说了一阵子没见行动，路况却越来越差。还有一说是这条路上面拨了专款，要加宽，要大修。但说了很多年还是不见一点儿动静。这些就像是传说一样。再后来，路两边的村民再也忍不住了，直接达成共识，不修路，不让车过了。一时间所有的村口都打上了车刚好过的水泥柱子，加锁，拉青石的车不让过，要过也可以，给钱。各村也是各修各村旁边的路，这样，路是修好了，但从此拉青石的车过不了，拖拉机慢慢地也从这条路上绝迹了。后来，旁边不远处修了条新马路，是水泥的，拉石头的车都走那边去了，也没有拖拉机了，都改用卡车拉，而且都按要求加了顶盖，防止石头掉下来。

沥青马路经过很多年压载，已经显得破旧，但还是原来的那条路，从上面走过，还是那么踏实，亲切。路两边两排白杨树整整齐齐的，要是春天，那个绿色真翠绿的可爱，走在路上，沐浴着春风，能闻到那种鲜活生命的味道。要是雨天，雨不算大的话，走在路上，路面是干的，偶尔落下来几滴零星的雨，让人很舒心。夏天，这是一条金黄色的路，沥青路面会被一捆一捆的麦子暂时掩埋。路两边的村民收割好麦子，从田地里捆好拉出来，直接摊开在路上，让过往的车辆帮忙碾麦。夏收时节，这条路就是村民们的收获之路，一条路从头到尾都铺上了麦子。杈子使劲翻动着，等麦粒完全脱落下来，麦子被装进蛇皮袋里，拉回到麦场上晾晒，麦草便堆在路边上，一垛一垛的。等麦子收割完，沥青路又会恢复它本来的面目。在碾麦时节，路面也是松软的，有很多的麦粒都被压进了沥青里，或者遗撒在路边的土里，如果下一场雨，那些麦粒会抽出新芽，绿绿的，焕发着短暂的生机。

这条沥青马路上走过很多车，公交车，拖拉机，架子车，自行车，还有马车，我看到过许多次。在我曾经的记忆里，有一辆马车沿着路边，走的不紧不慢，不慌不忙，马车的主人睡在车厢里，用衣服遮着头，似乎是睡着了，但那辆马车会寻着方向回到家，我相信，老马识路途。

南庄民间

麦黄狼

一片片的麦子，黄灿灿的，屹立在一畦一畦的田地里，一阵风掠过，麦浪开始翻滚，在一层麦浪伏低时的一恍惚间，我看到一只动物，它正在惊慌地四处张望，它的毛色是金黄色的，几乎和麦子的黄是一般无二的，要不是麦浪一层层的推进，它是不会轻易暴露的。在一层麦浪伏过后，它很快地被淹没，消失在成片无垠的麦田里。或者只是我产生的错觉，但我总是在心里寻找着它的影子。它有个和麦子有关的，也挺好听的名字叫麦黄狼，顾名思义，就是麦子黄了的时候出现的一种狼，当然这只是我的一种猜想。

麦黄狼不是黄狼，也就是黄鼠狼，这点我可以肯定，因为黄狼顶多干点给鸡拜年的庸俗之事，看到人就远远地放个臭屁，跑路了，而麦黄狼则不同，它是吃小孩子的，会不会，能不能吃掉大人不得而知。只知道大人们说起麦黄狼时，都是义正词严，一本正经，大有谈虎色变之意，似乎这是不容置疑的，既成的事实。兴许就是因为此，我才记住了麦黄狼这个可怕的动物。其实麦黄狼到底长什么样，我从来没有见过，我只是通过大人们的描述，自己在心里给麦黄狼画了个像。首先，它和狼的长相肯定相似，说不定它们就是亲戚，也说不准很久以前是一个祖先。说到这，我又犯难了，说到底我连狼长啥样也没有看到过，只是在画册、电视上看到过，那么，就只有将就一下了，狼和狗长得差不多，狗我倒是见得多了，老人们说狗是狼它大舅，唯一不同的是，狼的尾巴是拖地的，这样一来，麦黄狼差不多成像了，就是一只像狗，其实极有可能是狼的一种，尾巴总拖在地上，身上的毛色是麦子黄的动物。对了，它还有一个嗜好是吃小孩子。

每年，到了麦子成熟黄透的时节，麦黄狼就来了，它一般不出现，只是躲在成片的麦田里，跃跃欲试。这个时候，大人们总会告诫我们，不要到麦田里去，小心被麦黄狼拉了去。我们就信以为真，平时走路，都离麦田远远的，还远远盯着麦田深处，生怕麦黄狼一下子窜出来，将我们拖了进去。有时，放学后，走着走着，突然间有人恶作剧的大叫一声，麦黄狼来了，吓得我们集体逃窜，沿着公路一路跑着回家，落在后面的，不停地左顾右盼，有的甚至倒退着走，生怕麦黄狼从后面追上来，胆小一点的更是吓得哇哇大哭。在我们浅薄的意识里，根本不存在质疑，当然，久而久之，麦黄狼从来没有真正出现在我们面前过，随着时间的推移和长大，我们也动摇过。尽管如此，提起麦黄狼，我们还是有所顾虑，总觉得它就隐匿在不远处的麦田里，不知道这算不算后遗症。

麦黄狼，其实它是保护麦子的，它是麦田的守护神，它的出现，和稻草人有异曲同工之妙。不同的是，它只出没在传说中，跟神仙差不多，而稻草人是一个具体的实物，尽管没心没肺。谎言总有破灭的一天，但有些谎言需要传承，不可言破。多少年以后，我才知道这是一个天大的谎言，但我总是在心里想象着麦黄狼的样子，其实我倒是希望真的有这么一种动物，一身麦子黄，在金黄的麦田里穿行。在知道了麦黄狼的真相后，我有些失望，没有快慰的感觉。我在心里想象了千百遍的动物，它是不存在的，我感到深深的失落。不过，我会珍藏，毕竟是它给了我一些想象和记忆，我才能忆及成片的麦田，麦田的不远处就是村庄。

也许，麦黄狼在很久很久以前曾经出现过，只是后来消失了。我依旧有所顾虑，尽管我没有发现任何关于麦黄狼的记载。麦黄狼和麦子有关，麦子总会长出来，有麦子的地方总会有麦黄狼，麦子是粮食，麦黄狼是思想。吃进去的是粮食，拉出来的是思想。

狗逝

动物留给我童年的记忆是一种困扰，这其中还夹杂着些许恐惧。以至于我对动物之类的一直到现在都没有多少好感。小时候吃完饭，由于嘴上的饭渣、米粒没擦掉，走到院子里，便被大公鸡跳将起来，迎面扑上来，吓得我哇哇地大叫，抱头鼠窜，之后我见了公鸡就吓得绕着走。进了村庄，经常性地被那些没有拴住的恶狗追上来，吓得我怔怔地站在原地，想跑却迈不开脚，一动也不敢动，直到有大人们出现将狗驱赶走，我才回过神来，赶紧拉长了声音，哭着往家的方向跑。

那时候的村庄，数狗是最多的，因为狗有看家护院的本领，所以很多户人家都愿意养只狗。第一次和狗的亲密接触是在门子的一个叔叔家，叫他叔叔是按辈分，其实他比我大不了几岁，我们小时候常在一起玩。那只狗刚进叔叔家的时候，是个狗崽，小小的，走路都不稳当，就是这样的一条狗，才让我没有了之前的恐惧感。我常常蹲在它前面，看它吃奶，当时的奶都是羊奶。有时候也试着用手去动它，叔叔对我说不可以动狗的尾巴，动尾巴它不高兴就会咬人的，要动就动它的头颈和背部，而且还要用手从上往下顺着摸，这样狗会很舒服。我照叔叔说的动了小狗，小狗愉快地进食，并不搭理我。

以后的日子里，我常常去叔叔家玩，去逗小狗玩，小狗也一天天地长大起来，狗是认人的，见了熟悉的人它会跑上前来摇尾巴，但见了陌生人则会围着狂吠不止。叔叔对养狗有着自己的一套方法，这只狗被他训练得很是听话。有时扔一个小玩意之类的到远处的草丛里，这只狗便会很快地跑出去把它从草丛里找到，并用嘴含着带回到叔叔面前。从这时起，我就对这只狗产生了兴趣，觉得这狗很听话，很好玩。叔叔让它蹲着，它就乖乖地半蹲起来，让它卧下，它就躺倒在地上蜷起身子。叔叔后来买了一杆气枪，经常出去打麻雀、小鸟之类的，这时候肯定会带上狗，狗是一个猎人最得力的帮手和朋友，虽然这算不上真正的打猎。叔叔和我通常都会去林子里，只要是打中了鸟之类的，狗便会飞快地第一时间跑到鸟落下去的地方，将它叼回来，如果只是打伤了，狗便会跑上前在周边打着旋儿，不让它跑掉，等我们赶来。不知不觉中，这只狗陪伴了我好久，也慢慢地长大了，依我当时的身高，它已经有半米高了，跑起来矫健有力。

这只狗给我印象最深的一件事发生在夏天，也就是在这个夏天里，这只狗离开了我们。村子旁边有条河，在夏季时节，这条河是村里人快乐的温床，每年这个时候，大家都会不约而同地去河里游水降暑。我和叔叔也不例外，叔叔自然会带上他从小养到大的狗。有人说狗天生就会游水，我们没有见过这只狗下水，它会不会游水，我们也无从得知。我和叔叔到了河边，有意识地把狗拉到河水里，但它马上会奔跳上岸，看来它是怕水的。我们也不敢带它去深水区，怕出意外。于是，我们就自己游起水来，后来，河水不知不觉涨了起来，我们并不知情，叔叔游到河中间的时候，似乎是被河水上游冲下来的什么东西挂住了脚，双手在水面拍打，显得手忙脚乱。我个头小，知道游下去拉不出来叔叔，就赶紧朝不远处游水的村里人喊。这时，奇迹出现了，那只狗，看着叔叔在河水中间挣扎，它先是在岸边换了几个地点朝水中张望，显得有些焦虑，然后用前腿往水里试探性地触了几次，就冲了下去，它游了起来，很快冲到叔叔面前，还"汪汪"地叫着。这时叔叔已经摆脱了困境，有惊无险，和狗一起游上了岸。这只狗不顾自己，下水救主人的这个行为，在当时深深触动并感染了我。后来几次，只要叔叔装作落水了，在水中用手拍打水面溅起水花，这只狗都会义无反顾地冲下水，游到叔叔面前。村子里的人也围过来，说这只狗通人性，投来羡慕的眼神，叔叔也得意地说，算是没有白养它。

夏天的最后时节，我来到了叔叔家，叔叔正蹲在狗旁边用手抚摸着狗的头部和后背部，正是之前教过我的方法。我叫着叔叔进了院子，叔叔却没有搭理我，老奶奶正在院子当中用簸箕簸粮食，用嘴呶了呶屋檐下的方向，示意在那边。我走过去时，叔叔抬头看了看我，然后起身用拴狗的链子想把狗拉起来，但狗像个落难的英雄一样躺在地上，一动也不动，只是重重地喘着粗气。我看出来不对劲，试着问叔叔，是不是狗的腿受伤了，叔叔眼圈有些红了起来，骂道，这个畜生不听话，吃了一只死老鼠，八成那老鼠是吃了老鼠药死的。说完，就起脚狠狠地踹了狗两脚，狗还是躺在地上一声不吭。我的心情也一下子怏怏不乐起来。我看得出叔叔的愤怒，他这是恨铁不成钢。他这时狠狠地用脚踢狗，是因为恨，恨狗不懂得自爱，自己没能保护好自己，但更多的是因为爱，他爱这只亲手养大的狗，舍不得它死。他对它有着很深厚的感情。狗最终没有能站起来，它含着主人对它深深的爱长眠了。我懂得叔叔对这只狗的那种特殊感情，我一个外人都已经记住了这条狗，更别说是叔叔，狗的主人，从小把它养到大，看着它长大的，那是一种难以割舍的情愫。

摇晃的
YAO HUANG DE
SHI GUANG
时光

　　叔叔和我到后边林子里给狗挖了块墓地，自始至终叔叔的眼圈都是红的，我至今仍清楚地记得叔叔当时的痛苦表情和难堪脸色，在我面前，他假装得若无其事，填埋的时候，虽然他嘴里还在不停地责骂着狗是自作自受，但我知道，他的愤怒是因为爱。我想，我走后，他一定放声哭过。

　　一只狗在那个夏天里悄然而逝，虽然这只狗与我没有任何瓜葛，但最终它却把这份记忆留给了我。我时常在炎炎夏日里想起，一只狗从河岸冲进河水里的情景，还有就是它逝去时，叔叔饱含热泪的眼眶，以及愤怒和爱……

南庄树木

桑树

南庄里最高大的就是老刘家的那棵桑树，小时候常常试着去抱它，但一个人通常是抱不住的，要两个人手拉手才能合围。桑树吸引我注意的原因，一是因为它是院子里最高大的树，另外就是它的叶子——桑叶，以及它的果实桑葚，我们那地方叫作桑盘。我相信很多人小时候都养过蚕，一种白白胖胖，肉乎乎的爬虫，不会让人产生厌恶感，而是觉得可爱的家伙。蚕从一个比芝麻还小的卵里孵化，它一生最主要的食物就是桑叶，蚕吞食桑叶的声音很细，像针尖，但却绵绵不绝，以至于很多人都喜欢引喻。只要是养蚕的人，到了那个时节，就会到处去找桑叶，以满足蚕的生长需要。我也养过蚕，那时候一般养在铅笔盒里，把桑树上的桑叶摘下来，注意要摘那种嫩的叶片，有些芽黄的那种，不要那种深绿色的老桑叶，太硬，不利于蚕吞食、消化。把桑叶摘下来后，先用清水漂洗一下，然后晾干，要是湿着吃，蚕会拉稀的，和人一样会坏肚子。蚕从出生到最后吐丝结茧，这期间要源源不断的吞食桑叶，所以，有棵桑树提供桑叶，对养蚕的人来说是最好不过的，不管是专业的还是怡情的。桑树的果实在我们那里叫桑盘，刚长出来时是青色的，有绿豆那么大，再后来就是暗红色的，这个时候已经可以食用，不过味道是酸的，待到变成黑色时，那才完全成熟，有拇指般大小，吃起来是甜的。桑盘结果长在树上是一颗一颗分离开的，不像葡萄那样，可以一嘟噜一嘟噜地采摘，所以要吃桑盘，爬上树摘是吃力不讨好的，用竹竿打也不可取，会把软嫩的果实搞烂。吃桑盘最好的时间就是雨天，等桑盘都熟透了，一个个晃着脑袋，在风雨中摇晃着掉下来，因为地面是温润的，有雨水和地泥，所以桑盘掉下来不会摔烂。一场风雨过后，桑树下黑压压一片，这个时候，只需要拿个盘子，猫起腰捡就好了，捡满了一盘子，用清水淘洗一下，然后就可以慢慢享用了。一颗一颗吃很有绅士风度，如果嫌这样吃不过瘾，大可以抄起半把倒进嘴里咀嚼，但需要注意的是，桑盘会把你的嘴巴染成乌黑色。

柿子树

柿子树在南庄比比皆是，在我的印象里，柿子树不会长得很高大，但也绝不是很小一棵，属于中等树形，它的主干一般都是有些弯曲的，不是很笔直，支干比较脆，承重力极差。我家老院子里有棵柿子树，主干是两支，像从根部一起长出来，说不清楚谁主谁次。柿子树的树冠一般都呈扇形，长到一定高度就会向周边散开，平铺开来，叶片厚实，巴掌大小，有光泽。柿子树的果实开始时都是青色的，后来从柿子尖端开始慢慢变成黄红色，到最后成熟时变成红彤彤的，像一个个小灯笼挂在树梢。

在我的记忆里，柿子树果实有三种，树大同小异，但果实形状不一。我家有两种，一种树稍显高大，结出的果实有苹果大小，这种柿子成熟时会变得晶莹透亮，表面光滑无比，好像一碰就会破皮，吃起来软软的，很甜很爽口，但这种柿子不能等到完全熟透了再卸果，一定要在完全软之前摘卸下来，要是完全软了，就卸不下来了。前面说了，柿子树枝干很脆，承重力极差，上树摘卸显然是不可能的，一般摘卸柿子都是用夹杆夹的，（后面会说到夹杆）等完全软了，夹杆一碰树的枝干柿子就会掉下来，成为一摊肉泥。另外，还有一种吃柿子的鸟，我们叫它老鸹，它会飞上树顶，把熟透的柿子全部啄烂。所以，摘卸柿子的最佳时机就是柿子将近熟透之季。这种苹果大小的柿子只是我记忆中的一种，还有一种柿子是平板型的，如果说像什么的话，就像蟠桃的形状，我们叫它塌塌柿，因为平板的形状就像正常的柿子塌陷下去了一般。另外，还有一种柿子比较常见，就是通常所说的火罐柿，鸡蛋大小，在这三种柿子里面，也只有火罐柿可以带枝干卸，其余两种个头大，一般不带枝卸，要带枝也是一个一根小枝。火罐柿卸下来是一抓的，整枝上面有好多个柿子，看结果的繁疏，几个，一二十个不等，卸时也要看好果实多少夹枝。要卸火罐柿，还有我们后面要说到的拐枣，都要用到一种工具，叫夹杆。其实就是一根干的长竹竿，长度一般二丈左右，先把一头用砍刀削成U形，就是以竹子的中间为界，在两边斜着削，而后用刀从U形的正中间劈开，注意劈一尺有余就好，再找来铁丝把劈开的口子扎紧，同时找一根指头粗细的木棍从U形劈开的口子放进去夹紧，这样夹杆就做好了。夹柿子时，看好结柿子的枝条，用U形把枝条套住，然后往前一用力，就把结柿子的枝条夹在了刚刚放木棍的夹缝里，然后旋转夹杆，枝条扭断，收回夹杆，把夹在U形口里的柿子枝连同上面的柿子拿下来，这样便避免了柿子受损。用夹杆卸柿子，站在树下就可以操作，简单方便实用。卸下的柿子可以挂起来，等到熟透了就可以吃。吃火罐柿很有意思，抽掉柿把，对着指头粗细的圆口吮吸，里面的果浆就会进入嘴里，柿子的表皮就像是放了气的皮蔫了下去，然后用嘴吹气，柿子皮又鼓了起来，要是和没吃的柿子放在一起，不拿在手里是绝对看不出来的，有时可以用这种方式捉弄一下人。另外可以制成柿饼，也可以和面，做成柿子馍。总之吃起来一个味，是甜的。

杏树

说到杏子，牙首先就会感到酸，杏子就算是黄了，吃起来也还是带着一丝酸味，人们对杏子的感受就如同望梅止渴。我家老院子的杏树没有多少年头，但品种不错，结出的果实够分量，有鸡蛋大小。杏子刚长出来时，有花生米那么大，慢慢地有青枣那么大，上面毛茸茸的一层，再长大一些果实成形了，就长不大了，而是表皮颜色慢慢发生变化，青青的，青黄的，到最后完全变成黄色，肉仁还透着淡红色。杏子有香杏和臭杏之分，其实很简单，吃完杏子后，砸开杏核，吃在嘴里如果是香的就是香杏，如果是苦的就是臭杏。杏仁可以入药，是中药材的一种。杏子不可以吃得太多，特别是没熟透的，杏子吃多了会引起头痛发烧等一系列疾病。在我们家乡流传一句谚语：桃饱杏伤人，李子树下埋死人。前面提到了梅子，有必要说一下，梅子和杏子区别不明显，一般梅子成熟得晚一些，有六月杏子九月梅的说法。另外，梅子的果肉要比杏子厚实。

梨树

一树梨花压海棠，我一直固执地以为说的就是梨树开花时的盛况，梨树开花的时节，整棵树上都是白雪般的花，基本上看不到枝，这情形如同冬日大雪后的树木，被白茫茫的一片笼罩着。梨花花朵不大，手表的表壳大小，有六片花瓣，很均匀地排列在黄色的一小点花蕊四周。梨花从花骨朵成形到完全绽放的时间很短促，几乎在你不经意间，梨花就已经开满整个枝头了，所以古人在形容一夜大雪倏忽而至时，便有了"忽如一夜春风来，千树万树梨花开"的诗句。梨树的树形相对于柿子树较小，枝干同柿子树一样比较脆，承重力极差。梨树的果实梨子，形状一般都是上小下大，有点像个小葫芦的样子，在我们家乡这种形状的梨叫秤锤梨，可能和古时用的秤锤很相似吧，所以就有了这样的名字。我家院子里的梨是圆形的，上面有芝麻大小的麻点，所以叫麻梨。麻梨果实很硬，咬起来费劲，没成熟前吃在嘴里是涩的，难以下咽，熟透了表皮就不再是青的，而是带点黄红色，有点像红铜的色泽。相对而言，秤锤梨的果实较脆，麻梨的果实较酥。

樱桃树

在众多的树木中，樱桃树格外显得不同，有意义。我犹记得这棵樱桃树是祖父祖母在世时亲手栽种的。其他的树木都已有些年月，时间比较久远，说不上来是谁栽种的了，想必定是先人们种的，所谓"前人栽树，后人歇凉"。樱桃树刚栽种时比拇指粗不了多少，不过长得倒是很欢快，三五年就有手臂粗细。小时候，我常常跟着祖母给樱桃树浇水，要不就和祖母把院子里的鸡粪扫起堆到树下，算是给树施肥。樱桃树并不高大，在院子所有的树里，它算是最小的一棵，显得佝偻，但这些并不影响它的生长。樱桃树刚结果那一年，我是最兴奋的一个，想着有红红的樱桃吃，就馋得掉口水。樱桃树的果实刚开始时是绿豆大小的青颗粒，到最后长到弹珠那么大小，渐渐变黄，变黄红，变红就熟透了，吃在嘴里甜甜的，很是爽滑。就算是不吃，看着也是一种享受，满树红艳艳的小球，是那么的诱人。这棵樱桃树是枯死的，祖母去世后，没人打理，后来就枯萎了。

枣树

枣树的长相比较寒碜，扭曲的枝干，没有一节是直直的，枣树的长势是一个围团，尽管努力向上伸长。枣树的枝上带着小刺，不长但坚锐。对于枣树的记忆最直接的印象就是枣树开花的时节，那时候，满满一树黄色的小花，密不透风，远远望去，像顶着一层黄色的绒毛。那细小的花粒迎风飘落的时候，纷纷撒撒，像下着一场罕见的黄色花雨。米粒大小的花落在地上，一层叠一层，像是给地面披上了黄色的地毯。枣树的果实初长出来时，小小一丁点，像颗青色的米粒，浑圆又修长。假以时日，就变得面目全非，渐渐有花生颗粒大小，再过些时间，就长到橄榄大小，形态上两头是圆滑的，不像橄榄两头细小些。然后青的发白的表皮在阳光照射下慢慢变红，先是红一点，然后一点一点的覆盖，直到完全变红，深红，暗红，颜色越来越深，这时摘吃咬在嘴里是脆的，和苹果差不多，但果仁稍显绵软一些。到最后鼓鼓的表皮会凹下去皱皱巴巴的，这就是我们日常看到的枣了。

拐枣树

叫拐枣其实和枣没什么关联，我以为，这个拐字倒是用得恰到好处。拐枣树和柿子树形态相仿，但果实却是生的奇特，没有见过的人，我恐怕是无法说清楚的，要找到一个相近的事物似乎都找不到。这样说吧，果实笔芯粗细，一寸两寸长就打个弯，一般一个单位的果实打两三个弯吧，这样一枝下来上面有十个左右的单位，另外，这弯都是往里面打的，也就是说转成半圈，围在一起，不会不断向外伸长着弯，还有它的籽是长在这些弯最外面的地方，小小一个圆球，绿豆般大，灰褐色，一丝小茎联结着。拐枣的果实表皮也是这种色，接近树皮，但表面光滑。没成熟前吃在嘴里麻麻的，成熟后就是甜的，表皮下的果仁是黄白色的。吃拐枣时一般拿一小枝，先逐个把籽掐掉，然后扭掉分支上的各个单位，送入口里，不过嚼食后，咽不下去就吐出来，这有点像吃甘蔗。

核桃树

核桃树是离我记忆最近的树，不仅仅因为它是最后一棵不复存在的树，小时候常常爬上核桃树去玩，有一次不小心就从树上掉了下来，人倒是没摔着，但是怕得要命，哇哇哇地大哭起来。脸被树皮蹭破了些，幸好是贴着树身滑落的，身体并无大碍。

核桃树有一种麻味，特别是当它长出新嫩叶片时，那种麻味在树下是相当的浓烈。核桃树的果实，最外一层包着的外皮是青色的，里面还有一层硬硬的壳，壳里面才是核桃仁。外皮和壳的关系类似荷包蛋的蛋清和蛋黄的关系。不同的是，蛋清可以吃，外皮却不能吃，是又苦又涩的。外皮的厚度和荷包蛋的蛋清，也就是表层白色部分的厚度相当。核桃没成熟前，外皮是黏着壳的，成熟以后就会自动分离开来，摔开来就会自动脱离，壳就干干净净的，颜色有点像藕的颜色，不过整个表面都是些微小的坑坑洼洼，不是平滑的。核桃比鸡蛋要小，较鸡蛋圆些，通常一两个，三个长在一起的多些，也有四个不等的长在一起，但较少见。

小时候想吃核桃，等不及核桃成熟，就打了下来，这时的核桃外皮和壳还是黏在一起的，要想把核桃仁掏出来是很麻烦的，一般都是拿到比较粗糙的石头上去磨，直到把最外层的青色外皮全部磨光，这时就只隔着壳了，用锤子砸破壳，就可以吃到核桃仁了，这时的仁上包着一层薄薄的黄色的皮，很苦，吃时，要很细心把这层皮扯下来，里面的核桃仁是很白很脆的。成熟后这层皮粘着仁，不容易剥离开来，也不会苦了，可以一起吃。磨核桃是小时候很好玩的一件事，因为磨核桃时，外皮有液汁渗出，而这液汁很难清洗，不管是搞在手上还是衣服上，都是很难洗掉的。磨完后，接触过外皮的手指都沾上了一层墨绿色，如果吃多了，嘴也会变成乌的。等到成熟了，就不会这样了，外皮和壳完全分离，不费什么力气就可以从外皮拿出核桃来，然后砸开就可以吃了。核桃脱掉外皮后，壳的中间有一道隆起的线条，刚好围了一圈，一般砸核桃时，最容易从这个线条上开裂，这就好像是两个半壳扣在一起似的。核桃砸开来，里面有四个像橘子瓣模样的仁，中间部分连在一起，它们之间隔着一层薄如纸般的壳。核桃砸开来后，里面的核桃仁也不是一砸开就可以取出来的，有的卡在里面，要用嘴咬开壳才能吃到。因为太卡，核桃仁不容易取出来，每年核桃即将成熟的时节，爷爷都会用砍刀在核桃树上砍几道口子，据爷爷说，这样一来，长出的核桃就不会太卡了。

皂角树

我不知道一个人的大脑沟回能储藏多少东西，当我还是个懵懵懂懂的孩子时，我就开始往沟回里填充，那是最初的一些影像，有些模糊，有些迷离，但却是最真实的。当我回忆起那些亦真亦幻的往事时，觉得温暖，又觉得失落，当大地上的一切不断变化，当一切只存在于过去，只有在记忆的源头才能打捞起生命最初的悸动。

我确定在村口的那个老碾盘的位置上，曾存活着一棵皂角树，这么说是因为我曾经不止一次地在记忆里复苏着一个古老的场景，我曾经双手捧着一个皂角子，下到边上的水渠里，把它折断，揉搓出了泡沫。那像是扁豆的放大体一样的东西，沾上些水，拿在手掌心冰凉冰凉的，光滑得像一截蛇一样的触感。在我没有留意间，那棵皂角树便消失了，如同时光悄悄地从我身边流逝……

　　一棵老去的皂角树，在长出皂角子的季节，显得精力旺盛。树下站着的孩子抬头望着满树的皂角子，就像抬头仰望一弯弯新月。那时候的我还太小，我内心里多么渴望得到一个皂角子，但我够不着，我不能像其他大些的孩子一样拿竹竿把皂角子夹下来，我只能站在树下默默期待。我知道皂角树边上围满了村子里的人，有老人，有小孩，有妇女，有小伙子，大多候是小伙子们把皂角子夹下来。我不知道我从哪里幸运的得到一个，我捧着它，如获至宝。那种冰凉的从手心传到心里的温度，一直湿润，浸透着记忆。等我长大一些后，却没有了皂角树，村子里，周边的土地上，存活着许许多多的树，但我再也没有找到一棵长着皂角的树，由此，我知道那是最后一棵存活在村庄里，存活在这块土地上的皂角树。

　　皂角树肯定是老死的。我不相信村子里的人会狠心砍倒它，大家都是那么的喜欢它，女人们用皂角的泡沫洗衣服，孩童拿在手里就是一件可爱的玩具。皂角树上还挂着一个铃铛，有根绳子从树上面垂下来，悬在半空。小孩子们的个头是够不着的，只有大人们才够得到。那个铃铛的意义可不一般，它一响，村里的人们都会从自家院子里跑出来，往村口张望，看是出什么事了。一般只有村长有资格拉响这个铃铛，要不就是村长让别人替他拉的。别人要是私自拉了，会被村长骂的，村子里其他人也会埋怨。铃铛一般是在午饭后，或者晚饭后拉响，村子里的人们刚吃饱了饭，都聚集在村口的皂角树下，听村长讲话。老人们蹲在粪堆边上，抽着旱烟袋子，年轻人站得相对远些，只有家里的主心骨靠前些，坐着或是站着。拿凳子坐的人很少，一般都是就地取材，到旁边的沟渠边上搬块石头往上面一坐，要不干脆跑到不远处的麦草垛上撕扯几把麦草，往地上一摊，席地而坐。

　　有的人对开会没有兴趣，扛着锄头从边上经过，嘴里嘀咕着：净说些没用的，有这闲工夫，还不如去地里刨几个红薯实在。在众人惊奇的眼神里，沿着乡间小路慢慢消失在田间地头。村长说着一些国家的新政策，下面的村民们议论纷纷，有人起哄，有人争执，孩子们夹杂在大人们中间跑来跑去玩耍，只觉得好玩。皂角树站立着，默不作声，午后，帮大家挡挡炙热的日头，傍晚，帮大家顶着冷风。春来秋去，皂角树立了一年又一年，终于老了。村长也老了，一代人相继老去，一些年轻人成了家里的主心骨，一些孩子变成了年轻人，又有一些孩子跑在大人们中间。皂角树屹立了不知道有多少年，村子里最年长的老者也说不上来。皂角树站累了，终于在某一天枯萎，挂在上面的那个铃铛也再不会响起，只能在几十年前的风中寻觅它的声响，深远，悠长，古老。

皂角树也曾风华正茂，舒展着身子，把枝杈伸向天际，把皂角藏进臂弯。远远望去，像一个大蘑菇。村口，那是最显山露水的位置，夏日里，村子里的人聚集在下面乘凉，有些年轻人在下面下象棋，两军对垒，杀得地动山摇，下雨时，从田间地头往家里赶的人都跑到树下躲雨，那是一个安逸的所在。我不知道皂角树消失以后，有多少人会想起它？在那块土地上，又会生长出什么呢？皂角树的消失，在很多年以前也许是种暗喻，预示着更多树的命运。那些曾经郁郁葱葱生长在村庄周围的树，开始渐次消失，皂角树只仅仅是个开始。

我对皂角树的记忆还原仅限于此，但我对后来消失的一些树却能从头说到尾，比如桑树，软枣树，冬桃树，拐枣树……对于至今还存活在这块土地上的树种，我想也已经为数不多，或者也已然成为最后一棵，只是不为我所知而已。当有一个孩童和我一样，只经历最后一棵，我想，他会和我一样，在心里留下难以磨灭的痕迹，因为那是独一无二的。比我小的孩子，他们一定不会知道这块土地上曾经生长过一种树叫皂角树，他们只能从老人们口中听说，去猜想，或者从书本上了解到，他们不可能亲眼看到，也不能伸出手触摸得到。对于他们，皂角树已然成为翻过去的历史，我庆幸自己跟在了皂角树最后消失在这块土地的尾巴尖上。这残存的一丁点儿记忆，成为我对于一个村庄，一块土地最原始的印记，也将成为我打开村庄历史的钥匙与密码，所有的一切记忆都将从这里复苏。

恍恍惚惚的梦里，一只老鸦飞上了皂角树，在枝头哀叫着，老鸦落过的皂角树上，皂角子遍体鳞伤。老鸦飞在这块土地上空，它从上面看得最清楚，真切。这是最后的哀叫，也是最古老的预言。

南庄脸谱

老村长

我对老村长并不熟悉，这主要源于年龄上的落差，他的二儿子和我同岁，是我小时候最要好的玩伴，所以我对老村长从某种意义上来讲又是熟悉的。我几乎天天都进他们家，我和他二儿子建娃形影不离，上学放学都要走在一起，上个厕所也要叫上对方。每天吃完饭，我总是要先去他家里叫上建娃一起走，所以见到他的时候最多，也都在吃饭的当口。他一般端个大老碗吃饭，蹲在墙根，背部紧紧地贴在墙上，蜷起身子，那样子像个蜷曲着的超大虾米，在我的印象里，他似乎从来不坐凳子。他端的那只碗粗糙，但宽大，厚实，端在他手上正好和他的人般配。他人高马大，怪不得能当上村长，光那块头就能把人唬住。他在村子里的威信很高，说话嗓门特别大，像是高音喇叭，他站在村东头吼起来，村西头的人都听得见。老村长的脸色是古铜色的，想必他定是经历了很多苦难的日子，脸上的肉总拧在一起，给人一种恶狠狠的感觉。

背地里，村里人都叫老村长大保存，村子里还有另外一个年轻人的名字也叫保存，所以村长就叫大保存，一来他年龄本就大，二来他是村长。除了这种叫法，还有一部分人叫他建娃他爹，这种叫法当然是因为他的儿子叫建娃，爹是地方上有些人家对父亲的另一种称谓，有的直接叫爸，有的也叫大，因地域，祖上传叫不同而异。

我跟老村长有过几次不深不浅的接触，这源于我在村子那会他一直都当着村长，还有我和他儿子是玩伴，再怎么也要碰上头的。我和他儿子建娃是最好的一对玩伴，他是知道的，因为整个村子在我和建娃那一茬人断代了，我和建娃年龄相当，我们只能找彼此玩。有一次，我去找建娃玩，走到老村长家门口，看到他家门口的那棵核桃树上有几只鸟，于是，我伸手摸出口袋里的弹弓，装上一颗指头蛋蛋大小的石头子就朝树上射了出去，鸟飞走了，石头子撞上树枝后掉了下去。我怀揣弹弓低着头就推建娃家的门，是那种对称双开的木板门，我推开时和迎面出来的建娃他爹撞了一个满怀，他气冲冲正往外冲，他斜瞪了我一眼，就大跨步走出家门，然后吼了起来……我进去后，建娃悄悄地把我拉到一边说，刚才那弹弓子是不是你小子打的？我嗯了一声，不知道怎么了，我打弹弓惹着谁呢。建娃先是笑了，然后捂着嘴轻声地对坐在厨房的母亲说，把我爹叫回来，是毛毛打的（毛毛是我的小名），别让他在外面乱骂人了。她母亲会意地笑笑，边往外走往笑着对我说，没事，没啥事。莫名其妙的我愣愣地站着，一头雾水。建娃告诉我，他爹正蹲在院子里的墙根下晒着太阳吃面条，冷不丁一颗石头子从天而降，不偏不歪正好掉进大老碗里，把汤水都溅到了脸上，他爹一看就知道是我们小孩子玩的弹弓子，放下老碗，就冲出去咆哮起来。我听了，吓得伸了伸舌头，拖着建娃赶紧开溜。后来，再次见到建娃他爹时，他恶狠狠地瞪我两眼，然后说，弹弓那东西很危险，不能乱玩，伤着人咋办？以后得收好了。说着说着自己倒觉得这事好笑，哈哈笑了起来。

老村长读的书很少，具体读到哪种程度我不得而知，我只记得他总是写错字，而且字写得特别难看。我上学那阵子学习成绩好，村子里的人都知道，我去他家时，他就让我帮他写社员的名字，我当然乐意效劳。他有时会取笑自己书读得太少，识字不多，写个什么老是出错。其实，在他们那一代人里，他已经算是有文化的人了。那时候上学，一学期就五毛钱报名费，但还是没有多少人上得起。在那个时代的土壤里，也只能长出像他这样的材料。我和建娃将要初中毕业时，建娃他爹很高兴，他说要是在古代，我们就都是秀才了。虽然当时我不懂得他说的秀才是什么东西，但我知道他特别希望我们有文化。

　　我爷爷过世的时候，按照本地的风俗，要找外人帮着抬丧，但这种事一般人家不愿意参与，怕给自家人带来晦气。老村长当然打头阵，带上父辈们挨家挨户的敲门，有的人装作没听见，不开门，有的人开了门，却说最近身体发病，腿脚不便。面对这些推脱，老村长当然忍不住发火了，他当着其中一家人的面，就站在人家家门口，大声吼了起来，谁家没有个难事啊，你们不帮是吧，那你们以后等着，我要是还当这个村长，我要是还在，你们家到时有什么事了，可别来找我，什么人嘛。这一吼于情于理，虽然是在训斥，带有说教的意味，但在旁人眼里，这种作风无疑是风风火火的。人们在背地里议论起时，都说他这种行为过激，不给人家留面子，但反过来想一想，也觉得他是对的，谁家没有个难事啊，要是事情临到自己头上咋办呢？自然对他的作风点头称许，心里多了几分敬重。老村长没有什么文化，也不懂得什么大道理，但却是个性情中人，在待人接物上从来没有让乡亲们戳过脊梁骨。

　　如今，老村长已经下世了，但我总时不时地想起他，我觉得他就是村庄的一杆秤，平衡着村庄的此起彼伏，更是这一块土地上的风向标，这块土地上的人身上多少都沾有他的习气。

二爷

二爷的家就在我家隔壁，连墙的，我想最早的时候我们肯定在一个院子里。二爷有个外号叫"闲事老汉"，这外号不是别人起的，而是他的外甥小虎起的。因为二爷好管闲事，比如小虎（他外甥）和我们一起摘人家地里的苹果吃，他恰好给看见了，作为自家人，其实应当不声张的，但他不一样，他总会嚷嚷着驱赶我们，有时还骂我们，回家还要告诉我们各自的父母，让我们回到家也要被家人责怪。我们心里一直都挺恨二爷的，觉得二爷多管闲事，太不近人情。有时我委屈了也冲母亲哭诉，母亲也感叹道，你二爷他就是这样的人。

二爷说话嗓门特别大，在他家说话，左邻右舍都听得到。二爷是个地地道道的庄稼人，他和一头老黄牛感情特别深，我看到最多的场景，就是二爷牵着他的那头老黄头走在乡间小路上。二爷会用牛犁地，这可是个技术活，这头牛陪伴了二爷的一生，在二爷眼里，这头牛就是宝贝。二爷还有一个手艺就是编竹篓，屋子后面有一片竹林，是二爷家的，二爷经常坐在院子后面，用刀划破竹子，然后认真仔细的编各种篓子。二爷这个人的性子比较耿直，古板，我与他没有太深的接触，言语上都很少，除了那些纠缠不清的是是非非，这当然也与他"闲事老汉"这个外号相关。

村子临着一条河，夏季时，我和小伙伴们在河里游泳，饿了时，我们就会从河边地里掰几根玉米棒，在河边寻些涝材烧着吃。二爷家在河边有一块玉米地，我们自家在河边也有一块地，但我们不偷自家的，二爷家的我们也不偷，但为了防止别人发现我们偷吃的是他家的玉米，我们就在两块地相接的地方下手，站在二爷家的玉米地偷旁边一块地里的玉米，这样万一人家看到我们从玉米地里出来，我们也可以光明正大地说掰的我二爷家玉米。有一次，我们刚从二爷家的玉米地里出来，不凑巧就撞上了二爷，二爷青筋暴起，怒目直视，指着我们几个破口大骂。我们几个暗示他别大声嚷嚷，我们掰的是别人家的，只是从这里借道。但他哪里明白我们的意思，就是明白了，也不一定会罢手，何况现在哪里还说得清楚。说不清楚也懒得去说，我们抱着玉米就跑到了河床里，二爷一路跟着我们骂，我们跑得飞快，二爷追不上我们，站在河堤上骂了一阵子，便怏怏地回去了，我们一边烤着玉米，一边大声抱怨，大家都知道晚上回去又要遭殃了，二爷不可能不告状的。

果然，晚上一回到家，我被父母一阵痛斥，父亲还动上了手，说自家人的都敢偷了。我当然不承认偷自家人的了，从小我性格也倔，我死活就是不承认偷了二爷家的，并说出了我们从二爷家地里出来的误会。父亲明白了些什么，不再打我，言语上也轻了许多，并告诫我，别人家的也不许偷，我哭泣着点头应许。事后我才得知，二爷骂骂咧咧地进了我家家门，直接找他哥（我爷爷），并当着爷爷的面骂我，骂我也就算了，后来火上大了，话语里藏针带枪的，说我没教养，像个野孩子没人管似的，给祖上丢人啊什么的。这让父亲很难堪，父亲虽然火冒三丈，但人家是长辈，不敢顶撞，话说回来是我们没理在先。这下事情弄清楚了，父亲显然也气不过，第二天，就找二爷理论去了，并拉着二爷要去河边的地里去查实是不是掰了他家的玉米。二爷是个倔老汉，去就去，两个人在河边二爷家的玉米地里折腾了近半个钟，发现地里一根玉米棒也没少，这下二爷哑口无言了，父亲借机以牙还牙，说二爷是胳膊肘往外拐。

父亲虽然占了上风，但经过自家人这么一闹，整个村子炸开了锅，村里人都跑到河边自家玉米地里查看是不是掰了他家的。玉米总归是掰了，烧了，吃了，总有一家的被掰了，谁知被掰的不偏不歪正是村长家的。村长在村里可是很有威性的，发起火来更不得了，村长把那几棵被掰的玉米秆子直接砍了下来，怒气冲冲的抱进了我家，这件事当然得爷爷出面去摆平的，爷爷息数赔上笑脸，赔上人情，赔上人家损失的几棵玉米按玉米面偿还，那个年代玉米面可是很金贵的，事情总算是平息了下去。

爷爷是个先生，教了一辈子书，这让爷爷脸上挂不住了，究其事情的起因，似乎因二爷而起，其实是因为我，但我是小孩子，不能太计较，况且二爷事情没有弄清楚就乱发飙，平时又以爱管闲事出名。爷爷坐不住了，这自家人胳膊老往外拐，搞得自家人难堪，一家子人都难受。爷爷以长兄为父的姿态，狠狠地训斥了二爷，二婆也在边上一个劲地埋怨二爷，二婆是个开明的人，她想得通，但二爷想不通这些。这次二爷没占到便宜，其实他爱管闲事也占不到任何便宜，只能换来他人的白眼，但他骨子里就是这样的人。

三年前有一次回家，是最后一次见到二爷，二爷明显的老了，背驼得厉害，走路也是挪着走，目光呆滞，看样子已是半截身子在土里的人了。见到我，竟然认不出来，还是二婆在边上解说我是谁，二爷才似有所悟的点下头，他说话都口齿不清了，显得很费力，半天说不上来一句完整的话。我离开家后，没过多久，母亲打电话来说二爷过世了。在和二爷不多不深的接触里，我明白二爷是个很传统的人，有点守旧，古板，但一世为人清白，地道，端正，这正是我们现在这个时代所缺失的。

在久远的时光长廊里，我总能看到二爷牵着那头老黄牛在乡间小路上蹒跚而行，无声无息，把岁月踩成了画，把村庄站成了永恒。

桂云姑姑

母亲总是喜欢跟我唠叨些家乡的事，不管是在电话里，还是我回到家里。她可能觉得，我不在的日子，村子里发生的事情我都应该知晓，作为一个在这块土地上长大的人，无论走到哪里，走多远，都应该和生养自己的那块土地保持着或多或少的联系。母亲说得多了，我就嫌烦，有时候一件事情没完没了的说了好多遍，听得我耳朵都快起茧了，村东头的事，村西头的事，村南村北的事……

母亲经常对我说起的，就是我的桂云姑姑。桂云姑姑我是有印象的，而且很深刻。她的名字叫桂云，至于为什么叫她姑姑，至今我也不十分清楚其中的渊源，反正是上几辈之间能扯上些干系吧，我也就桂云姑姑，桂云姑姑地叫着。桂云姑姑身宽体胖，身材略显臃肿，浓眉大眼，光看这身板和样貌就有官体，她是村上的干部，兴许是做干部久了，平时说话都夹带有一副官腔在里头，义正词严。她最厉害的时候听别人说是县上的人大代表，属于比较有背景的那一类人。村子人在背地里说她闲话时，总说，人家的大腿伸出来比你的腰还粗壮，意思是说桂云姑姑有背景，有后台，有地位。平日里，桂云姑姑回到村子，也是和平常人家一样，扛着锄头去田地里做农活。

我和桂云姑姑的儿子年纪相仿，也因为我叫她姑姑，合着带点亲戚的意味，所以我小时候常去她家玩，她家是村子里最早修起两层小洋楼的家庭。我去桂云姑姑家里，主要是找她儿子一起玩耍，有时也顺便跟着桂云姑姑的儿子帮她家里干点小活计，比如剥剥玉米棒子之类的，这样一来，吃饭时间，桂云姑姑总要留我在她家吃饭，我当然不好意思，要走。但桂云姑姑说，甭忘了你叫我姑姑呢，我们是亲戚，吃顿饭算什么，再说你也帮着我们家做事了，又不是白吃的，你这娃还真拗。我最喜欢吃桂云姑姑做的油泼辣子面，油特别的汪，浇在面条上，红艳艳，亮汪汪的，闻着就特香。她家里的生活条件好，舍得下油，泼辣子时用油量大，把辣子浸透了。不像我家，和村子里其他家庭，泼的辣子里面都没有什么油，干巴巴的，结成一块一块，吃时要用筷子刨下来一疙瘩，放面条上搅了许久还是搅不匀，吃在嘴里只是干辣，没油味，不香。桂云姑姑还爱做臊子面，用臊子打汤，汤里撒上豆腐，黄花菜，木耳，葱花等，吃起来特别的开胃口。我在她家里吃饭都能多吃两碗，为此，回家后经常免不了被母亲数落一通。

在我的记忆里，桂云姑姑也为乡亲们做过些实事，毕竟她是个村干部，算是一把手。她在早些年曾办过一个信贷所，这个信贷所没有悬挂什么标志，也没办公地点，要说有，就是她家里了，具体的就是去她家里，按照正式信贷所的方式借钱打条子，偿还时还一点分毫的利息。这样，哪家手头紧时，可以到她那里先借钱用，以解燃眉之急。我记得母亲就曾去桂云姑姑那个信贷所贷过五百块钱，给我做报名费用。当然，这钱也不是给谁都借的，在村子里口碑不好的，经常干些偷鸡摸狗之类勾当的人，这些人要借贷时，桂云姑姑是不予理会的。而且，借钱时也会根据实际情况，参照这个家庭的成员，收入，偿还能力等各方面因素确定贷款额的多少。这个事情本来是个好事情，方便了乡亲们，但后来，信贷所办了没多久就停办了，原因很简单，有一小部分人借钱不按时偿还，还耍无赖。桂云姑姑因此很痛心，好不容易从上面申请下来的一个信贷项目，就这样毁了。

桂云姑姑有两个女儿，一个儿子。桂云姑姑是有背景的，正如人们所说的那样。她的大女儿没考上大学，照样被她找关系安排到了一所学校当老师，这些都是靠人际关系的，她认识的人多，当然好办事。二女儿初中毕业，就被安排进了一家国营药厂，当了工人，吃起了商品粮。儿子更是大费周折，托关系送去当兵，谁知不争气，部队上的苦受不了，去了没几个月就私自跑了回来，这等同于是做了逃兵，不是桂云姑姑有人在上面顶着，这一关就过不了。后来也送进了一家国营的厂子，当起了工人。再后来又嫌工人辛苦，又不干了，其他人八辈子也谋不到这么个好差事，就被他一脚踢没了。反正塞来塞去，折腾了好多年，直到最后买了辆车，开车载客才稳定下来。

桂云姑姑把儿女们都安置好了，这也操碎了她的心，她也算是尽心了，做了一个母亲该做的。桂云姑姑后来好像下台了，毕竟年事已高，其实她还不算老，只是疾病缠上了她。桂云姑姑离世的前一天，还坐在我家的院子里，她看上我母亲做的针线活，喜欢穿我母亲纳的"千层底"。她坐在我家院子里，看着我母亲做好了那双鞋，她拎着鞋子满意而去，然而却一去不返。为此，我母亲难过了好些天，这让人怎么接受，昨天还好端端的一个人，第二天就撒手而去，与我们两个世界了。

桂云姑姑走了，每次母亲说起桂云姑姑的时候，眼眶里总是充溢着泪花。母亲说，桂云姑姑心里其实很苦的，只是不敢向外人诉说，为了解决三个孩子的工作问题，她是求爷爷，告奶奶，跑上跑下找人，没把她折腾死，这其中的苦涩滋味是外人体会不到的。实际上她并没有别人私底下说的那么风光，她也只是个农村走出来的普通妇女，要操孩子们的心，为孩子们找寻出路，她受得委屈最多，只是外人不知道而已。

我想起桂云姑姑时，总好像能看到她两只胳膊抱在怀里，和其他人谈论着什么，听不清楚具体在说些什么，但她的声调我很熟悉，清脆，爽朗，并带有微微的叹息……

四婶

四婶死于一场意外。

四婶家盖新房子，封顶挂红的那天出事了，四婶被上面的电葫芦倒下来，压倒在地上，就再也没能站起来。这一切来得突然，所有的人都不曾料想到会有这么悲惨的事情发生，现场站满了人，那天本来就是人最多的一天，按我们那习俗，谁家建新房子封顶那天，村里其他人都要去帮忙，那天本来是个值得喜庆的日子，可是却发生了这样不幸的事，这让所有人都摇头叹息。据现场的人说，院子里站着很多人，但电葫芦不偏不歪就砸在了四婶身上，其他人看到电葫芦倒下来都跑了，就四婶没跑得出来，四婶还在吃着苹果。四婶才三十出头，小孩子才两岁多，四婶平时做农活风风火火，是农村人说的好把式，辛辛苦苦的种田，攒钱，盖新瓦房，眼看着新瓦房建起来了，然而她却走了，走的无声无息。新瓦房落成了，四婶却没了，四叔接受不了这个事实，他外出做工去了，几乎不回家，孩子由四婆带着，住在二伯家里。新瓦房成了一座空房，一个完整的家就这样破碎了。

我依稀记得四婶出嫁那天的情景，那时候我还小，十二三岁。四婶坐在炕上，我们几个侄儿挨个趴在炕沿上，伸着手问四婶讨要新手帕，我们那地方兴这个。四婶笑呵呵的，说，别急，都有，一个个来，先说你是老几家的孩子。四婶知道四叔兄弟众多，门户大，她以前从来没有见过我们，想借着这个当口，考考我们。我那时候小，也不知道我父亲排老几，四婶问到我时，我不说话，我平时就不太爱说话，四婶就同陪亲的几个娘家人猜测，说应该是老三家的吧。我当时不确定她们说的，但我看到有个台阶下，马上说，是的，是的。四婶就给了我一块新手帕，我揣在兜里就跑出去了。中午时，按我们那习俗，谁给新媳妇订门帘，端洗脸水都可以讨要一块手帕，这事最好是本家人做，几个侄子里面，我算年龄大点的，门帘就是我订上去的。我进去问四婶再次讨要新手帕，四婶说刚才给过了，我说我帮你订了门帘，说完就赖着不走，四婶稍作犹豫，笑笑就给了我。但村子里的其他人进去要时，四婶就是不给。四婶的婚房是在老屋里，老屋的窗户前有一棵石榴树，石榴成熟的时候，我们几个侄子总是跑到树下，四婶总是帮我们把树上最大最红的石榴摘下来，分给我们吃。

四婶过世后不久，风言风语就在背地里传开了，说四婶是罪有因得，遭报应了，用我们那话说，是把人亏了，做了亏心事。事情的真相是这样的，四婶家的新房砖墙垒起来后，要打混凝土封顶，这就要租用模板，这事父亲也掺和进去了，父亲同四叔的一个朋友一起拉回的模板。四叔那个朋友有辆小四轮车，可以拉模板，父亲和他两个人一起去镇子上一家专门租用模板的店里去租模板，店里的模板不够用，店主就要父亲跟车去她家里拉了一车模板，总共四车，但去她家里拉的这车没有打条子。问题就出在这里，模板租用完后，还模板时，四婶只还了三车的租赁费。店主这下就急了，这也怪她当时没打在家拉的那车的条子。店主跟四婶对不上数，没办法只好找当时拉模板的两个人，一个是四叔的那个有车的朋友，一个就是父亲。那个人说只拉了三车，父亲是个老实人，就说当时确实是拉了四车，有一车没打条子。四婶在边上提醒说，哥，你是不是记错了，我们这里的条子上可是只有三车的数量噢，搞的父亲莫名其妙。最后，不得已店主还到我家去看了下，我家就那么大个院子，几间房，当然不可能把那些模板藏起来了。父亲不是那样的人，他为人很正直，做事又认真，绝对不会搞错。事后，父亲也看出了一点端倪，但也无可奈何。那店主对四婶好说歹说，四婶就是不认那车模板是她讹走了。店主当然急了，租金才几百块钱，但丢失的模板却值几千块钱。

这里面有个关键人物是二伯，二伯是我们当地的一个小包工头，专门帮人承建房子，而四叔家的房子就是他承建的，属于他的工程。二伯肯定发现模板多了，开的票上少开了一车的数量，二伯本就是个精明的人，不然能做起包工头。于是，在二伯建议下，四叔，四婶，和四叔那个有车的朋友都统一了口径，异口同声地说只拉了三车模板，只有三车的数量和票据也刚好相对应，你没有票据，说什么都没有用。他们瞒住了父亲，父亲开始时不知情说漏了嘴，事后父亲察觉到了什么，但也不敢妄下结论，再说都是自家兄弟，哪有不顾及的情面，也就默不作声了。店主吃了大亏，当然穷追不舍，开始时是托熟人说好话，说确实是丢了一车模板，这个他当然最清楚不过了，还回来就行了，也没有说别的。但这边四婶和二伯他们是死不承认，他们这种做法确实是有些让人不屑，不光彩，但农村人穷怕了，想占点便宜的想法也是可以理解的，何况他们这次钻了这么大个窟窿，店主要是当时打了条子，那就没这一说了。店主后来还托关系找了村委会的人来，但问题始终没有解决，一直僵在那里，你说有，我说没有，你说有，我这只有三张条子。

就在这件事情纠缠不清的节骨眼上，四婶家的新房子要封顶了，在封顶挂红的当天，四婶被倒下来的电葫芦砸中，不幸身亡。这给这件事增添了很多的神秘感。很多小道消息不胫而走，那车模板在二伯家的后院里藏着，四婶去世后没几天，二伯找了人来，在后半夜村里人都睡熟了的时候，把一车模板装上车，送还给了店主。这件事没压得下来，店主出了口恶气，当然嘴里会说，做了亏心事，这是报应。四婶死了，她听不到这些风言风语。饭后茶余，冷言冷语在人们嘴里却传开了。我在想，很多人会因此做事有所节制，不再捞别人的便宜了吗？答案自在人心。

听说过很多关于因果循环的故事，这一次竟真实的发生在我身边，离我这么近。有时，我也相信因果，但这样的因，得这样的果是不是有些过了，如果几千块钱能与一条鲜活的生命画等号的话，我从此开始不再相信因果，我认为它就是一场意外。

张岁星

张岁星是我的小学同学，我与他今生的缘分也仅做了小学的同学，到此为止。张岁星的名字似乎和他的命运有所关联，他属于岁月长河里的一颗星，但却不是永恒的那些星，而是划过天幕的一颗流星，闪亮过，然后暗淡退场。

张岁星的块头比较大，在同学里因此显得无人能及，属于重量级的人物。平时在操场上玩摔跤，那个站得稳稳当当，把其他同学三两下放倒在地的就是他，他力气大，其他同学不敢招惹他，他在同学当中威信也是很高的。他喜欢开玩笑，老是恶作剧，比如下课了，同学们都到教室外面去玩，他会和几个要好的同学商量捉弄其他同学，把教室的门虚掩上，在门框上架根扫把，上课铃声一响，同学们一哄而散，抢着涌进教室，冲在最前面推开门的会被架在上面的扫把落下砸中，被打的人怨声载道，张岁星则躲在教室后面偷着乐。不仅如此，他还捉弄老师，在老师的讲桌上写上字，用粉笔灰撒一层盖住，老师站上讲台，放好教案本，看到桌子上有一层灰，会习惯性的用嘴吹，当吹干净桌子上的粉笔灰，那两个字也就显露了出来——放屁，一时间，老师的表情很复杂，既愤怒又感到好笑。张岁星经常被罚站，站在教室外面，他也笑呵呵的。

张岁星虽然调皮捣蛋，但他学习成绩却很好，他当过班长，劳动委员，学习委员等班干部。张岁星很负责任，每次大扫除搞卫生时，总能把任务分配得井井有条，各处打扫区域都能清理到位。让我至今记忆犹新的就是小学四年级时，放暑假前学校的颁奖大会上，当念到张岁星的名字时，他款款走上前去领奖的场面，那一次颁发奖状是考完试一周后，因此同学们都是从家里临时过来领通知书的。张岁星可能没想到他要上台去站在前面领奖状，他穿了一双比他的脚大三倍的拖鞋，我想可能是他父亲的，在家没事穿着玩，然后就无意间穿来了学校。谁知却要他上台领奖状，那双鞋实在大他的小脚太多了，只见他几个脚指头全部伸出拖鞋外，紧紧扣在地面上，怕鞋掉了，走得不紧不慢，每走一步，就发出叭哒的一声响，那是鞋跟拍打水泥地板发出的声音。随着他一步一步往前走，这叭哒叭哒的声音在安静的会场显得格外响亮，同学们一个个都指着他的脚笑，他自个也乐了。走到台前站定，领了奖状，转过身来，朝着列队的全校同学站定，他涨红着的脸上笑嘻嘻的，不停朝自己脚上看，几个指头还不停地蠕动着。我想，在场的师生们，无一例外地肯定都记住了这个叫张岁星的同学。

我们在放学的路上分成两帮人，在乡间小路上疯跑，在草丛里找一种能扎在人衣服上的刺头团，我们叫它"狗扎扎"。我们两帮人相互往对方身上扔"狗扎扎"，弄得对方衣服上挂得撕都撕不下来，要等结束战斗后，各自的队友帮忙一个一个撕扯下来。这是我们最喜欢玩也是玩得最多的游戏。上小学的那几年，我们无数次在这条通往村庄的小路上疯跑着，张岁星跑着跑着就倒下了，这一倒下去就再也没有站起来。在以后的游戏里，不知不觉地少了一个人，多了一丝遗憾，我们也慢慢长大了，不再玩这种游戏。

我曾经目睹过很多人离开这个世界的场景，只不过那些人都是老人，他们的路走到了头。但张岁星还小，还和我们一样是个孩子，他还正在成长。我一直以为死亡还离我们很远很远，想不到这一次离得这么近，来得这么突然。那个下午，那个叫张岁星的同学摔倒了，他倒在每天都走过的路上，倒在通往家的路上，这一条路开始变得漫长，这是他最后一次从上面走过，走了一半，跌倒在地，被抬着走完了另一半，然后回到了家，那个家却散了。

噩耗在第二天迅速漫延，整个校园都是张岁星的名字。没有人相信这是真的，昨天下午放学明明一起唱着歌走出校门的，只一个晚上，这个叫张岁星的同学就从我们中间彻底地消失了。教室里，他的座位空落落的，他的书包还好好的放在课桌里，书本上作业本上还写着张岁星的名字，课桌上也刻着张岁星名字，是他用小刀刻上去的。发作业本时，张岁星昨天交上去的作业本还是放到了他曾经坐着的座位上，但这本作业再也没人做下去了。几天过去了，张岁星的东西都放着没动。他的母亲来学校了，帮她的儿子收拾这些遗物，这是最后带着她儿子体温的东西。张岁星的母亲一边收拾东西，一边落泪，哽咽声让在场的同学们黯然伤神，与她同村的几个同学劝说着张岁星的母亲，张岁星的母亲泪流满面，无法掩饰丧子之痛，终于忍不住放声大哭了起来。同学们一个个默立着，他们和我一样茫然，不知道如何安慰这位母亲，更无法体会白发人送黑发人的那种痛苦。

在以后的很长一段时间里，当我和同学们上课时，张岁星的母亲会悄悄地趴在教室窗外静静地张望着，寻觅着，她在寻找他的儿子，她肯定是又想儿子了。放学后，我们排着队走出学校大门，张岁星的母亲则痴痴地站在校门一侧，像一尊雕塑，她的目光不停地在路过的同学们身上扫描着，但她再也不可能把目光定格在某一个人身上，因为那个叫张岁星的同学，她的儿子已经不在我们中间了。当同学们的队列依次从她眼前消失，她才用右手紧紧捂着嘴，悲伤地抽泣着，沿着乡间小路落寞地离开，留给大地一个苍凉的背影。

多年以后，当同学们各自离散，这个叫张岁星的同学已经没有人提起，但我没有忘记，是因为我记性一直比较好，又或者说我和他走的相对比较近，这里指心灵，我摔跤没摔赢过他，但他同样敬重我，他和我在性格上有几分相似。在一个很偶然的机会，我和一个好朋友，也是当时的同学，从乡野间穿行，在路过一处坟地时，那里有几十座大大小小的坟，朋友指着其中一座告诉我，那座坟是张岁星的，我的心不由一怔，看着那座矮小的如同土堆的坟，和周围的坟显得格格不入，是的，他是不该这么早到这里来的。我从边上走过，侧目注视着那座小小的坟，仿佛又看到了张岁星，他咧开了嘴，在对着我笑。

哑巴曾奇

曾奇是个哑巴，哑巴用我们那话就叫瓜娃，从小到大我们都这样叫着，渐渐的已经很少有人知道他叫什么名字，似乎瓜娃就是他的名字。曾奇和我年纪相仿，但遭遇不同，他天生就是个哑巴，这一不幸的事实让那个本就风雨飘摇的家显得更加暗无天日。曾奇他父亲是上门女婿，在村里自然抬不起头，我只知道他父亲好像还是个工人，在山里的一个小工厂上班，他很少回家，一年到头就屈指可数的几次。在我的记忆里，他父亲长得黑瘦，老高老高的，背地里村人都叫他爸金丝猴，或者大雁塔。曾奇是个哑巴，所以他没有读过书，他和人交流时嘴里叽里哇啦地叫着，做着各种手势。别人不可能听懂，但他的手势打久了，看着手势别人还是能明白他的意思。

我与曾奇的第一次相遇是个晚上，村子里又死人了，按照本地风俗操办完丧事后，要在村里公映一场电影，以告慰逝者在天之灵。电影是露天电影，拉起白色的布幕，放映机开始放胶卷的那种，黑白的。这个时候，全村的，附近村落的大人、小孩都提着板凳赶到拉起的幕前抢着好位置看电影，那个时候能够看上电影是一件奢侈的事情。我们一群小屁孩不喜欢坐凳子上老老实实的，都喜欢跑来跑去瞎闹。电影开始了，我们没有找到好位置，个头又小，看不到，于是我们找到了一户人家的墙角下，那里靠着墙根放着一个碌碡，麦子碾完后，碌碡就静静地躺在角落里不被人注意了。

我和几个小伙伴争先恐后的跳上碌碡，站在上面就能看到电影了。但碌碡是圆的，位置也不大，我们几个站上面显得拥挤，也站不稳，我们就一会我拉你下来，我上去看看，过一会又你拉我下来，反反复复。本来是我和几个小伙伴的游戏，但另外一个孩子也参与了，这个孩子就是曾奇，他可能觉得我们这样很好玩，他想和我们一起玩，或者他是想站在上面看电影。反正他的加入让我和其他小伙伴不满，但曾奇看上去比我们高大，我们不敢轻易招惹他，但我们合力，不让曾奇站上去。曾奇有些生气，他指着我们一伙叫嚣着，我们更加嘲笑他是个哑巴，做着手势取笑他不会说话。曾奇的听力是好的，他可能被我们激怒了，冲到我们脚下，用力去搬那个碌碡，我们不曾想他有那么大的力气，碌碡在他的用力下滚了出来，可想而知，站在上面不设防的我们几个，一起跌落下来，于是一阵鬼哭狼嚎，我的头撞在墙角的砖上，痛得我哇哇大叫。几个孩子这边一闹，引来了大人们的注意，各自的家长都闻讯赶来了，曾奇的母亲也来了，小伙伴们都抹着眼泪告状，曾奇的母亲一边用手使劲拍打着曾奇并责骂着，一边向其他孩子的家长赔着不是。曾奇吓得两手抱头，哇哇地叫着往一边躲。曾奇就这样走进了我的视线。

曾奇的家里除了他母亲，还有一个很小的妹妹，除此外就是父亲，但父亲长年累月不着家，他母亲基本上就是个寡妇。因为曾奇是哑巴，我和其他小伙伴一般都不和他玩，他有时也跑到离我们不远的地方站着，看着我们玩各种游戏，比如打玻璃球弹子，拍画片，曾奇有时也会加入我们，因为我们想占他便宜。我有几次不经意看到曾奇的母亲站在不远处，默默地看着曾奇和我们一起玩，她有时是担心，有时是欣慰，有时也叹气。那时候我还小，不懂得曾奇的母亲在看什么，现在我似乎明白了。我和小伙伴们也常做一些恶作剧，扮演坏人的不二人选当然是曾奇，要是他不在，我们会想方设法找他过来。一般都玩捉人，曾奇是坏人，我们都是好人，曾奇不停地跑，我们不停地追，直到追到并捉住为止，这个游戏在我小时候是玩得最多的。田间地头，小河边上，到处的疯跑，有时追一天都追不上，气得我们要死。曾奇很能跑，我们很难追到他，我们也斗心计，在曾奇跑到的路前面先去设伏，但曾奇似乎猜得到，他总会绕过去，他是哑巴不错，但他的智力正常。在费尽九牛二虎之力捉到曾奇后，我们会惩罚曾奇，变着法地惩罚，有时强迫他吃难吃的草，如果是冬季，就往他脖子里塞冰块。

我记得最清楚的一次是夏季，我们在河边捉到了曾奇，我们刚好要下水游泳，就把曾奇的衣服也脱光了，拉进水里让曾奇淹水，曾奇不会游水，就只会被淹喝水。不仅如此，我们还把河边长的一种藤状植物，我叫不上名字，但这种植物的蔓很长，有数米，而且上面带着细小的毛刺，我们把蔓缠绕在曾奇身上，又把曾奇拉下水，等淹水了又拉上岸。这次我们确实玩得过分了些，等曾奇上了岸，我们才看到曾奇身上红红的都是印痕，一条一条的，通身上下蔓绕过的部位都是，好在我们知道只是皮外伤不碍事，但看起来挺吓人的。这一次，我从心底觉得我们太对不起曾奇了。要是他不是个哑巴，我们还敢这样欺负他吗？他要是和我们一样，我们也肯定会是最好的伙伴。命运有时就是这么的不公，虽然我个人从来不信命。

还有件事我记得很清楚，村子里来了个换西红柿的老大爷，用自行车载了两筐子，后座两边各搭一筐，庄稼人没钱买，一般都用自家产的米啊，麦子啊换取，这是村子，乃至这块土地上的一种交易方式。老大爷就一个人，给村里人打秤时，要背过身看秤，我们小孩子则习惯于偷西红柿，站在筐子边上，老大爷一个不留神，就抓一个在手里，塞进袖筒里，然后就走开了。特别是人多的时候，老大爷更是无法提防，我记得我们几个最多的时候偷了一大面盆。那一次，我站在筐子边上，已经偷了一个在袖筒里了，但我想再多偷一个，我成功得手了，但没有想到，有人从后面上来抓住我的手，并大声嚷嚷起来，这个人不是别人，正是曾奇。老大爷听到曾奇的叫喊，转过来看着我，我脸很红，随即把我偷到手的两个西红柿放回了筐里。老大爷也没吱声，可能这种情况太常见了。我愤愤地看着曾奇，很想上去揍他一顿，以前我是打不过曾奇，但他长时间被我们欺负，他怕了，所以我现在能打过他。曾奇看到我目露凶光，知道不妙，退着退着就躲开了。再说了周围有一圈子人，我得先忍着，在事发后不远处，我们几个把曾奇狠狠地教训了一顿。这事被曾奇的母亲知道了，她闻讯赶来，指责着我们打她的儿子，但我们也不服气地说，谁让他多事，揭发我们，是他先招惹我们的。曾奇的母亲责备着我们，责备着曾奇，责备着自己，最后竟然哭了，打着曾奇，曾奇则哄着母亲不要哭。

随着年龄的增长，我也长大了，懂事了，不再欺负曾奇了。我读初中了，要骑着自行车上学，那个暑假我在麦场上学骑自行车，我学会了。曾奇也把自家的自行车推出来学，他也学会了。他不笨，他只是说不出话而已。曾奇曾经用他家的自行车载着我去过镇上，我也曾无数次地看到曾奇骑着自行车在村庄旁的公路上飞驰。但后来，曾奇像谜一般的消失了。在一个午后，曾奇骑着自行车像往常一样出门，沿着公路不是往上就是往下，两个方向，一南一北，他就这样连人带车消失不见了，没有人知道他去了哪里，最后看到他的人说看见他骑着自行车在公路上。这么多年，曾奇的母亲从来没有放弃过寻找，但终究下落不明。这个从小被我们欺负到大的伙伴，他的命运是如此的多舛。有一说是曾奇被人骗到黑煤矿挖煤去了，到底如何，无人知晓。到现在，我依然能清楚地记得曾奇的样貌，我时常在想，他要不是个哑巴就好了。

刘老汉

刘老汉的家在村子里叫作二道巷的中间位置，我小时候并不知道他们家的姓氏，姓氏是一个家族对外的标签，除了本家比较看重外，外人只当是为了区分。我记得他们的姓氏不是因为人，而是因为一条狗。我小时候比较怕狗，那时候村庄里的狗是比较凶的，见了人就追上去狂叫不止，大有要扑上去咬上几口的架势。我家的后门有一片竹林，也是村子里唯一的一片，我要从家里出去找伙伴们玩，通常都是从后门出来穿竹林抄近路。路是近了，但每次路过他家门口时总是提心吊胆的，因为他们家的狗大多时间没拴上，是放任的，有一次吓得我躲进竹林里，直到傍晚天黑了才壮着胆子走出来，还有一次吓得我爬上了他们家门口一棵不太粗壮的树，在上面摇晃了一个上午。我怕他们家的狗，顺势就恨了他们家的人，怎么不管住自家的狗，顺便也就记住了他们家的姓氏。

在一小段时间里，那条狗成了我的死对头，我招集伙伴们整治那条没人管的狗，我们拿着弹弓，装上石头子，躲进竹林，只要那条狗一出来，我们就一齐开射，瞄准狗身上打。狗被打痛了狂吠不止，但却拿我们没办法，只能对着一大片竹林干吠，它不敢轻易钻进竹林。这样最多也只能出出心中的怨气，每次我要走过他家门口的那条路，结果都是一样，被狗追得狼狈逃窜。我在心里狠狠诅咒那条狗早点死掉，那条狗后来还真死掉了，是被刘老汉活活打死的。刘老汉当时已年过六旬，我不知道他哪来的那么大力气和狠心，竟将一条看家护院的狗活活地给打死了。狗死了，每次走过那条路，路过他家门口我心里踏实了，但总觉得少了些什么。或许是因为那条狗，我对他家门口的那块地方是非常熟悉的，这么多年，我依然能从心里复原它的样子。门口长着许多棵树，有一棵树上结着红色的果子，可以吃，但我不知道那棵树叫什么名字，就像不知道刘老汉的名字。

刘老汉打死那条狗的原因我没有细究过，后来有三个版本的说辞。一说是因为狗不争气，吃了外面野地里的一条死耗子，那耗子恰巧是吃了耗子药死的，所以狗间接地吃了耗子药，就不行了，疼的哇哇乱叫直在院子打滚，刘老汉不忍心狗那么痛苦，所以含泪打死了狗。二说是因为狗咬了从门口走过的路人，路人索要医药费，还要注射狂犬疫苗，这官司扯到村委会，刘老汉输得一塌糊涂，他不懂法，但却知道这个事不占理，在那个年月，损失一点钱财，都是让人心疼的，更何况刘老汉的家境本身就极为贫寒。刘老汉怕狗再咬人出事，就将狗打死了，狗肉狗皮还能换回一点钱财，以贴补家用。三说是因为刘老汉的两个儿子，都长大娶了媳妇，刘老汉的那口子过世得早，只有刘老汉一个人独自过日子，两个儿子的家境也很凄凉，刘老汉自然没轻闲日子过，农活从早做到晚，还得不到儿媳一句好话，两个儿子为老人的赡养问题起了分歧，老人经常是没人管，饱一顿饿一顿。刘老汉打死了那条亲手养大的狗，其实是为了泄愤。我个人倾向于第三说，这与刘老汉后来的死有不可分割的关联。

我与刘老汉最直接亲近的一次接触竟然来自一场对骂，我是年少无知，刘老汉则是怒火中烧。村子南边有条水渠，离我家刘老汉家都不算远，那该是个夏日的午后，我从渠边的乡间小路上蹦蹦跳跳地走着，突然尿急，我想都没想，转过身就和往常一样朝着水渠里撒尿，在我撒完尿提上裤子转身正准备离开时，一声大喝，谁让你往水渠里撒尿的？我转过身伸长脖子掠过路边的几棵树，看到刘老汉正挺起身站在水渠边上。水渠边上有个凹口，有石板等，那是村里人洗衣服的地方，而此时水里泡着竹篓，岸上也架着竹篓，刘老汉身后还停放着一辆架子车。我瞄了几眼，立即明白了刘老汉可能在淘麦，麦子上机磨面粉前，要淘洗一次麦子。我虽然自知理亏，但却嘴上不服输，要知道我小时候可是个小霸王，我立马回应道，我想尿哪就尿哪，这渠又不是你家的。刘老汉本来就很生气，被我这句话彻底给激怒了，他立马指着我说，你个小杂碎，你给我等着，说着就转身想通过身后不远处的桥过来追我。我一看事态不好，拧身就跑，我不知道他是追不上我的，等他过了桥，我早跑出老远了。此时我更得意了，他一回去，我就不跑了，而且还退回来气他，把路边的树枝杂草等扔进渠里。刘老汉被我气得脸上青筋暴起，上气不接下气，直接骂狠话了，你爸是个好人，怎么生了你这么个哈怂，哈得没样样，一点家教也没有，野娃子。我想都没多想，直接说，死老汉，你才是野娃子，没人管，你有本事来打我呀，说着就笑起他来。刘老汉这次是来真的了，一直追我，而且使了很大的劲，但他终究老了，没抓到我。但跑得了和尚跑不了庙。刘老汉跑到我家把我爸骂了一顿，要知道刘老汉和我爷爷是一个辈分的，我爸只有点头的份。等我回到家，自然没好果子吃，被狠狠训斥了一通，还挨了几下打。

时间会淡化一切，等我长大以后从家里出来，就很少再关注村庄里的人和事，大多是和母亲通电话或者回家拉家常时母亲告诉我的，母亲可能觉得作为在这块土地上长大的人，有义务知道这块土地上发生的一切，谁死了，谁外出哪里打工了，谁家和谁家吵架了，这些生活的琐碎和点点滴滴，我都能从母亲嘴里知晓，其中就有刘老汉的死。想起刘老汉，我就想起了小时候的自己，天不怕，地不怕，无知，无畏，也无忧无虑。刘老汉死得很凄惨，在母亲并不太顺利的述说中，我感到心中无可名状的辛酸，我不落泪，但不代表我不伤悲。我时常复原或者想象一些场景，在个人制造的感观里默默回想，默默无言，语言有时候就是那么的苍白无力。

刘老汉的两个儿子分家了，两个儿子都不愿意赡养老人，因为老人已经老了，会成为家庭的累赘和包袱，特别是在节衣缩食的那个困难年代，每个人都只会为自己打算。我也曾目睹过亲兄弟为了分庄基，也就是院子的大小，为了一米的宅地打得头破血流。人性有时就是这么的残忍。刘老汉没人要，只好一个人过，刘老汉家的家境本来就贫困，大儿子在工地上做事，二儿子就在家里种地，几十年了都住的老房子，没钱盖新房。分家以后，刘老汉没有了房子住，房子只有两间瓦房，只好一人一间分给两个儿子住。刘老汉后来住到了南面他们家地头的庵房里，一间在地头上临时搭建起来方便看管果园的房子。房子当然很小，但有地方住已经很好了，刘老汉就这样住了进去。刘老汉可能真的老了，他不会做饭，大小便也经常失禁，儿媳在吃饭时间会给他送饭，但有时可能忙活疏忽了，不记得家里有刘老汉的存在，因为毕竟刘老汉常年待在庵房里，很少出去走动。我想刘老汉不愿意出去见人，是怕别人说闲话，农村人最忌讳被别人说三道四。

　　刘老汉死在庵房里两天后才被人发现，门是从里面顶上的，他的儿媳第一天给他送饭时，推了推门，发现门关着，以为他出去了，她没多想门是从里面顶上的，而不是从外面锁上的。直到第二天，才发觉不对劲，从窗户捅开纸，看到刘老汉睡的床上一片零乱，红红的一大片，才知道可能出事了，大声喊叫，人们闻声赶来，还是刘老汉的二儿子硬撞开了门，眼前的景象简直是惨不忍睹，刘老汉已经僵硬了，死了已有多时。床上红红一大片并不是血，而是柿子，火红火红的那种柿子，刘老汉的手指把土墙抓出了很多条很深的痕，手指缝里渗着血，那是最后的挣扎。有人说刘老汉肯定是饿死的，饿极了吃挂在屋子里的柿子，柿子还没有软，吃多了就会撑死人了，所以床上地下到处都是柿子破碎的红。还有一说是刘老汉绝望了，他知道自己活着一点意义也没有，是个累赘，所以想早点解脱，帮别人也帮自己，所以用极端的方式结束了自己。

　　刘老汉死了，村庄里大地上的人们继续着未知的生活。

南庄回眸

一

在关中平原那一小块土地上，我熟悉它的每一条乡间小路，熟悉它不同季节散发的花香。我是在一个河边的村子长大的，从我有记忆开始，我便开始了解并熟悉这块土地上的一切。

我尤记得村口处有一棵皂角树，每年结满皂角的时候，大人、小孩们都喜欢围在树边，把皂角采摘下来，我第一次知道皂角能产生大量泡沫，可以用来清洗脏手和衣服。那像是扁豆的放大体一样的东西，沾上些水，拿在手掌心冰凉冰凉的，光滑的像条蛇一样的触感。在我没有留意间，那棵皂角树便消失了，如同时光悄悄地从我身边流逝……

我喜欢村边那条小河，它是我童年快乐的温床。有水的地方总是充满着诗情画意，我知道在河水里嬉水，钓鱼，逮螃蟹，钓虾，我还知道河边都是一畦畦的玉米地和高粱地。我喜欢和小伙伴们钻进玉米地里拉屎，或者偷着掰几根玉米，找些河床上发洪水时被搁浅，经风吹日晒干了的柴禾，跑到河沟里，躲到大人们看不到的地方，用三块石头垒起来搭火，把玉米剥开来，只留下最后一层衣皮，然后到河边防洪拦水的铁丝网边上截一根铁丝，把玉米穿起来，生火，先用大火烤一小会，然后埋在火堆里焖熟，最后再用小火爆一爆，吃起来特别香甜可口。也会到高粱地里找甜秆子，砍几根抱着跑路，躲到没人处，和吃甘蔗一样的咀嚼，把渣子吐出来。

我们还会用自制的弹弓打麻雀，有时也会误伤了燕子。春天的时候，我们都会爬上一棵棵柳树，折树枝下来，用手扭动树枝，力量要恰到好处，这样皮和枝分离，我们把枝抽出，只留下空心的皮筒子，筷子粗细，一边用小刀刮掉少许皮，轻轻捏扁，放在嘴里，就是一个小柳笛了，有的吹起来尖细，有的吹起来浑厚，不过都是春天的音符。有时，我们也会爬上树掏鸟窝，有时是几颗鸟蛋，有时是几只幼崽，有时也一无所获。

油菜花开的时节，我们会用纸折成的简易夹子，去油菜地里逮蜜蜂玩。我们会试着用纸或者其他的海绵之类逗蜜蜂的屁股，引蜜蜂把刺射出来，这样一来，我们就可以把在手上玩，不怕被它蜇到，放在文具盒里，或者罐头瓶子里。如果不小心被蜇到了，会奇痒，红肿，一般忍着擦点生蒜汁，过几天，就自然好了。

我们知道在端午节的时候把艾蒿插在门上，在冬至的时候，在院子里挖个小坑，放根鸡毛下去，看鸡毛会不会飘浮起来，以此来判断这个冬季的寒冷程度。我们还知道荒野里的哪一朵花叫打碗碗花，哪一棵草叫狗尾巴草……

二

小时候，我很渴望看露天电影，要是哪一天哪个村子放一场电影，那可是热闹非凡的事，附近几个村子的，甚至远处村子的都赶将过来，提着小板凳，拖儿带女的。露天电影总是傍晚时分开场的，月朗星稀，白色的大幕前围满了人，一场电影将人们拉在了一起，闲聊着，问候着，期待着，那种惬意是坐在家里看DVD所没有的。还有秦腔，更是这块土地上的奇葩，那些打扮得花里胡哨的戏子，在舞台上演绎着别人的苦怨哀乐，看戏的看得入了迷，看完后仍津津乐道，茶余饭后更是一道话题点心，通过戏子的戏份，折射出人生百态，世间炎凉。有时，在晨雾里或者夕阳下，乡间小路，或者田地里吼出一声声的秦腔，那是一种粗犷的唱腔，不经打磨，在田间地头随意地散落，是这块坚硬的土地撞击历史发出的回声。

露天电影和秦腔是这块土地上最喜闻乐见的东西，除了这两样，还有两样东西更值得人期盼，那就是麦子和稻谷。一季麦子，一季稻谷，刚好一个年份。麦子熟了的时候，铺天盖地的黄，生活就是镰刀割麦子，那种长把镰，在丰收的季节里挥舞着，把收成装进口袋，储藏起来。整个麦浪里人潮涌动，人们在为麦子欢舞，麦子到达麦场，一阵阵的翻滚，把麦粒脱落下来，麦草堆成垛，立在麦场边上，守望着乡村。麦草最后的归宿是化成一缕缕炊烟，向深邃的天空飘去。有时，我在想，是不是云就是那些麦草燃烧后的烟气堆积而成的。稻谷的收割节气比较清冷，没有那么火热的场面，田间地头立起的拌筒，随着咚咚咚有节奏的沉闷声响，颗粒归仓，稻草扎起来，立在田间，像是这片大地最后的守望者。

田野间林立着无数棵树，白杨树最多，除了树就是电线杆，电线杆上架着数根电线，鸟雀们站在电线上，依次排开，多像一个个五线谱上的音符在跳跃。在一些偏僻的荒野里，总能看到无数大大小小的土包，那里躺着这片土地上的生命，曾经，他们年复一年，日复一日在这块土地上劳作，可能是太累了，睡着了不再醒来。

那些散落在乡间的小路，总是歪歪扭扭，延伸向远方，一条路总与另一条相连，没有路的荒野，有时也会随着人的不断走动而踩出一条小路来。这些小路最贴近大地，它们是大地的本来面目，没有遮掩，在雨季，可以闻到泥土的气息。这一条条路构成了这片土地的经纬，南来北往的人们都将通过这些小路到达远方，或落叶归根。

我记得这片土地上有一种树，名唤作杜仲，这种树的树皮是药材，它的叶子和树皮都有一个特性，就是撕裂一截树皮，或者一片树叶时，里面总有细细的丝相连着，不断离……

三

我从时光里穿越，来到那扇门前，对开的木门，上面挂着两个巴掌大的门环，左右两扇门上分别张贴着门神，左秦琼右敬德，手里都拿着铜，样子十分威武。门下面横着一块门槛，门槛两边是门墩石，方的，不大，小时候我常常坐在上面端着洋瓷碗吃饭。如果是早上，我会站在上面眺望东方刚刚升起的太阳，那个时候的太阳光线不强，我就那样直直地盯着它，眼睛眨动的快一点，眼前就会出现很多色彩，很绚丽，也很舒服。多少次我就这样站在门墩石上，面向东方眺望着太阳。

门左边的土墙上刷着几个标准的白灰浆字，是当时最常见的标语：少生，优生，幸福一生。墙下面零散的堆着一些砖瓦和柴禾。伸手推开门时会有吭当的声响，进了门，先是五六米长的一段巷道。穿过窄逼的巷道，眼前就豁然开阔起来，这个院子很长，很宽大，院子里有很多棵树，核桃树，桑树，柿子树，拐枣树，樱桃树，梨树，枣树，白杨树，有的还不止一棵。院子呈长方形，进来的巷道右边并排着四间瓦房，对面也对应着四间瓦房，院子正中间右边是个临时搭建的机房，织草片的两个机子摆在里面，靠着机房的是猪圈，猪圈对面是两间厨房。里面的四间房最左边的那间也是厨房，在这间厨房里有个后门，后门打开是一片竹林。

我进门后最常去的地方就是正对面的四间里除厨房外的三间中靠右手边的房间，这个房间没有什么特别的，只仅仅是习惯，我习惯了这个房间的格局，气味，昏暗和一切。中堂是对开门，进门右边是木质的楼梯，笨重，古朴，是上阁楼用的。中堂里头后半截一般是砖头垒的粮仓，右边房间没装门，只挂了门帘。进了房间，对面是两条柜，左边是靠墙放着的大立柜，一般放衣服的，上下两层，上面一层靠墙的地方摆放着一台14寸黑白电视机，两个条柜都靠墙放着，靠立柜那个上面放着一个两层的木质书架，上面摆满了各种书籍，右边这个上面放着水壶和杯子，还有半导体收音机。左边这个柜子里一般放着礼档，是我偷嘴的所在。右边这个上了锁，但我打开过多次，知道里边有银元、布票等。靠近右边柜子是个平整的大土炕，占了少半个房间，靠炕的墙上有个大窗户，是木格子窗棂的，上面贴着白纸，中间没贴白纸的地方夹了块玻璃。如果是冬天，屋子里的中间应放着火炉，红红的火苗蹿出来。

这间房间的窗户正对着的是个大鸡笼，比人高，四周是用细小的竹子围起来的。边上长着一棵枣树。枣树开花的时节，树下常常铺着一层米黄色的枣花。我喜欢到院子里的梨树上玩，因为它靠着猪圈的墙，一堵并不高的墙，树的枝杈我刚好够得着，我时常抓着梨树的枝干，脚蹬在墙上，借力攀爬上梨树，坐在梨树的枝杈间，要不顺着猪圈的墙，走到猪圈的顶上，坐在瓦片上，一坐一个下午。有时坐累了，就躺在上面睡会。很难想象，那么小的我，为什么喜欢一个人坐在屋顶上，我确实什么也没有想，我就坐在屋顶上，只是坐着。一个人静静地坐着，什么都没去想，世界真安静。

　　我喜欢从院子里穿越的感觉，我从前面的门进来，从院子中间走过，直接又从后门出去，我觉得一个院子有前后两个门是好玩的，可以从这里进来，从那里出去。出了后门，是一大片竹林，竹林总给人一种神秘感，那密密麻麻的竹子，还有下面落满的一层叶子，走进去踩在上面，松软，轻微的声响，没有阳光洒进来，阴暗。我曾经在这片竹林里与一只狼不期而遇，那时我还很小，我不认识狼，我打开后门，走了几步，就看到了一只动物，我以为是狗。那只狼朝着我望了好一阵，我当时呆呆地站在原地。也就几秒钟的时间，竹林外有动静，那只狼便调转头跑向了竹林深处，村里的猎户跑进竹林，慌里慌张的，看到我就问，有没有看到一只狼，我轻描淡写地说，它朝那边跑了，伸出小手一指，猎户便追了出去。那只狼跑了，猎户也跟着跑了，我才发现我是一个人，我才发现天暗了下来，我迅速地退回去，关上后门，把一切邪恶的，正义的都关在了门外。

　　我还喜欢坐在厨房的灶膛口，灶膛口都放有一个圆的小木墩，我坐在上面，背后是麦草，风箱就在右手边。我喜欢拉风箱，拉得急促，短暂，风箱吧嗒吧嗒地响个不停，那个进风的小风口快速的一张一合。往灶膛里塞上一把麦草，火苗跳得老高老高的，顺着锅底往上爬。锅里的水滋滋滋地响着，锅盖边上冒着白气。我喜欢把红薯放在灶膛里烤着吃，有时也放土豆、大蒜等。烤熟的东西都带着一层黑焦皮，要剥掉才好吃。

　　我还到织草片的机房旁边，在那棵弯的拐枣树上，绑上结实的绳子，做过一架简易的秋千，一天到晚在上面荡着，吃饭的时间也端着碗坐在上面。我喜欢晃来晃去的感觉，那感觉像在空中飞。

四

我走进村庄，我脚下走的这条路还是很多年前我儿时走的那条路，但这条路的质地却变了，它现在是一条水泥铺就的路，平整，光滑，新鲜，但这让我不适，觉得坚硬。我走在上面，寻找着记忆里曾经熟悉的那条路，那条路是条土路，是土地的本来质地，散发着泥土特有的气息，脚踏在上面松软，踏实，让人感觉到离土地很贴近，尽管下雨时，它泥泞不堪，让人出行不方便，打湿了鞋子，弄得裤腿上都是泥巴，但我此时却非常怀念这样的一条路。遗憾的是，这样的路消失在了村庄里，它不再属于村庄，村庄抛弃了这样的路。这样的路只能留在村庄的历史和我的记忆里。

我走出村庄，步入荒野，寻着了一条土地质地的小路，感受着曾经。当我回过头去看村庄时，我惊慌了，这还是我认识的那座村庄吗？我没有看到曾经星罗棋布散落在房前屋后的各种树木，也没有看到一面土墙，代替它的是红砖绿瓦。不仅仅是这些，这些建筑是一层叠一层的，远远地看像炮楼，不再是以前平整简朴的一排，还有那些曾经高高耸起的烟囱，几乎消失殆尽，剩下的寥寥无几，也不再往外冒烟了，成了摆设。田野里也早已没有了牛羊的踪迹，空落落的。庄稼地里参差不齐，麦地被果园荒地分割成一块一块，我想以后都不可能再看到翻滚的麦浪了。猕猴桃园里打上了水泥桩，拉上了钢丝，一根根水泥柱子，立在土地上，靠钢丝拉着站立起，东倒西歪。没有根系植入土壤，终究站不直，站不稳当。

我从村庄边上绕着走，渴求看到一些熟悉的迹象，但什么也没有，似乎都变了。村庄边上唯一的两片竹林也消失了，我不禁想，要是村里有人要用到一根长长的竹竿，那他去哪里才能找到？如果村子里会编织篓子的手艺人要编织一个篓子，他要到哪里去砍一根竹子作为原料？或者他不编篓子了，直接从集市上买篓子回来用，那么他的手艺是不是也因此失传了？还有长在村口，村子里唯一的那棵老皂角树也不见了，我记得我年少时曾把皂角摘下来捣碎，然后用产生的泡沫洗衣服。还有那座磨房，只留下了石头拱起的形体，和一个坑，一堆石头。碾盘也不知去向。分布在村里人家的桑树，也一棵都看不到了，我不知道以后的孩子会不会认识桑葚，会不会知道它的味道？会不会知道有一种昆虫叫蚕，是吃桑叶的，会吐丝，是丝绸的主要原料。还有拐枣树，槐花树……不敢想象，这些事物都渐渐地消失在了这片土地上。很多年后的某一天，当这些事物消失殆尽，当我老了，我在说着这些旧事物时，会不会有年青的后生说我老糊涂了，因为我说的事物在他们的世界里从没出见过。

我在乡村的路上遇到几只撒欢的狗，我本能的躲避，但这几只狗却视我如空气，它们没有朝着我吠叫，更没有追着我想要咬我。我有些纳闷，在我年少时的乡村记忆里，我总是被狗追着，咬着，我的腿上至今还有一块被狗咬伤后留下的疤。但这一次没有。我没有想到，连狗这种动物都开始变了。狗是看家护院的，看到陌生人就应该狂吠不止才对。但现在的狗集体沉默了，论个头，也小了很多，它们不再是看家护院的了，而是被当作宠物养着的。村庄没有了狗叫，越来越安静，年轻人也都外出了，剩下些老弱妇孺，应付着未知的生活。

五

麦子黄了的时节，我的记忆也开始泛黄……

那时候的我并不知道麦子黄了是什么时节，我只是在早上睡醒后，发现找不着大人了，平整的土炕上就只剩下我一个人，屋子里静悄悄的。当我揉着蒙眬的双眼坐起身来，看不到一个人，我就急了，急得哇哇大哭，有时尿急也不知道找哪才对，有时会蹲着撒在炕上，有时是屋子里的地面上。我不知道大人们都做什么去了，是什么要紧的事让他们撇下我。我也尝试着想出去，但门是从外面锁上的，我的力气不够大，拉不开门，顶多拉条缝，有点光线射进来。我觉得突然间只有一个人存在的世界是可怕的，好在门缝有点光线，我就趴在那条光线里，向外张望。

多少次以后，我渐渐明白了大人们赶早的原因，他们是去田野里割麦去了。麦子黄了的时节是最打紧的，怕下雨，一下雨麦子就不好收回来，收回来也是芽麦，不好了。所以时间上得赶紧，人们不知雨会什么时候来，只能尽可能往前赶时间，起早贪黑地抢收麦子。麦子是有节令的，麦子熟过了，麦粒会脱落掉到地上，收晚了就会影响收成，所以麦子一黄就得赶紧收。在麦子黄了的时节里，总有一只鸟儿不停歇地叫着："算黄算割，算黄算割……"这也深含着这个节令得赶紧的意味。

我在屋子里困着，直到哭得声音沙哑，哭得累了，哭得没声了，才停下来，并不时小声、不乐意地哼哼着，这是我仅有的对抗方式。有时靠着门坐着，等着就又睡着了，但大多时间我是醒着的，我盼望着有大人出现，放我出去，我怕一个人待在屋子里的那种冷冷清清的感觉。大多要等到临近吃中午饭的时候，这个时候大人们要有一个人先行回家做饭，做好饭了才会叫其他收麦的人回来，吃完放下碗筷，抽支烟，稍休息会，就又要开工，时间是紧迫的，刻不容缓。我总是在临近中午的时候才被放出来，一般都是奶奶先回到家，她做饭做得好吃，手脚麻利，而且她年老了，在地里做活自然没有父辈们得力。每次听到奶奶的脚步声由远及近，我就知道我要得救了，在这个时候我会放声大哭起来，发泄我内心积蓄的委屈，奶奶听到我的哭声，总是先应和着我，才开门就说着，我娃甭哭，我娃乖，看把我娃哭成啥了，婆就给你开门着呢。打开门，奶奶先把我从地上抱起来，搂在怀里哄一会——只要一到奶奶的怀里，我就不哭了，而且很听话地跟着奶奶去厨房，坐在风箱前，看奶奶做饭，有时帮奶奶胡拉扯几下风箱。奶奶总是夸我说，看我娃乖的，会帮婆做饭了。我淘气地得意着。饭做好后，奶奶会下地叫父辈们赶紧回来吃饭。我跟着奶奶一起去，总是不愿意走路，喜欢奶奶背着我。奶奶弯腰背我，我把脸紧紧地贴在奶奶后背上，有时困了会打盹，等到地头就又睡过去了。

父辈们在奶奶的召唤下，收好镰刀要赶回家吃饭。有时母亲想帮奶奶抱会我，怕累着奶奶，但我是不乐意的，我虽然睡着了，但只是迷迷糊糊，一旦有人碰我，我就会一个激灵醒来，并哭起来，小手紧紧地攥紧奶奶的衣服不松开，两条小腿又蹬又踢的，谁也扯不下来。婶子们、姑姑们总会说，耶，这娃把他婆缠上了，谁都不认，不给碰，他妈都不行。一行人说着往回走，我趴在奶奶肩头，似乎已经沉沉地睡去。奶奶虽然辛苦，但心里是高兴的，背一会，把我下滑的身体用力往上颠一下，两只手紧紧地托着我的屁股。

回到家急匆匆吃完饭，父辈们都急着赶回到地里去了，奶奶留下来收拾碗筷，我就陪着奶奶，坐在厨房灶口的圆木墩上玩柴禾。我用硬柴挑逗蚂蚁，要不用小铲子铲面面土玩。奶奶洗刷完锅碗瓢盆，又喂猪喂鸡的，等一切收拾停当，就喊上我一起上地去。奶奶蹲下来半个身子，站在房沿台下面，我站在上面去，一个鱼跃跳上奶奶的后背，有时也会故意使坏把奶奶拉翻在地。奶奶转身总是先询问我摔着了没有，并拉起坐在地上坏笑的我，帮我拍打着屁股上的土，有时两个人都跌坐在院子里，哈哈大笑一气。婆孙俩在一起，总有着许多乐趣。

出了门，奶奶背着我，走上熟悉的乡间小路，那路的尽头，再下一个坡，就到麦地里，父辈们都在地里忙活的正起劲。奶奶把我放在田埂上，去帮着捆麦子，我在一旁无所事事，一会爬上架子车坐在车厢里，一会又跑去奶奶跟前。

奶奶把我从地里抱出来，用麦秆扎个蚂蚱给我，逗我玩，把我惹高兴了，就又去麦地里……

麦子黄了又黄，一晃好些年过去了，我不会再被大人们反锁在屋子里了，也等不到曾无数次放我出去、哄我不哭的那个人了。在麦田里，也再寻不到她的身影了，翻滚的麦浪淹没了一切。那一条乡间小路，又窄又长，如同我的记忆，只有那么点，但却悠远。恍惚间，我还趴在奶奶背上，迷迷糊糊地睡着，那一晃一晃的身影，在我的视线里定格，似乎这情形就发生在昨天，在乡间那条小路上一直延伸着，而乡间小路尽头坡下面的那片麦地，如今已经成了荒野，没有人能走近……

摇晃的。
YAO HUANG DE
SHI GUANG
7 时光

第二辑

病隙手稿

DI ER JI

BING XI SHOU GAO

整理了一下这个系列文字，成雏形，计19篇5万多字，对这些文字没有刻意地雕琢与打磨，随着时间慢慢积累了起来，这里面有回忆，有审视，并带有强烈的个人主观意识，有些观点也曾引发争议，以前的我总会站出来针锋相对，但后来变得越来越沉默，有时候我觉得以前的很多事都不应该，并尝试着和生活和解。这些年，我觉得写作带给我的无非是两样：第一是工作环境有了改变，涉及生存；第二就是修心，让我可以从容面对现实世界很多纷杂的东西，获得精神层面的完整。

《病隙手稿》获"睦邻文学奖"福田区年度大奖

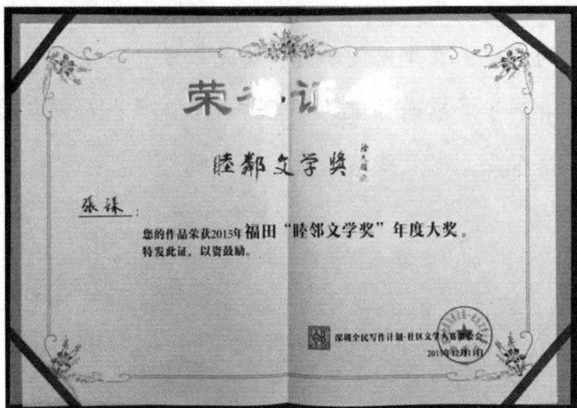

颁奖词：

　　《病隙手稿》是一组姿态独立、表达独特的文章，体现出非虚构特有的真实力量，事物与人物内心有较好的融合，渗透着灵活睿智的个人主义思辨。与其说作者在写作，莫如说在一刀刀雕刻生命，刻至骨骼，刻至心灵，其疼痛感令人窒息，让人无法不对表达者生出敬意。文字内包蕴着发光的价值内核，拥有一种令人不安的思想之美，故能于痛楚之险地绝处逢生，摇升至读者需微微着力的高度，超拔的艺术与思想魅力即产生于此。

评委推荐语：

评委：陈彻

这是本届文赛迄今为止最让我触动的一篇，我个人力推它得大奖。散文写好不容易，因为全是掏心窝子的话。这一篇讲述病中经历，既有人生感悟、灵魂自省，又有世间百态、人间万象，深处时时触及灵魂，高处傲然于苍生之上，充满哲思、忏悔、希冀，一场病痛足以改变一个人的三观，在生死间游走一遭足以重塑一个人的生命，在这篇文里我全看到了。感谢作者的分享，并不是每个人都在面临过死亡之前就能参悟人生，老天爷不给我们那个福气。

评委：郭建勋

文坛上有两个病人，一是史铁生；一是贾平凹。两人都留下了病中细密的体验和观察，尤其是史的《病隙碎笔》，指向了内心。病了能让人更容易感触那些平时忽略和淡漠了的东西，如生死，如男女，如名利，更容易看到人生真实的那一面。夸张点说吧，一场病，或有宗教的功效。我将这组散文称之日灵魂散文，是我在这个坛子里看到的极少数的能将视野从乱嗡嗡的俗世转向安静的灵魂世界的文章。俗世镀了金，灵魂却长了草，这是我们的时代。

评委：费新乾

张谋的《病隙手稿》系列，在邻家这个平台上，是难得一见的有深度的作品。邻家有太多流于生活表层、沉迷于编造故事的文章，就像挖井，有的人挖了几锄就匆匆放弃；有的好一些，挖了将近一米；有的挖到离水源只有一箭之地，却成强弩之末；只有那些"偏执狂"，一直挖下去，跟文字死磕，终于挖出井水来。张谋挖得够深，他在不停地思考、回忆、反省、求索，对自己和读者都同样苛求，沉下去写，沉下去读。这是今年大赛绕不过去的一篇力作！

评委：王国华

这个世界上，两个地方可以改变人生态度：一个是病房；一个是监狱。其实，一根扎进脚掌上的木刺就能改变人的想法，让一个安静的人变得狂躁。人类之脆弱略见一斑。我们这些幸福的、平静的人平时接触最多的大概就是病房，可惜，很多感慨随着病愈出院而烟消云散。张谋用这么长的文字表达这么多的想法，说明他沉进去了。沉浸、自拔之间，世界已经变了……

评委：范明

"死"是生命命题，文学命题，也是哲学命题。木心说过，人在平时是不会想到死的，好像可以千年万年活下去。而当人一旦生病，就有种"向死而生"的欲望。而病中文字，更触及灵魂，叩问内心。所写所思，带着忧郁气质，病之痛，漂泊之痛，岁月之痛，生命之痛，是我们必须要面对的客观存在，而这一切，终会像断了线的风筝，杳无踪迹，变成尘埃，回归土地。读到这样有力度的散文，引人深思。文笔较成熟，可见功底。

评委：王威

这系列散文的前部分，描写身体生病的感受和诊所医院见闻，精细传神，入木三分。疾病不只是关乎物质身体，更会触动一个人对生命和灵魂的拷问。最后一篇，用风筝来象征生命在岁月中的轮回，作者的文字行走在高处，思想亦抵达高处。

评委：孙夜

极端的境遇下，文学是让人活下去的艺术；庸常生活中，则是如何活得好的通道，而对所有的生命来说，死亡、疾病与疼痛——包括灵与肉的，都是不可回避的课题，就此意义上说，作者的笔就成为一把锋利的手术刀，一刀刀切开生活，生活的感受，生命的感觉，这是需要不同凡俗的心智、勇气与才能，尤其是坚韧的控制力的。

评委：朱铁军

在我们的物理世界，通常是看不见精神的，因此有了艺术这种抽象的非物理存在。在我们的物理肌体风平浪静时，艺术是主动被发散而出的。而疾病作为具有切割作用的介质，破坏了物性的外壳，艺术因而被释放成为某种被动。所以我们会言及灵魂，说到精神；所以我们用文学来表达内我的时候，通常都是另外一种"疾病"。张谋的病区系列让我看到了精神的纵深和文学的生命性，物我相叠的边际，是精神的无尽恒途，始于疾病，却永不会止于思想。

读者评论：

张谋的文字我是时常关注着的，他的作品字里行间总是有一种或深或淡的忧伤，或近或远的思考。如果说邻友有很多文友的作品是用笔写出来的，而张谋的文字是用灵魂书写的。走进他的文字，你不仅能感到一种忧伤的氛围，还会随着阅读的深入，使你的内心有一种隐隐约约的痛感。"其实作为一个人，身体上没有几处像样的伤痕，又如何敢轻言生活。"此类文字在他的作品里随处可见。如果不曾经历磨难，如果不曾拷问心灵，这些文字又来自何处？

——天涯流云

读着这些文字，有一种挥之不去的疼痛感，张谋的文字冷，重，又在不经意间点亮一点点光。老实说，有时候，我不敢多读他的文章，怕进去出不来，那些固执的文字无望又挣扎，是什么样的人才能写得出这样的文字，看得越多，就越不能把文字背后那个叫张谋的人联系在一起。他们太反差。有人直面痛苦，有人逃避痛苦，有人剖析痛苦，有人粉饰痛苦，有人撕裂痛苦。张谋把真正的那个张谋放在他的文字里，撕裂自己，毫不留情！

——东篱

阅读过张谋不少的散文，欣赏他在作品上的一次次自我超越。他的文字越来越简洁有力，对生活的洞察越来越细微，对人生的感悟越来越深透。文中许多文句，形容比较诙谐贴切，令读者忍俊不禁之余，又不得不夸赞他睿智可爱。人生的确如此，不管是过往还是未来，我们时常迷茫、不知所措。在放大记忆的同时，自己变得异常渺小，最重要的是要直面未来，直面未知的自己。

——只因不才

　　张谋的这篇文，我看了不低于三遍，一直想着该留下点什么，或者该说点什么，但是踟蹰着不知如何下笔，这样的心境和文字，也许只有真的身处这样境地的时候才会写的这般触动人心，作者是用灵魂在写作，不是奉承，是真心的赞。因为我也生病过，虽然现在已经好了，但是作者的文字总会牵动我内心最柔然的那根细弦，不作不矫情，文笔细腻老练，是一篇上乘散文佳品！

——货货

住院记

我的名字叫19号床

医院是我最不想去的地方，那里面总弥漫着一股说不清楚的气息，并伴随着喊疼声，呻吟声，埋怨，叹息，看到的都是白色的墙，白大褂，纱布等单一的色调，显得处处冰冷生硬，让人恐慌。但是个人总得进医院，因为病似乎是与生俱来的，不可抗拒，我住进深圳市福田区人民医院时，刚好是年底，外面的人都喜气洋洋的，而我只能躺在床上，有时想想，外面的世界此刻肯定很美好，我期待着能早日下床走出去，及早摆脱19号床这个临时标签。

人能左右很多事物，比如杀死一头猪，一只鸡，或者砍倒一棵树，甚至移动一座山，却左右不了自己不生病。生老病死，似乎是与生俱来的，不可抗拒。面对疾病，我是从容的，我向来不惧怕死亡，但疼痛总得挨着，撑着。我做了个小手术，当我躺上手术台，两个护士在做术前准备时，我还是紧张起来，毕竟我从来没有进过手术室。我看到她们太年轻有些不放心，以为是她们给我做，便问她们，是你们给我做手术？面对我的疑问，两个护士中的一个马上答道，你放心好了，当然是我们主任医师给你亲自做，他马上过来。

我在三楼边上写着手术室的房间里按照护士说的躺好，其中一个又找来眼罩给我戴上，说是怕我晕血产生休克，不让我看。我的眼前算是黑了。护士又说打麻醉针时有些疼，让我忍一下。主任医师进来了，可能怕我紧张，和我不停地说着一些轻松的话，缓解我的情绪。麻醉针第一针下来，我还是疼得咬了下牙，我数得很清楚，一共六针。接下来，主任医师好像夹住了我的一块肉，问我疼不。我什么也感觉不到，只是觉得身上有什么被扯着，感觉我被人用手压着，但知觉很模糊。手术做得并不久，一会儿我便被送进了病房，从进病房开始，我的名字便失效了。

有个自称是护士长的进来，在我的床尾贴上了标签，后来我去看了下，上面写着姓名，年龄，疾病等。我床头上大大地贴着"19"这两个阿拉伯数字。从这一天开始的十天里，我的名字就叫19号床。我一会儿听到护士叫，19号床，到隔壁第三个房间做仪器治疗。等到出来又听到，19号床，到第二个房间换药。等回到病床上，又有护士找进来叫着，19号床，吃饭没有，开始输液了，今天四瓶。还有每天早上，19号床，到交费处交下医药费。过一两天又传来，19号床，到主任医师那里看下伤口。总之，在这十天的住院时间里，那个我用了三十二年的名字作废了，从来没有人叫过我的名字，我总是提醒自己，我有名字，19号床只是暂时贴在我身上的标签，我迟早要撕掉它的。我知道，在此之前，也有人叫19号床，在我之后，也还会有人叫19号床。

其实所有的人都叫人，为了区分出你我他，才起了名字。所有的狗都叫狗，人对它们进行了品种分类，又各自起上旺财、虎子等名字加以区分。在医院这个特定的区间里，我被冠以病人的身份进行了确认，而19号床就是医院为了区别出病人，附加在我这个病人身上的符号。给我打过针的护士有好多个，她们不用问我叫什么，只知道是19号床就行了，就不会出错，若是叫名字，刚好有两个或多个病人的名字相同，有可能会错位，用错药出问题，但19号床只有一个，这个确认无二。这也如同商场内的商品要有条码一样，以确认独一无二的排他性。

病友

我刚住院的第一个晚上，有个病人在临床，病房里就我们两个人，当然加上陪伴的亲人是四个人，但病人只有我们两个，我去的第二天他就出院了。当天晚上，他说他已经住半个月了，我进去的时候没有买盆子，他有两个，还特地把一个送给我用，我说了谢谢，他说不客气，都不容易，谁愿意在这里躺着，能帮就帮下。他五十岁左右，说话不多，但一看就是有生活经历的人。

第二个晚上病房里就只有我一个病人，麻药散后，伤口隐隐地疼着，让人很不舒服，但也没办法。第三个晚上又住进来了一位，开始家人陪着他，后来他说他没事，要家人都回去了，他的手术可能很小，整个人走来跑去看不出一点病样，还常常到外面的街上走动。他只住了七天就出院了，进来的比我晚两天，但出去的还比我早，我因此有些羡慕他。我急着找主任医师，想提前出院，但主任医师说我的伤口愈合的不是很好，我的情况七天不行，得住到十天，还不算手术当天。我没敢跟主任医生讲条件，乖乖地回到病床上去了。每天的开支都是好几百，花得我实在心疼，但没有人敢在医院讲条件。我和他私下聊天，他说是欠下的要还，没办法，不管钱多少的事了，把病治好就比什么都好，但说着还是叹息了一声。

在第四天的时候又住进来一位，这下病房里热闹起来了。这个病房一共才四个床位，三个人可能是白天躺在床上太久，输液都是四瓶，主治医生强调不能输得快了，于是输四瓶得四五个小时，再加上仪器治疗和换药等用去的时间，让人一天到晚都下不了地，除了上洗手间。几个人晚上睡不着，在一起瞎聊天，有时一直聊到深夜十二点多，相互询问着是哪里人，农村交医保的事情，家里的农作物等。有一个说他家里是产胶的，经济效益不好。另一个说是种胶不划算，现在都种猕猴桃，一亩地侍弄好点卖个万把块钱不成问题，现在他们那里人都很少种庄稼了，地全种了猕猴桃，种小麦水稻都不合算。我在心里想着一个问题，如果大家都搞特产种植，那粮食从哪里来，什么事情都得有人做吧。

第七天出院走了一个后，又新进来一位中年人，大约四十多岁，他很健谈。他说他这个病不算什么，二十多岁的时候坐在蹦蹦车上，那时候蹦蹦车是高级车，拖拉机都很少见的。大半夜车开得太快，没看清楚路中间一个拖拉机坏了，把一车的石头堆在了路正中间，他开着车太快，等看到已经来不及，给直接撞了上去。他说他流的血把脖子上的围脖都浸透了，那个围脖如今还在柜子里放着。当时他的嘴巴和鼻子都歪到了脸的一边，简直都不成人形了，后来做手术，扎针，中药调理，校正，慢慢还恢复好了。他说得很轻松，但这经历听着实在让人后怕。

病友们不管谁走的时候，都会相互打声招呼，像是熟悉的人们在告别。不算安慰，但让人心底产生一种无法言语的感觉。我们之间都是陌生的，可能短暂的相逢后，不会再有见面的机会，在这片刻的宁静后，都要重新融入喧嚣的生活中去。我出院的那一天，病房里还有一个病友，我和他告别着，短短几天，似乎话很投机。人在病痛时同病相怜，似乎裸露的格外真诚，而在现实生活中，则充斥着太多的尔虞我诈。

小意外

我在做仪器治疗的前几天都好好的，开始时也没有人陪我，陪我进去的护士给了我一个呼叫器，说是有什么不舒服就按一下。我躺了下去，大概是第二次做的时候吧，机器鸣叫了几下，我知道是停了，我便按呼叫器，但按了好几次都没有人进来。机器是调好的，我也不敢乱动，我一直按，按了多少次我都记不清楚了，但就是没有人进来。我很无奈，我不知道怎么回事，只能尽量平复内心的急躁，安心等待。护士总算进来了，我说早就完了吧，怎么这么久没人来，我按了呼叫器不管用。护士拿去试了下，说是呼叫器电池没电了，害我在上面白躺了二十多分钟。从第三次我就要求由家人陪同我，再也信不过他们那个玩意儿了。

第七天开始仪器治疗时，我感觉胸有点闷，没有太当回事。直到第八天，我感觉胸闷得难受起来，呼吸急促，叫来了护士，护士调停了仪器，让我先到隔壁房间换药。我躺到隔壁房间的病床上，开始大口大口急促地喘气。护士可能看出了不对，直接找到了主任医生，主任医生带着助理及好几位护士过来，先是测血压，测完血压显示正常，然后，又做心电图，直接让下面化验室将仪器带到上面来做。心电图显示有些紊乱，倒也无大碍。但那个阵势着实吓了我一跳，一会儿有人叫测测血压，一会儿又扛着仪器上来做心电图，一大帮子人围着，七手八脚地帮我脱衣服，挽袖口，拉裤腿，还有人喊着病人家属。我以为会出什么漏子，结果什么也没有。后来主任医师说可能用的药对胃有刺激，第二天帮我调了药，仪器治疗也换作了其他的治疗方式。

在第五天的时候，帮我换药的护士还没有换完药，输液的护士上来说要给我输液，就同时进行。可能输液的护士在特定的环境下比较紧张，第一针没有扎进血管，手背很快就鼓起来了，赶紧拔出来，又重新试着扎了一针，还是没有能扎进去，她显得无能为力，终于放弃了。她说天太冷了，血管太细小。其实我知道，她平时都扎得好好的，后来几天也扎得好好的，就是由于环境的变化，那换药的病房算是比较私密的地方，她可能很少进，有些紧张。后来回到病房，说是让护士长来给我扎，倒是轻易地就扎上了。

有一天输液的时候，我打了个盹睡着了，家人没太注意，等到药瓶的药都流完了，只剩下半管子时才发现，我眼疾手快关了输液管，但还是流到下面去了，换药的护士进来只好从下往上赶，我的血顺着输液管子被抽出很多，管子里不可能存在真空，所以血会倒流进管子，等赶到一滴一滴往下滴的那个位置才好，这样血就又回到血管里去了。药还是继续输着。

一幅画

在病床上躺了十多天，是枯燥乏味的，病房里除了病床，柜子，电灯，墙上的走线外，似乎什么也没有，一切都显得苍白，单调，唯一起点装饰作用并惹眼的就是墙上的一幅画。我注意那幅画已经很久了。那是一幅写意画，我不知道作画者想表达的是什么，又是什么人将它挂在病房里，它的意义又是什么呢？那幅画并不大，一尺多宽，高还不足一尺，长方形。画的背景大面积是黄色的，但底部透着橘红色，两种色彩是渐变过渡的，中间还夹杂着绿。画面上是十朵花，从左往右，分三组簇拥在一起。第一组四朵，两朵花，两个花骨朵，一个花骨朵朝下弯着，其他两朵花和一个花骨朵都向上，几乎处在同一水平上，其中有一朵花开得怪异，花瓣像是鸟儿的尾部,尖着。第二组两朵花高低有错落，有一个花骨朵刚好伸在两朵花中间，与其中低一点的那朵花的茎形成一个8字。

第三组两朵花处于同一水平，花骨朵较低，在中间位置朝下，三个茎比较平行。

我还曾把这幅画拿下来，细细地端详过。其实以前在街上碰到过，不是纸画，是在一种较粗的类似布又类似皮革上画的，绷紧在四周的木架上，拿在手上比较轻。那幅画差不多正对着我的床，我总是有意无意间审视着它，我主要是想弄清楚这幅画究竟想表达什么意思，作画者有这个心思，又被识画的人买来布置在适宜的地方，这才是一幅画最好的归处。凭着我的理解，我以为这幅画表达的主题是生命，象征着生命的坚韧。刚在上面描述这幅画时，我忘了最重要的一点，就是整幅画没有一片叶子，花的茎上都是光秃秃的。可能有人会说，失去了叶子哪来的生命力，而恰恰就在这里，画面上没有叶子，同样也没有看到根系。根系在哪里？我觉得在内心，内心强大的人，会将根系植入内心，奋力地向上生长，或者也可理解为含蓄的力量，脱去叶子是为了减少养分的流失，抑或落地化成了春泥，让向上的花朵开得更加艳丽，这就是用心滋养的生命之花。

花朵都是火红的，茎是墨绿的，背景里隐透着绿，没有落英，有的是含苞欲放的花骨朵，虽然我不知道这花叫什么名字，但这并妨碍我对它的关注与热爱。它挂在墙上，一面孤零零的墙上，它的意义就已经非同一般了。

疼痛的春天

　　一个人一辈子不可能走完所有的城市，同样，一个人穷尽此生也不可能经历所有的春天。当我怀着期望而来，最终带着疼痛离开这座北方城市的时候，我显得异常平静。这种平静就像回味我的童年一样，那是一种闲庭落花，一切都已淡然的心态。在这座城市的各个街道，到处飘散着一种白色的像蒲公英一样的东西，司机说是一种树的花，这个城市的每个春天都是这样子的。那种花的名字我没记住，我唯一记住的只有疼痛，它来自我身体上的疾病，却经历在这个城市的春天。对于我来说，这个春天给我留下的除了疼痛，还是疼痛，以前经历的所有疼痛对于我来说都已变得无足轻重。我有过从高墙上掉落，摔得人都散架了似的疼痛，也经历过骨折等诸多的疼痛，但相比这次都显得小儿科了些，之前所有的疼痛复加起来，也抵不了这一次。当我经历、忍受了这种疼痛后，我对我的整个人生也重新有了定义。或许这是必然，不痛入骨髓，不疼的刻骨铭心，怎能会有那么深沉的感悟？

　　一个月前，也就是三月底，我和往常一样坐在办公室上班。我常常想，很多年前我在工厂流水线上工作，拿着微薄的收入，那个时候我多么渴望能进办公室上班，对于当时的我来说简直是一种奢望，就像做白日梦一样。多年后，我终于人模狗样的坐进了办公室，也许该满足了，也只有我知道，这中间要用时间去丈量，还要赔上青春年华。我觉得我的人生从来没有精彩过，每个人都有一个卑微的梦想，之前想得到的种种都已经实现。现在，我不知道我还有什么梦想，整天只知道按部就班的工作，我几乎成了一台机器。在这个公司两年多来，只请过一天假，那是为了看病，几乎没迟到早退过，更没有其他的违规行为，我对自己的要求近乎苛刻。一台机器长时间超负荷运转，终究有一天会出问题的。那几天，我突然间感觉到特别的累，有几天午饭后趴在桌子上就睡着了，没有人叫醒的话能睡一下午，这种状况持续了一周。我的右肩锁骨下某一处开始酸痛，开始时以为是趴着睡觉闹的，没太在意，只是擦了些活络油。三天过去了，一点转好的迹象也没有，越来越痛。我开始担心起来，我用一根手指使劲按压那个指点大的地方，不是骨头痛，也不是肌肉痛，表面没红没肿，似乎一点症状也没有，让人费解。四天后我准备上医院看看，我已经感觉到有点不对劲。但走到半路，又跑到专治跌打损伤的草药铺去了，人家用药酒帮我擦了半天，疼得我咬牙切齿。人家说是睡觉时打喷嚏把筋拉伤了，对于这个说法我还是相信了。这样又拖了两三天，工作到了关键阶段，必须得出差。在行程中，发现周边开始有个别破皮处，我以为是擦药酒时太用力，擦破了的，不痛也不痒，就没太在意。

到达北方的这座城市后，入住的酒店环境也不好，脖子下面开始痒起来，我以为是药酒擦破皮的地方，没注意感染了，就买了皮炎平擦了下。在擦时感觉到了一种很不正常的疼痛，但我还是没太在意，因为工作上的事情越来越多，我无暇顾及。一来二去，越来越疼，还以为只仅仅是感染炎症，又买了些消炎药吃，但无济于事，情况一天比一天糟糕。我开始难受起来，觉得整个脖子周边都开始不舒服，刺痛。我仍然忍着，直到有点忍不住了，不是痛感了，疼的脖子舒展起来都有困难，老是想缩着。这时同事也发现了不对，劝我去看看，就去了周边不远处一家小诊所。我拉低了衣领给医生看，医生只看了伤处两眼，就很肯定地说出了四个字：带状疱疹。我之前从没有听说过这种病。医生说很疼吧。我说是的，我从几个医生的神色里，看出了疼痛。医生说得马上治，不然会很麻烦，还说要打吊瓶。但我现在工作确实很忙，分身无术，只有晚上看有没有时间了，便先拿了一些吃的和擦的药。到晚上抽空过去输了液，三瓶，两个多小时才输完，疼痛越来越厉害，此时，我才感觉到了真正的疼痛。我不知如何形容，我只想说，一百只蜜蜂蜇在一起了吧，又疼又痒，但疼的感觉更为强烈。

我试着问医生这病怎么来的。医生说是一种病毒，身体状态低下，工作劳累，身体自身免疫力下降导致病灶发生的。这些关键词总结在一起不就是我发病前的状态，早该察觉的才对。虽然是小诊所，但我对这个医生是信任的，我从他的眼神看得出，他是非常有把握治这个病的。

第一个晚上特别的难熬，我没有想到会突然间疼的如此厉害，我整个人神经都绷紧了，感觉胀得要爆裂。药刚注入，还没有开始发挥药性，所以病痛才刚开始。我从来没有这样的疼痛感触，那像是一枚枚钢针不停不断地刺入身体，一阵接着一阵，一片连着一片，一刻也不得闲。我只能坐在床上忍受着，困却无法入睡。躺下去也没有用，疼得人咬牙切齿，缩成一团。这个夜晚，只在天亮的时候我睡了不到一个小时，我还有重要的工作要做，刚好在最忙的时刻，不管怎么样，我得硬撑着，反正也是疼。跟人来去说话没关系，我依旧做着认为重要的工作，虽然医生说过，这样子最好能休息，但眼下我根本不能停下来。第二天，我又抽了时间去输液。当我说出我疼的实在受不了时，医生说让我听他的，三天后肯定会好起来，要我一定坚持。我对医生当然是有信心的，这个医生是我的救星，我全部的希望都放在他身上了。

让我没有想到的是，第二个晚上更难熬。我错误地以为头一夜难过，第二天会减轻些，我错了。第二个晚上是我到死也不会忘怀的一个夜晚。我在酒店的房间里疼得已经抽搐，我张大了嘴，准备随时发疯似的大喊大叫，但我一向自认为是一个坚强的人，我苦苦地支撑着。我打开电视，分散注意力，没用，我又上网，我有意无意识的查这个病，我怕我坚持不下去，如果看不到尽头，再这样过几个晚上，我不敢想象我会不会被折磨疯掉。我在网上彻底的清查这种病症，发病情况和医生说的差不多，是一种病毒，主要还是通过呼吸道传播进体内，当身体免疫力下降就发病，一般没有传染性，还有用什么药止疼，减轻痛苦，用什么方法治疗都很详尽。我记得最清楚的就是它被称为天下第一痛，无人能忍受，有因疼痛难忍自杀的案例。还有就是这个病的后遗症，有可能疼一段时间，几个月，或者几年，十几年都有。我有些后怕，因为我正在经历和默默忍受。这个晚上，我一分钟也没有睡着，我在镜子里看着锁骨周边的疱疹部位，看着那些白色的胀得圆满的快要撑破似的水泡，大的足有绿豆大小，密密实实，一片又一片，着实有点面目可憎，又疼又痒又不能触碰。那种疼痛，没有疼过的人是绝不会懂的，说出疼痛是容易的，只有挨过的人才会明白。

第三天去诊所时，我对医生说了我的处境。医生只是说没有想到我会那么疼，随之才开了止痛药和止痛针给我，还加了中药。从第三天开始，我是吃的，喝的，擦的，吊的，打的全用上了。我有十多年没有打过屁股针了，打完后，我整个人抖起来。医生怕我有事，倒了开水给我，让我坐了会儿，还让我忍着疼，用针把所有的泡都刺破，上了些药，发现没什么问题后才放我走。我走上了那条陌生的背街，感觉人们像看乞丐一样看着我。我病得非常明显，两个晚上没睡觉了，脸色发白，走路似乎并不稳当，我一度怀疑我能不能走出这条街道。我佝偻着身子，全身在抖动，身子很轻，走路异常吃力，而且腿似乎打着拐子，我明显地感觉到自己的脑子是木讷的，似乎身体不听脑袋的指挥，但我得坚持着不倒下。整条街似乎没什么声响，或许是我听不到声音而已。我总感觉我走了半天也没走出多远，可实际上我走到了很多人的前面，但还是有更多人在我前面。我就这样夹杂在人群中间，我感觉不到任何力量，我就像树上掉下来的一片落叶，不知会被风卷到哪儿。

第三个晚上，在后半夜我终于沉沉睡去，显然，疼痛开始有所缓解。我又开始做梦，我梦见我飞在空中，是平整的飘在空中，我在蓝天白云之间俯冲而过，一阵突袭加快向前，一阵慢下来，加快向前时，我好怕掉下去，我充满着深深的恐惧。在慢下来的当口，我才开始审视大地，眼下是成片的一畦畦绿地。在这种变幻间，我时而欣喜，时而恐惧，我好像知道这是自己在做梦，等从睡梦中醒来，我真实地知道这就是一个梦。

从第三天晚上开始，疼痛终于减轻了些，虽然还在疼痛着，相对而言，已经去了一大半，症状部位也开始变黑、结痂。又坚持用了两天药，到离开这座北方城市的时候，我突然觉得失落起来，小诊所的医生曾一度成为我阴暗生活里的一缕光明，我从心里感激他。回到南方，我依旧在飘零。

为了彻底的病愈，我给自己放了长假，我依旧坚持输液、吃药，由原来的三瓶变成了五瓶，又增加了几种药物。我发现我一次吃下去的药片竟然有三四十粒之多，各种大小颜色的都有。又是一周的时间过去了，伤疤已经愈合，只剩下了些红色的印记。种种迹象表明，疾病已经成为过去式，但疼痛过的地方还时不时地痛一下，我不知道这是不是后遗症。有两个晚上在轻微的疼痛下我竟然彻夜失眠。我知道那不是疼痛本身，而是疼痛带来的后思维。我彻夜地想起很多事情，想儿时的伙伴、同学，年迈的父母，逝去的亲人，曾经遭遇到的世事，脑子里一团迷雾。我是个执着的人，可是这样执着到底为了什么，我又看到了一些词语：健康，事业，金钱等，一切都看似重要，但没有了健康以后，其他的一切都变得虚无缥缈。

在这个即将过去的春天，我没有看到桃红，没有看到柳绿，我只能想象。伴随着疼痛远去的不只是这个春天，还有一些不知名的忧伤和惆怅，但我依然在风雨中追逐，寻找那前面的路，我要把这黑暗征服，所以我不能输。

写下这些字的时候，我仍然疼痛着……

病，抗体以及死亡

一

我小时候，得过一次大病，辗转了大大小小六家医院才算医治好。其实也不算什么太大的病，就是感冒，继而由感冒引发了一系列的病变，比如咳嗽，每次一咳起来没完没了，把心都要咳出来。为了治疗这个病，我屁股上挨了不下几百针，那针眼让医院的护士看到，都不忍心再下手，眼睛都湿润了。每次打完针，我站都站不稳，要父亲抱着走。因为这场重病，我记住了两种药品的名称，它们是青霉素和链霉素，这两种药品在注射之前一定要先对病体进行测验，看病体能不能适用，否则绝不能用于病体。由此可见，这两种药品是强效和可怕的。也因为此原因，我才记下了这两种药品的名称。后来我知道了这两种药品都属于抗生素类的药品。通过对医学方面一些知识的一知半解，我了解到一个新的医学概念——抗体。抗体我简单的这样以为，我拿自己对此做注解，比如说我得过的那场重感冒，在得到治疗并康复后，我的体内将残存抵制引发感冒症状的物质，以后患感冒的可能性会降低。我再引一个具体的事例来佐证，比如走路时被石头绊倒摔了一跤，以后走路再走到那个地方就会特别留意，知道躲开。人体内也有一种相当于人脑智慧的这种物质，在药物作用下，病被医治好以后，体内会对这种病体产生抵抗力，进而减少下次再被"石头绊倒"的可能。

二

很久以前我看到过一位朋友的一个签名：每个人都忙着生，忙着死，所有人都是如此窘迫的姿态。我看过一次后就记了下来，也许有人会说有些消极，悲观，但我个人觉得这才真实。后来，我也有了一个签名：我是人，不是神，我和很多人一样，正赶在赴死的路上。既然死亡不可避免，那么我就慷慨些。在面对死亡这个问题时，很多人都是紧张，焦虑，恐惧，不安的，死亡预示着终结，一去不返。如果哪天在马路上逮住了一个小偷，我想大多数人都会围观上前，但如果是一具被车撞得鲜血淋漓的尸体，我想大多数人都会掩面而过，因为人们都惧怕死亡，唯恐避之不及。逃避与面对总是对立的。

触及死亡，我想起高中时期的一位美术课老师，更重要的是他植入我脑子里的一名画家梵高，以及梵高的死。这位老师曾经非常激进的在讲台上向我们讲述梵高，关于梵高的一切，比如梵高为了看心爱的表姐一眼，愿意把手放在火上，他对叔叔说："我的手放在灯上多久，您就让我见她多久。"但还是未能如愿。这位老师在讲述梵高时饱含深情，常常眼眶湿润着，因此，我被他感染。他曾在黑板上用大大的字体，用力地写下了他个人给梵高下的定义：痴诚而孤独的疯子。他说梵高性格怪僻，内心孤独，曾割下自己的一只耳朵，最后患上了神经病，也就是疯了，开枪自杀，死时才37岁，梵高死后，他的名气才越来越大。梵高死了，但他的画作却永远流传于世，他的名作《向日葵》一直向着太阳，与太阳同辉。此时的死亡便有了永恒的意义。

在我们中国，有一位诗人的自杀死亡很引人注目，他就是海子。这个年仅25岁，在山海关卧轨自杀的天才诗人，在短暂的生命里，保持了一颗圣洁的心。他在中国当代诗坛，常常被评价为"一个诗歌时代的象征"和"我们祖国给世界文学奉献的一位具有世界眼光的诗人"。在这样一个缺乏精神和价值尺度的时代，一个诗人自杀死了，他迫使大家重新审视、认识诗歌与生命。海子在自己诗歌中设想了八种自杀方式，分别见他以下诗歌：

（一）斧劈，见诗歌《自杀者之歌》；

（二）上吊，见诗歌《自杀者之歌》；

（三）开枪，见诗歌《自杀者之歌》；

（四）跳楼，见诗歌《跳伞塔》；

（五）投河，见诗歌《自杀者之歌》和《水抱屈原》；

（六）沉湖，见诗歌《七月不远——给青海湖，请熄灭我的爱情》；

（七）蹈海，见诗歌《七月的大海》；

（八）卧轨，见诗歌《春天，十个海子》（最后采纳）。

我们也在诗中找到了他的死亡意象：正是黄昏时分／无头英雄手指落日／手指落日和天空／眼含尘土和热血／扶着马头倒下（《太阳》）。这是多么栩栩如生的死亡偈语啊！又是多么残忍的预示！

我是个诗盲，常常读不懂一首诗，但海子的诗是个例外，我最喜欢下面这首名为《祖国或以梦为马》的诗：

千年后如若我再生于祖国的河岸

千年后我再次拥有中国的稻田

和周天子的雪山，天马　踢踏

和所有以梦为马的诗人一样

我选择永恒的事业

我的事业，就是要成为太阳的一生

先前的我总以为，自杀是懦弱的表现，但现在看来，自杀有时比活着更需要勇气。当我发现生命相对的不是死亡时，我就明白了这一点，生命只能证明你存在，呈现，但不是过程，如果把死亡拆开来，就显而易见了，死相对生，亡相对活，而非命，所以死亡相对应的应该是生活，而非生命本身。生活是一个漫长的过程，是不停活动的动态，它与死亡，也就是停止，静止的才是真正对立。而生命，只是存在的一种形式。生命只讲究个体，而生活才拥有生的全部内容。

末了，我想起鲁迅先生的一句话："真的猛士，敢于直面惨淡的人生，敢于正视淋漓的鲜血。"

如果我以前的文字如同土地上的犁，那我希望以后它能变成一把手术刀，哪怕最后割断的是自己的脖子，自勉之。

病隙手稿

这次是真病了，而且病得不轻，久不病，一生起病来，似乎所有的病都犯在一起了，所以一病不起。具体症状表现为头疼，本来想用头痛这个词，但尚觉力度不够，疼和痛合在一起就是疼痛，疼也在痛先。相同的一点是两个字都带着病字框，表明不管我感觉上是疼还是痛，都是病。

起初，头有点晕乎乎的，这种症状不足以引起我的重视，我以为和天气变冷有关，没太在意。晚上，睡前，头却从晕转为疼痛难忍，这时，我以为是发烧，但脑门上不烫。索性我不管了，以为只是一时的偏头痛，撑一会儿就过去了。孰料，睡熟后竟然被疼痛折磨醒了，第一次醒来，我就感觉有点不对劲，想上医院，但大半夜的，再说医院那地方不是一般人能进得起的，我咬咬牙就继续撑了下去，睡着后再次被疼痛致醒，实在撑得很辛苦，我真怕自己撑不过去，我想到了死，尽管这个字也许离我还很远。我有些后怕，我已经知道这不是一般的头疼。第三次躺下去的时候，我对自己说，如果这次醒来，一定上医院，不能再死撑下去了。第四次，第五次，我总是心存侥幸，希望自己能挺过去，免去上医院的麻烦，以及由此带来的经济损失。第五次醒来，天已经亮了，我似乎感觉轻松了一些，于是，我觉得我能继续撑下去。医院是我最不喜欢去的地方，这十多年来，我几乎没有去过，这并不是说我的身体有多好，有多健康，而是不到万不得已我不进医院，一般的小病我都挺，能抗过去就抗过去，要不自己找些药来吃，一般也没什么大碍。

　　隔日，症状仍未有所缓解，我开始重新审视自己，身体，病情，包括思想。有一阵子，我非常担心自己的脑子会因疼痛而坏死，这样一来，我就丧失了思想，独立的人格，包括重新拿起笔书写的机会，这无疑会成为对我最大的打击，不管是身体上的，还是精神上的。我有些后怕，好在我脑子还一直有思想，在活跃着，我不知道这场对于我个人的灾难过后，我的思考，思维能力会不会有所下降。第二天我的大脑反应告诉我，我的症状类似于食物中毒，我想起症状出现那晚当天的一些细节来，我并没有吃别的什么东西，我只是在下午的时候，感到口干舌燥，突然间想起母亲托同学带来的土蜂蜜，我用它调了水喝，而且喝了满满的一大杯，到晚上吃饭的时候，我吃了满满的一盘炒蒜苔，蜂蜜和蒜这两者在很多食谱里有说明，不能同时饮用，同时饮用就易引起食物中毒。我想，蒜苔和蒜大致上可以归为一类，据此，我个人推断自己的症状大致上为食物中毒，这是我结合自身的身体状况给自己开的处方，也不知对与否，不过这似乎是比较合理的一个解释，比如我有呕吐的欲望，却一直吐不出来，肚子也很不舒服，不想吃东西。这一天，我只喝了三小碗粥，喝了大量的水，只要感到口干就喝水，这是很多生病的人都知道的，有助于新陈代谢，对于毒素来说，有助于稀释并排出体外。另外，我还去药店买了些能抑制头疼的药，以便减轻自己承受的痛苦。

　　当天夜里，一直没有睡意，不知是怕睡了醒，醒了睡，睡了再醒那种无休止的折磨，还是想的东西太多，没有让脑子闲着，反正一直睡不着，躺在床上，全身发冷，冷得发抖，打战。天气还不至于这么冷，我知道是我的身体在作怪，我加了一床被子，厚厚的两层棉被包裹着，我还是冷得蜷缩成一团，口里像着了火似的干，喝水，一会儿又干得厉害，再喝水，然后上洗手间，反反复复地纠缠了一夜，天快亮的时候，我终于带着疲惫睡去。在这样的大病当前，在这样人竭力尽后，我还做了梦，我梦见我异常的愤怒，我不愿意妥协，我要冲出去，冲到前去做垂死的挣扎，我手里拿的不是一把枪，也不是一把刀，而是一把铁锹，是农民劳作中最常见的那种圆头铁锹，这种最普遍存在的劳动工具，竟然成为我唯一的最有力的武器。一把铁锹有力地插在地头，被岁月打磨的光亮的手把，爷爷用过它，它没朽，爷爷朽了，父亲接过它，抄起它，朝手心吐一口唾液，两只手揉搓几下，弯腰，铁锹插进泥土，左脚上前踩住锹耳，用力，一锹土随着父亲双手的扬动而翻起……我很庆幸，我是农民的儿子，我有一把别人看不见的铁锹，我正用它耕耘着自己的土地。天亮了，我出了一身的汗，整件睡衣都湿透了，似乎可以拧出水来。出完这身汗，全身顿时轻松多了，我相信每一滴汗水落下的同时，都意味着会多一锹的收获。

几天的日子就这样伴随着疼痛过去了，总觉得似乎头还在微微作痛，我迷茫过，孤独过，努力过，尝试过，摆在前面的是一条未知的路，一踏上去似乎就回不了头了，到了这个年纪，我似乎才觉得我的人生才刚刚开始起步。脑门上掉了一层皮，可能是因为头疼得厉害时擦的药太多了，我就像是一条在季节里蜕变的虫子，应付着可能面对的季节更替、病痛及生活。

> 我曾经是个病人
> 我们每个人都有病
> 谁又能逃脱得了不做病人
> 只不过有些是暗伤
> 病痛尚有药可医
> 谁能救治孤独的灵魂

七夜

一

第一个晚上，我只想出去走走，没有目的。我唯一的想法就是漫无目的地走，把自己交给夜晚，交给一条可以行走的路。

我知道无论我怎么走，都不会迷路。我走过的路上虽然没有留下任何痕迹，但在心里，却留下了一道记忆，即使我走出得太远，失去了方向感，我也会顺着心里的那道记忆之路返回来。来和去，都是这么轻易发生的，生和死亦如此。在一般的情况下，没有人愿意走上一条不熟悉的路。向前方走得太远，没有路的时候，都会选择顺着来时的路又返回去，往回走，走过的路。这并不是捷径，却是最直接有效的应对方式。

我走到十字路口的时候，我会犹豫，其实按常理，往前走就行了，但我总会想，前面有什么，它和左边、右边同样，都是一条我未知的路。对于我而言，向前，向左，向右似乎都一样的，一样的未知。直到那天，我走过了其中一条，觉得没意思了。我才会试着走走我未知的另外两个方向的路。每个人都不喜欢在一条路上来来回回地走，走来走去，路两边的风景依旧，人却在不知不觉中走不动了。

我老远的遇到一盏路灯，它正照亮我走的路。我向它走近时，身后拖着一个长长的影子，路灯照亮了路，却没有照亮我，我身后还是黑的，有光亮的地方才会有影子。我离路灯越近，身后的影子就越短，靠近光亮，黑暗就无处遁形了。当我笔直地站在路灯下，我才是光亮的，影子消失，看不到一丝黑暗，即使有，也被我踩在了脚下。我走过路灯，继续往前赶路，路的前面又出现了影子，开始时很短小，就在脚底下方一点点，我越往前走，它越高大，我对着它，消灭不了它，除非我消灭自己，它才会真正消失。它是我光亮的另一面，原来每个人都如此，有向光的一面，也有背光的另一面。走过一盏路灯，我似乎走过了一生的路，从黑暗到光亮，再到黑暗，从无知到无畏，再到无知。

一条夜晚的路，走着走着就感觉到身边的光亮越来越弱，到最后，就感觉到只剩下自个一个人与黑夜对抗。

二

第二个夜晚，我不想往远处走了，我不怕迷失，却怕黑暗，我选择往高处走。当我顺着楼道上到天台的时候，我以为我站得够高了，其实不然，周围还有很多建筑比我高，它们挡住我的目光，挡住我的风，挡住我可以看到的远方。

在这幢楼上，我登上了制高点，没有人为我的行为欢呼，呐喊。我想要在天台上插上一面旗子，我只是想了想，这不是我一个人的战争，没有人阻挡我上来，我不算赢家，所以我用不上插面旗子，再说了我根本不知道我应该插面什么样的旗子。天台有风，很轻快，我看到云在风的催促下走得飞快，只有星星一眨一眨的不动弹，云要赶着去哪里，我不知道。它在上面，我够它够不着，尽管我站在天台上，比其他人离云近很多，但我同样够不着云，面对云的飘忽不定，我束手无策。

我拿着铺盖，去天台上睡觉。我铺好席子，毯子，躺在上面，仰望夜空，夜空深邃，我闭上眼睛，耳边有轻轻的风声，很容易入睡。但总是睡一会儿就醒来，睡不踏实，周围太空旷，没有一点点的遮掩，让人无所适从。这不是一个房间，关上门就是一个人的世界，这里到处敞开着，是浩大的一个空间，不属于我一个人，属于万物。

三

第三个夜晚，我哪里都不想去了，走向四周都是一条条的路，路只是一个方向，我不知道它会把我带到哪里，向上最高我只能到达天台，没有天梯存在，我上不了天，向四周延伸的一条条的路关乎出路，而向上极有可能与成长有关。

我把自己关在屋子里，与外界隔绝起来。这世上有很多东西都是不属于自己的，唯独这一空间和时间例外。我想象着这是一座与世隔绝的桃花源，我在里面安静地做着我喜欢做的一切事情，比如看看书，写几个字，睡个懒觉。

房间里除了我，还有些其他的东西，比如蚊子。无论如何，它们总是存在的，我消灭不了它们，我喷过杀虫剂，但似乎作用不大。存在即合理，它们的存在似乎是微不足道的，但它们总是以生命个体的形式呈现在这个世界上。

房间的门总是关上的，而窗户总是打开的，不然太严实了，我在里面闷得慌。窗户外是防盗网，我觉得这个命名很有意思，原始社会人们修墙建屋，与外界隔离，主要是为了防止天灾遮风挡雨和野兽的袭击，可如今社会，却是为了防盗，即防人，看来人比野兽有过之而无不及，经历了从土、木到水泥钢筋的坚固防御过程，到最后，人才是人类最大的入侵者。

四

第四个晚上，下雨了。外面到处都是湿湿的，我看到晾晒在外面的衣服委屈地流着泪，滴答滴答地落下来，已经湿透了，干脆不收了，上天淋湿的，上天再把它晾晒干吧。风拍打着湿衣服，湿衣服晃晃摆摆，欲拒还迎，等雨停了，太阳出来，湿衣服就会干了，皱巴巴的干了。

我早上把湿衣服晾晒出去的时候，天还没有下雨，晾衣服的地方太小，有其他人晾的，干了没人收，占着晾晒的地方，我一生气就把几件干了的衣服收了下来，随手搭在了后面的楼道扶手上，没有想到我的这个举手之劳，竟让那几件衣服免于雨淋。事情到了这里还没有完，等我晚上回来，竟然在晾晒衣服的窗口边上，看到了粘着的一张小纸条，上面歪歪扭扭地写着：谢谢你帮我收衣服，虽然我不知道你是谁，但我谢谢你，502，小王。我瞄完这张小纸条呆了，后来，我扯下了这张小纸条，本来思量着回点什么话的，但想了想，不免觉得恍惚，终究什么也没有做。一件这样的事竟然换来了感谢之言，我觉得在这里黑白完全颠倒了，因为一场雨，不知叫不叫天意。

五

第五个晚上，我失眠了。我无缘无故地想起来一件事，然后就像泄了洪的水，关不上闸门了，我想停下来，可我无能为力，我只有顺流而下，看能打捞出什么东西，其实打捞到的无非是些过往。

总想起一段时间里流逝的一些人，一段光阴里铭记的一些事，那像电影快片一样，一幕一幕的呈现，闭上眼睛，却关不上心门。

月光透过窗户洒进房间，灰白的颜色，不绚丽，却清晰，循着月光似乎能回到过去，找回逝去的岁月。日子一天天地过着，一如月光的静谧，很多事情因此可以从容接近，想象着月亮里的桂花树，桂花香，一如彼岸的花。

六

第六个晚上，我做了个梦。本来这个梦是可以避免不做的。我晚上睡觉一直朝着一个方向，但这个夜里，我想换到另一头睡，换了也没什么，关键是我临时睡到另一头后发现枕头矮了一截，睡着不舒服，就顺手拿了床上的一只公仔，垫在了头下。这是只毛茸茸的熊，本来脖子上绑着条红丝带，可能是时间长了，红丝带破了，我就解掉扔了。兴许是没有了丝带的束缚，这条丝带就像一道符，可我把它拿掉了，就这样我做了一个可怕的梦。

我梦到很多小孩子，兴许是熊公仔里藏着小孩子们的灵魂，可能我枕着熊公仔睡觉时压着，惊扰了他们。我先是梦到了大片大片的麦田，就在故乡村子里上头的一个村子边上，他们都在麦地里站立着。麦子成熟了，黄灿灿的一片，他们没有带着镰刀收割麦子，而是用手把麦穗从麦秆顶上掐断，与此同时会喊出一个人的名字，似乎喊到谁，谁就逃脱不掉。我正在路过时，有人喊了我的名字，我当时吓坏了，慌忙逃窜，很多小孩子都追我，前面的挡着我的去路，后面的穷追不舍，我一路狂奔，撞到了很多小孩子，他们的哭喊声响成一片，特别的凄惨。我不敢回头看，拼了命地往前跑，但我似乎还是跑不过他们，我感到了绝望。这个时候，有个声音对我说，静下心，不要理会周围的骚动。我试着做到了，我不知用了多久的时间，等到一切平静下来，我已经跑回到了自己生长的村子，我替自己捏了一把汗。

我醒过来后，一动也不敢动，我怕极了，我清楚这不过是一场噩梦，但我还是被吓倒了。我打开房间的灯，大口大口地喘着气，擦着头上的汗，我坐了很久，然后睡回以前的位置，再也不拿公仔当枕头了，我发誓。

七

第七个晚上，很不凑巧，我用了近两年的灯突然间就坏了，亮得好好的一盏灯不知为什么突然就不亮了。开始时我还以为停电，但过道的灯光透过门缝照进来，我去了洗手间，开灯，灯亮了，没错，是房间的灯坏了，陪伴我两年多的灯坏了，就在这个晚上。

灯不会知道它今晚就完蛋了，它事先对此一点也不知道，就是它知道，它也没法告诉我，只有当它坏了的时候，我才知道它坏了。灯坏了，其实就算它现在好着，亮着，我睡之前也会关掉它，让它不亮。但问题是我现在还没有睡，它不亮了，我总是想着它不亮了，想让它亮起来。我习惯于支配它，不习惯于它支配我，它现在不亮了，我就只能睡觉，不能做其他事了。它坏了，还要支配我一次，似乎这一次，我没得选择。它以牺牲为代价，看来我得受它支配一次，让它的牺牲有价值才对，那么，我现在只能躺下去，闭上眼睛。灯灭了，心里的灯却亮了起来。

病态或我的缓慢表达

这一天是周末，本来是休息日，但我起的却比平时上班还要早，我赶时间上医院，去晚了要排很长时间的队，我受不了那种等待的折磨。从小镇到市区要近两个小时的车程，我从租住的房子睡眼蒙眬地出来，往车站走去。也许是我起得太早，一路上没遇到几个人，到了车站，车站也是稀稀拉拉的，看不到几个人影，首班车还没有进站发车，我只有等待，站了一会儿有些累，就蹲下，蹲时间久了腿酸，就又站起来一会儿。在我第三次站起来的时候，我发现旁边的电线杆上贴着许多小广告，治性病的，打墙孔的，办证的，代开发票的，娱乐场所招人的，富婆征婚的，五花八门。我随手撕下一张卡片在手上把玩着，是某大型娱乐城的广告，上面写着电话订房可免房费，什么王经理，手机号码，提供的一些服务项目、价格等信息。我认真地看了又看，最后还是不舍地把卡片扔在了地上。

大约十多分钟后，我上了车。这趟车的终点站是火车站，我得在市区的中途下车，到达我的目的地。时间还早，要是在往常，我一般上车后会坐在靠窗的座位看外面流逝的风景，或者小憩，又或者看车载电视里的娱乐节目来打发时间，但这次我没有，这趟车坐过多次，车窗外的风景都看过了，也没有任何睡意，电视节目看着也没兴趣。我思想跑路了，在上车的一恍惚间，我突然想起多年前坐过的一趟公交车，69路车，时间虽过去了很多年，但我还不曾忘记，尽管这趟车我只坐过仅有的一次。

那时候我还是个有理想的青年，单身，一位热心的老乡帮我介绍了个女孩认识，之前我只看到过她的照片，知道她是一名导游。跟她第一次相约见面，没下班前，我坐在位于24楼的心早就飘上了云霄。六点准时下班，下班后我并没有第一时间坐车去与她见面，而是坐车去朋友那里，我得多带上点钱，俗话说钱是胆，我怕去了高消费场所，买不起单时会很难堪，第一次见面怎么也得表现大方些。以前有过一次经历，约一个女生去酒吧，一瓶红酒就640块，两个小时就消费了1000多，事后才知道我碰到酒托了，生生被骗去了钱，人摸都没摸到一下。这次倒是不至于碰到什么托，但总得多带些钱，撑住场面。我在朋友那里拿了钱，却不知怎么坐车了，朋友所在的地理位置较偏僻。我随意地在街道上走着，寻着了一处站台，在站台等啊等，好不容易才来了一趟车，69路，我怎么一下子就记住了，难道是因为69式，不得而知。

上车没多久，对方来电话了，我接了电话，说上车了，很快就到了，让其稍等。车子晃啊晃，我不知道这趟车为什么走的路线这么绕，好像走了很久都在附近打转，可能是心急吧，我越发觉得车慢，慢也得等，谁让上了这趟车呢。终于在经过几个圈子的打转后，车驶上了大道，我寻思着这总快了吧。对方又来电话了，我说上大路了，很快就到。对方有些埋怨，说要不她先吃饭了，这时已经近七点了。车子快了一阵子，不是慢下来，而是停下来不走了，堵车，我简直要发狂了，这个路口堵十几分钟，那个路口也是，简直是逢路口必堵。这时对方又来电话了，我没有好意思接，我想着要不下去打的士，但想想，打的士也没用，路都堵上了，坐什么车也飞不过去，除非飞机，选择什么样的车在此时无关紧要，要看走的是什么样的路。

在这座城市华灯初上的时候，69路车终于把我送到了我的目的地。下了车，我急切地打对方的电话，我说我到了。对方在电话里显然有些生气，本来约好一起吃晚饭的，这不一下子要是吃的话就变成宵夜了。对方告知她等不了，先回家吃饭了，然后让我去马路对面的某一个吃饭的地方门口等她。我从隧道过到马路对面，找着了对方说的那个地方，然后又是等待。对方好不容易出现了，我有些不知所措，表面上镇静，但内心却惶恐不安。对方很平静，简单的几句对白，我当时大脑一片空白，我说找个地方坐坐吧，但对方婉言谢绝了，对方在暗示我迟到的事，并直言她不喜欢不守时的人。站在街道边上谈话很不合时宜，只好沿着街道边走边说着，说了什么也已不记得。拐过一个弯后，有一个公交站台，对方说她临时有点事，改天聊好了。我能说什么，只好送她到站台，其实我也要到站台坐车，两个人的话越来越少，到最后竟失语了。我的车先来了，对方提醒我，我说我等会儿先去朋友那里一下，要坐另一班车。对方的车来了，说了再见，上车离去，我突然间有些失落，站立在原地茫然不知所措，心里隐隐的滋生出一丝愁绪。我没有坐别的车，我重新等到69路车，坚定地坐在69路车里，开始缅怀整个过程，我憧憬过我和她坐在咖啡厅里喝着咖啡笑着说着话，谈笑风生，或者吃涮羊肉火锅，嬉笑开怀。唉，叹口气，深深地吸着夜里冰冷的空气，我坐69路车原路返回时，这一路上竟然畅通无阻。

在通往市区的大巴上，我踌躇前行，我去的实在算不上好地方，在我的印象里，那里离死亡往往只差一步，有太多的生命都是在医院里经历了无尽的痛苦和折磨后离开了这个世界。在我很小的时候，听别人讲故事，我就知道了医院有个非常可怕的地方，它叫太平间，是专门放死人的。好在我了解我的病情，远没有跟死亡挂上钩的时候。

通往市区的路是国道，但并不好走，有一段路坑坑洼洼的，车子开快点会把人从座位上抛起来又惯性地摔回去。我只好用手握紧前面椅背后的扶手，等车子过了那段路平稳后，我伸开手掌，却见左手中指上第二个关节处有一处疤痕，很是显眼，是凸起来的一条线，一般凸起来的伤口就说明之前伤口纵进很深，里面的肉往外翻起才造成这样的疤痕。对于这道疤痕我是有记忆的。

乡下成片的麦田，明晃晃的太阳在头顶，我十三岁，跟着家人一起割麦子。在麦田中间，我的长把子镰刀的尖割断麦子划进我的中指，血是红色的，冒出来，那一把黄色的麦秆上立刻被染成了红色，血一滴一滴往下滴，和割麦者脸上的汗水一样，疼痛随之通过神经传至大脑。疼是个信号，我右手下意识地扔掉镰刀，左手放开割断的一捆麦子，用右手将左手指使劲按住，不让血流出来。这一刀不轻，我感觉得到铁刃滑过骨头的声音。四处割麦的家人都扔下镰刀，慌慌张张赶过来，七嘴八舌地说，割太深了，得上医院。去医院，止血，消炎，上针，包扎。家人们依旧在割麦子，而我坐在田埂边的树荫下，成了一个旁观者。我暂时无法捡起镰刀，再去割麦，这个季节很快就要过去。

我坐在车上，抚摸着那道凸起的疤痕，有棱感。车窗外，太阳依旧明晃晃的，这里看不到麦子，也看不到季节的更替。

身体的隐喻

我对着镜子看自己，眼前的这个人熟悉而陌生，骨子里一点也没变，呆板，木讷，骨骼轮廓凸显，青筋依稀可辨。这一直是我曾经认识的那个自己，但眼前这副面容，臃肿，抽象，因岁月的流逝已过早的凸显出苍老，让人无所适从。我一直都没有照镜子的习惯，这源于什么不得而知，或者说是缺乏自信，又或者说不想看到不满意的自己。这次照镜子是因为剪发时理发师把头发剪得太短了，短得让后面的几个洗头妹目瞪口呆地看，其实我知道她们看的不是我的新发型，而是我头上的那道疤痕。头发太短了，以至于疤遮不住了而外露。我照镜子时，用手摸着后脑勺处的疤，没什么异样的感觉，只能从镜子中隐约看到那个位置头发稀少的没几根，索性我从头到脚的审视起了自己。

还是先从头说起吧！能记事起，我就知道自己头上有个小肉疙瘩，听姑姑对我说起的，姑姑在我小时候经常带我，她说我头上的这个小肉疙瘩叫瘤子，又或者叫瘊子。我当时不清楚是什么，现在也不太清楚，只知道是个肉疙瘩，开始时黄豆般大小，后来随年龄的增长，它也跟着长到小指头蛋蛋那般大小。姑姑不知从哪里知道的，她说用指甲把它掐破，然后挤，就能挤小，直到挤平整。姑姑又说掐破后，去田间抓一种叫作螳螂的绿色虫子，把螳螂的头按在伤口上，螳螂就张口吸食里面的汁，这样就会好了。我一直很奇怪的一件事就是姑姑掐破它，螳螂吸食里面的汁时我竟然感觉不到疼痛，顶多就是出血时针刺似的那么几下有点知觉。从姑姑的嘴里，我知道我头上原本好像有两个，有一个被姑姑治来治去地给治没了，但剩下这个就怎么也治不好。

后来我上学了，长着这个疙瘩不好看，但把头发留长些就遮住看不到了，不过还是会被同学们发现并因此嘲笑我。我为此心里不快，觉得自卑。每次剪发时也都不好意思对理发师讲，导致多次被理发的推子推破而受伤，自尊心更是受到伤害。我多次向父母表示不满，父母也经常让我蹲低看我的那个疙瘩。终于在一个冬季里，父母亲带着我去医院准备做手术，好去掉我身体上比其他人多出的这个疙瘩。由此我想到，如果所有的人都是一只耳朵，我长两只耳朵是不是也要割掉一只。我又想到我曾经知道的一件事情，在一个相对封闭的村庄里，所有的人都烧香拜佛，迷信神的力量，家里有人生病了，他们不是带他出山寻找医生，而是排成队沿着山路把他送上山，让山神救他，这群人很虔诚，虔诚到愚昧。有一路过的读书人清楚了事情的缘由，上前劝阻，不料被群起而攻之，绑了起来并说读书人是神经病，把读书人赶了出来。

经过一系列的检查，我这个长在头上的肉疙瘩被医院确诊为瘤子，没有根，也就是良性的，不是恶性的。人就不用说了，这下连人身体上长出的瘤子也要分出个良和恶来了。良性的好办，只要做个小手术切除就可以了。我第一次躺上手术台，心里不安得厉害，切除的位置在偏后脑勺处，所以我得趴在手术台上，把头偏到一边。父亲母亲看着两个医生动的刀，他们不放心。当手术刀切下去以后，血流了出来，不是一滴一滴地流，而是像瀑布一般的漫了出来。我看不到，我被打了麻药，也感觉不到一丝的疼痛，但我感觉得到热乎乎的血从我的头上漫过，从额头流下，从脸上、脖子滴下，打在身下垫的纸上"啪啪"作响。母亲看到那么多血，随即转过了头，但还是忍不住要回头看我，她的面部似有疼痛感。父亲脸上肌肉抽搐，他看到了血腥的一幕，但他坚持过来鼓励我，握住我的手，问我疼不，感觉怎么样。我说，不疼，没事的，感觉不到什么。整个过程父亲一直紧握着我的手，我感觉得到来自他手心的温暖和劲道。人有时就是这么的麻木，明明已经有一把刀进入自己的身体，但自己却没有一点点的感知。

在整个过程中，我的眼睛一直是睁着的，我看着那些我自己身体里的鲜血流下，在我眼前下巴处堆积。切除完以后，开始上针缝合伤口，医生帮我擦了头部的血，针穿过我的皮肤，然后线跟进。缝完一圈后，拉紧的时候，我头皮有些紧绷绷的感觉，我能听到线拉合伤口咯吱吱的声响，我感觉不到疼痛，但我习惯性地咬牙，因为那个声音听起来极为刺耳，就像有人拿着铁皮在金属上划过时，牙会很不舒服。我的伤口是枣核状的，为了好缝合伤口，切割时就是这样切的，但伤口裂开度很大，缝了半天，拉合时线一而再，再而三地断，急得所有人团团转，后来换了个老医生来，才用双线缝合了伤口。手术做了一个钟头左右，算是完了。但我的眼睛不舒服起来，原因是血流下来时，我睁着眼，血流进了眼睛里，致使我的眼睛睁不开。后来，又去清洗了眼睛。在鲜血流下来的时候，我习惯睁开眼睛看清楚。

接下来上了药，戴了顶帽子，换了几次药，伤口愈合好了，就拆线。那一段时间是冬季，也刚好要戴帽子，因此我得了顶我喜欢的鸭舌帽。在其他的冬季里，我没有戴过帽子，也很少有人有帽子戴。那个切除的位置在一段时间里，总觉得很单薄，好像风一吹，就能吹进脑子里去，天气稍冷一点，那里就感觉凉凉的。那个从我身体上切除的部分，被医院拿去作为标本保存了起来。

再往下，在我的左眼角处有道疤，形状和大小如米粒般。那是早些年不知天高地厚，坐上拖拉机就在上面一阵乱拉乱动，一不小心开动了，拖拉机冲出去掉进水渠里，我被抛出去时在车头上撞的，幸好没有伤到眼睛，要不我现在只能是个独眼的人。两只眼睛想要感知一只眼睛的世界，只要闭上其中一只就可以了，但如果一只眼睛要感知两只眼睛的世界，那就难了。

接下来再说到脚。从家乡出来的第一年，我喜欢上一个娱乐项目——溜旱冰。那些时日，只要是下了班，人肯定在溜冰场，我喜欢那种随心所欲的自由奔放，毫无约束，天地间任我遨游。也许当时刚走上社会，离开了家庭和学校的管制，有点鸟儿出笼的快感。因了年少轻狂，无知无畏，溜冰摔跤是常有的事，但我的脚伤不是摔的，而是经常性的刹，那种冰鞋刹住时得靠前面和地面的摩擦力，经常要用前面的脚指头点地，久而久之，用得最多的右脚最受力的大拇指指甲扎进了肉里。有必要说一下，刚出来那阵子，生活很简单，很草率，没有剪指甲的习惯，久而久之，侧边的指甲长进了肉里，或者说肉包进了指甲。总之，肉和指甲开始打架，走路疼得不行，还出血，这个时候我才想起剪掉指甲，但指甲和肉掺合在一起分不清楚，我曾经咬着牙剪掉了指甲边上一层肉，那血流了好多，湿了一大堆纸巾。

此后，每天走路也都是跳着走的，每走一步，钻心地疼，皮鞋是当拖鞋穿的。在当时，我没有想过去医院看看脚，而是坚持上下班，丝毫没有当回事，尽管它已经严重影响了我的行动，但我只是咬着牙硬撑着，我总是觉着挺一挺就过去了。而且当时的环境很困难，容不得我有其他想法。幸或者说不幸，我所在的部门解散了，我失去了这份半死不活的工作，在万不得已的情况下我选择了打包回家。回到家，父母看到我的脚成了那样，才带着我去了医院。从医生的口中，我得知我的这个脚伤在医学上叫甲沟炎，要动个小小的手术把指甲剪掉，这是个不起眼却很坏的病，严重的时候只能截肢。听到截肢这个字眼我当时吓了一跳，仅仅是因为指甲刺进肉里就会造成这么严重的后果？可是指甲本来就是肉里长出来的，它又怎么会刺伤肉呢？

　　手术很简单，不用进手术室，两个医生拿了剪子等工具，让我忍着疼，这次不用打麻药，因为时间很快，疼也就一下子。也许是长时间的疼痛让我麻木了，我基本上没有感觉到什么疼痛，指甲被几个小工具撬起，一把有弧度的非常锋利的剪刀一下子下去就剔除了，血同样流得很多，这让在场的几个带小孩看病的妇女瞠目结舌，从她们面部的表情判断，她们觉得太疼了，但对我来说，似乎很轻松。其实，疼过了就不疼了，他人的眼光又如何，正所谓冷暖自知。

　　后来换过几次药，我的脚就完全好了。但再次出门后，有一次走路不小心，这也不能怪我，有人把香蕉皮扔在了马路中间，我踩在了上面，人没有摔到，大拇指却承受了所有倒下去的力。这一次，旧病复发，指甲又刺进了肉里，这次我的生活没有以前那么灰暗了，去医院，谁知医生只开了一些消炎的药，我以为要做个小手术啥的，要知道这可是大城市的大医院。我跑去找医生，问是不是吃这些药就能好了，指甲就能退回去了。医生知道了我的意思，说他开的只是消炎药，让我找个月牙状的指甲刀自个剪，要是下不了手，就找人帮忙。我听到气不打一处来，直接走人。这些年我和这个指甲较上劲了，它上来，我就剪，每次剪了能好两三个月，以为好了没什么事了，但过一段时间又会刺进肉里。就这样，反反复复多年，至今我还在坚持。其实，这实在算不上什么，它似乎在善意地提醒我认清脚下的路，别走错了，此外就是坚持。

　　在我左手的中指二指节位置有一道疤痕，那是少时在田间地头割麦割的。伸出手掌，我总能从手掌里看见成片的麦田，因此我不会忘记我的身份，我是农民的儿子，与土地有着割舍不断的情愫，就像麦子，割了一茬又一茬……我右手的小拇指曾经与人在拉扯一张凳子时扭伤，在医治时疼痛无比，至今仍有不适，天气冷时有酸痛感。我曾经一味地紧张，充满了恐惧感，我怕万一我的手受到损坏，我再也不能写字了，那将是多么的悲哀。我确定此刻我还能书写，还存活在这珍贵的人间。其实作为一个人，身体上没有几处像样的伤痕，又如何敢轻言生活。

窗

当我压抑时，我就会走近窗，透过窗口，向外面张望，窗外的天空很大，个人内心的怅惘彷徨，随之就会风轻云淡。在城市钢筋水泥的格子里，我站在窗口，就像是笼子里期待飞上天空的小鸟，向往自由，无拘无束，也只有飞翔，才能让天空显得深远，湛蓝。

在铝合金边框镶着大块明亮玻璃的窗前，我感觉质地过于生硬，冰冷，内心茫然，无助，我站着，与之不触碰，保持着一段不小的距离。我只要光芒，透过窗散淡在屋子里的光芒，哪怕微不足道，这一点光够我看清书本上的一行字，脚下的路，不至于让我成为盲者就足矣。窗是光明的使者，更是心灵的扉口。

我记忆最深刻的是那种古老的木质结构的窗，连油漆都不用涂上，显露出木头本来的纹理和质地。并不结实，是用菱形的，长方形的，三角的，各种形状组合在一起。窗棂是细细的一节一节有棱角的木条，光滑，细腻，倍感亲切。用白纸糊过去，留中间几格不糊白纸，用一小块玻璃挡上，白纸发黄，有破损，因了年月的久远，木头的质地已变得老旧。这个窗才是最让我向往的，可惜我回不去。我坐在土炕上，爬在窗前，看着外面的一切。春天，雨淅淅沥沥地下着，到处都湿漉漉的。夏天，阳光刺眼，落在院子里白晃晃的。秋天，地上落着一层发黄的叶子，一片狼藉。冬天，外面白茫茫的一片，寒风彻骨。窗有时就像是个巨大相框，把外面的景色全部圈住并记录。冬天，我不下炕，外边到处都冷，窗户上换了一层新的白纸，漂亮极了。我坐在炕上，透过窗看外面的世界。奶奶在扫院子里的雪，把雪堆到树下，奶奶在鸡窝里掏鸡蛋，傍晚时，奶奶在窗下烧炕，浓烈的烟气从窗前飘过，又顺着墙爬上屋檐，然后才向天空飘散。日子在烟雾中升腾，变暖。

再往后，我看到另一种窗，也是木制的结构，不同的是每隔一段从上到下固定了一根钢筋，而且加了可以推拉开的活动框，窗棂之间全是玻璃，再不用白纸糊了，比以前的宽敞明亮多了，只不过少了些温暖，多了一些金属和玻璃的冰冷与生硬。我曾经想过把它重新用纸糊上，因为我曾经在与家人闹别扭时，打碎过其中一块玻璃，玻璃碎成了渣，那个口一直空着，突然让人很不习惯。那块地方曾经用纸堵上过，不过不是白纸，是一张破旧的报纸，又或者是书本上撕下来的几张纸拼凑起来糊上去的。有很长一段时间，睡觉总睡不踏实，老觉得那个口透着气，特别是冬季，感觉到冰冷，好像风知道这个缺口，要试着进来。那个口最终被堵上了，是家人重新在外面买了一块玻璃装了回去，我似乎又心安理得了。一开始，那块新玻璃与众不同，特别的光鲜，但后来，慢慢就分不出来了。一晃很多年过去了，这扇窗外的，窗里的事物都发生了太多的变故，但这扇窗却一直没有变过。

我曾经在窗上贴过窗花，是奶奶用红纸剪的，有十二生肖，花草鱼虫，各式各样，每个格子里贴上一个，那就像是种地一样的，每一寸都不落下，直到整个窗都贴满了才停手。奶奶坐在炕上，折着红纸，手拿剪刀，三两下就剪好一个，把折着的纸展开，一条鱼就活灵活现地出现了。窗上贴满了剪纸，也贴满了团圆和幸福。如今，木格子窗俨然成了过去，会剪纸的人也越来越少了，那种情形只存在于记忆，一个时代的远去从一扇窗可见一斑。我无法想象那扇窗被拆下来时的情形，就像无法想象草木一春，人活一世。有太多熟悉的事物面目全非，有的人虽离开了，却历历在目，心里的窗一直敞亮着。

从窗外往里看，阴暗，沉闷，那是阳光照不到的角落，一直是暗淡无光的，四十瓦的灯泡发出昏黄的光线，一切像是在梦里。我生病，病得不轻，躺在土炕上大喊大叫，冲着灯泡的光芒发出令人心惊胆战的尖叫，幼小的我看到灯泡里送出一个又一个类似骷髅头的影子，向我冲来，我吓得蒙头盖被，乱喊乱叫，惊得一屋子的人不知道发生了什么事，也吓坏了其他人，以为真有什么不干净的东西。这一场景残留在我的记忆里，一个少不更事的孩子在若干年后回忆起这一切，觉得不可思议的同时是平静。两位最亲近的老人相继在这里去世，不得不说，除了平静，还能做什么，生老病死，无一幸免。我脑子里一阵是平平整整的，就如麦收前要把碾麦场用碌碡碾得那么平整，但一会儿，脑子里又是乱七八糟的，就像将一把麦草和着麦芒撒在了平整的地面上，反反复复，我的心情也跟着起起落落，一会儿平静，觉得是如此美好，一会儿痛苦，撕心裂肺的。如此的折磨，是对人生的考验，又或者是什么，不得而知。

驻足

我常常会陷入对一件事物无穷尽的冥想中，我放大它，凝视它，试图看得清清楚楚，不管是过往还是未知，但往往我是迷茫、不知所措的。在放大记忆的同时，自己变得异常渺小，而直面未知，更是进入了一个无底的黑洞。我有时会梦见自己正从一处悬崖掉落，但掉了好久，都掉不到底。这个时候，我会恐慌，惧怕，甚至挣扎，在那一刻，我非常期待能早一点着地，不管是生死残疾我都能坦然接受，心就会安静下来。我无法忍受的是这个没有终点的过程，以及在这个过程中它对我的感官系统产生的不断冲击，虽不致命，但它直接折磨、摧残着我的神经，甚至想要通过这种方式毁灭我的意志。一个人的自我意志一旦崩溃，他就会沦为行尸走肉，这是比死亡更可怕的。

有时，我会觉得时间走得非常缓慢。比如回家时，我要坐二十多个小时的车，在车上，我常常不知如何打发掉这些时间，显得急躁，焦虑。要是时间是一本书，呼啦一下子翻过去一摞子就好了。可有时，我又会觉得时间走得太快了，不经意间，我的面孔已凸显出了苍老。对着镜子，手拿一张十年前的照片，这个时候，我看到了自己的过去，那时的我还没有长出胡须，一张充满稚气的脸……我知道自己再也回不去了，除了怀念、冥想。此时，我又会感叹时间的流逝是如此之快，真希望时间能停在哪一刻不再往前走。我可以握住钱币，握住前进的方向盘，握住一双实实在在的手，但我却无法握住时间，哪怕分秒也不能，这是我的劫难。一个生命在时间的长河里抵不过一粒沙，时间是这个世上最强的腐蚀剂，没有什么可以经得起时间的侵蚀，在时间面前，所有一切事物都在劫难逃。

我喜欢静静地回味那些久远的旧时光，它是一次次的飞翔。尽管这些飞翔都与欢快无任何瓜葛，只是飞翔过程中，在地平线上折射出的一抹投影，苍凉，悲伤无限。我再也不可能走进那座老院子，掉着土渣、卷着泥皮的土墙，一棵棵树站立在其中，院子当中横着晾晒衣服的铁丝，鸡在墙角的草堆里觅食，阳光落在院子里白晃晃的……安静，祥和，黑白相间的色彩，淡淡的，不光彩照人，但一样赏心悦目。我记得那扇木门，用链条扣上，风拍打着，发出咣当咣当的沉闷声响，像是历史发出的回音。夜里，后院竹林里隐匿着的猫头鹰，发出尖锐刺耳的叫声，划破一个个宁静的夜。土炕上，我无法入睡，我在谛听鸣叫，所有人都睡了，它一定知道我没睡，所以想告诉我什么。我睁大眼睛，但灯灭了，眼前一团漆黑，我进入了无边的黑暗。等我再次醒来，我伸手去摸索开关的绳子，摸了好久，手一直空着，我在找那条熟悉的绳子，绳子顶头拴着一只小小的马，那只马是铝做的，耳朵大小，开关绳子一直是这个小马拉着，我摸到小马，或者说摸到小马定住的绳子，吧哒一声，灯就亮起来，四十瓦的灯泡发出黄灿灿的光晕，显得昏暗，如同记忆。

在冬季里，屋子里的中间总放着蜂窝煤炉子，离炕沿不远，旁边放着几把小凳子。我坐在小凳子上，把小手伸到炉火上，烤火取暖。围着火炉的一圈人，挤着把手放到上面，粗糙的手，小手，大手，都温暖着。我把火钳横在炉火上，找些被冻得冷硬的馒头，摆上面，翻翻这个，看看那个，馒头表面上了火的颜色，黄灿灿的，里面也渐渐变得温软。等烤热乎了，掰开来一个，里面冒着热气，咬上一口，香甜，表皮脆脆的，像锅巴。一炉火，可以温暖一个人，温暖围着它的一圈子人，温暖很多个冬季。一炉火，生了又灭，灭了又生，一直亮堂堂地在那里，不熄灭，温暖着曾经和以后，心生寒意时，有所庇护。

　　当我把记忆搜刮的所剩无几时，我的思维进入了虚无，开始有意识无意识地遥想以后的事。至此，我开始面对人生最大的劫数，死亡。我惧怕死亡，相对于每个生命个体而言，死亡是沉重无比的，是生命最后的安放方式，尽量要做到避开它，少提及它。而我，却一而再、再而三地触及它。既然无法超越，置之身外，我现在唯一能做到的就是预定。我设想不到具体的场景，但通过前车之鉴，无外乎那几种方式，天灾人祸，生老病死。面对死亡，我会产生恐慌，恐惧。这并不是完全来自于自身的。最要命的是，我怕面对亲人们一个个悄无声息地走，这种思维定式一直困扰着我，我不知如何解脱。想着父母一天天地老去，我就感到恐惧，我尽量避免不去想，也不敢想，但是这一天迟早要来临。这是既定的运行规律，我无力回天。想到他们最终会一个个地走了，离开我，剩下我一个人活在这个世上，我就心惊胆战。我不知他们走后，我将如何面对以后的生活，我的心会多么的苍凉，我将是多么的孤独无依。这意味着我再也没有了后方，唯一支撑我的后盾没了。他们在时，我再艰难困苦，流离失所，但心里是澄明的，知道他们身边将是我最后的依靠，他们会在最后关头收容我，哪怕我沦为十恶不赦之徒。如果他们一个个地去了，在我人生失意时，我将到哪里去找寻如此坚强有力、宽容深情的臂膀，哪里才有盛容我一切的器皿？尽管这种未知的到来也许还很遥远，但它终究会到来。我不知它来时，我将如何以对？

跌落

　　我再一次的梦见自己从空中跌落，整个世界都在下坠，迅速地往下，往下，而下面似乎是个无底洞，恐慌在无限的被放大，我充满着深深的恐惧。那种不见底的跌落侵蚀着我的内心，摧残着我的意志，这是我无法忍受的。这个时候，我是多么渴望大地，渴望死亡。一落地，不管是生死、残疾与痛苦我都能坦然接受，可怕的是一直处在恐慌中，永不知道结果。

　　老屋后面是一大片竹林，少时的我经常穿梭在其中，那里有密集的竹子，还有竹叶落下来一层叠一层铺出的松软地面。叶子如扁豆形状大小，发黄，是土路路面那种干燥的黄。竹林边上是一截截破旧的土墙围起来的，我喜欢竹林的安静，这里面与外面似乎是两个世界。少时的我胆小，孤僻，喜欢一个人待着，哪怕什么也不做。那应该是个早上，我学大人们的样子蹲在竹林边上刷牙。竹林后面是我们家的老屋，屋檐挨着一根根竹林，有扇小门通向竹林，我们叫它后门，后门里面是一间厨房。我在外面刷牙的时候，爷爷刚刷完牙进去了。我刷完后，站起来学着爷爷的样子，仰着喉咙漱口，让水在我嘴里乱喷。就在我吐出口中的水，准备转身离开时，竹林里有沙沙沙的声音响起来，急促，短暂。然后，在墙转角处突然出现了一只狗，很大，它没叫，我从小怕狗，吓得怔怔地站在原地没敢出声，也没敢动，我一手拿着牙刷，一手拿着杯子。当时，我离那只狗的距离只有5米远左右。随后，就听到竹林外边一些大人们的声音，那只狗随即抽身钻进了竹林深处。后来，听大人们说，那是只狼，从竹林南边跑了。当时，有村里的猎人在后面追赶着它。它在夜里肯定吃了村里的鸡，肚子是饱的，不然肯定会扑向我。无知者无畏，回忆起当时的场景，我整个人是绷着的。

我在竹林边上的土墙上跃跃欲试，我想象着跳在空中抓紧一根竹子，让竹子慢慢弯下去，靠着它的韧性把我轻轻放回到地面上。我在电视或是电影里看到过这样的场景。在鼓足了勇气后，我真的跳了出去，然而我期待的事情并没有发生，我被重重地摔倒在地面上，那破墙足有三米高，我跳向竹子时力量太大，竹子也不够粗壮，我差不多就是直直的从墙上平着摔下来的。我倒在地上后，全身像散了架似的，动弹不得，后背是麻木的，我似乎都感觉不到一丝疼痛。我躺在地上起码有三五分钟不能动弹，不是不想动，是根本动不了。在身体有知觉后，我慢慢起身，有点酸痛，拍了拍身上的土，休息了会儿，似乎就好了。

我在麦场上看麦，麦草垛刚垒起来，一座连着一座，午饭的时间，麦场上的人相继回家吃饭去了，偌大的麦场上顿时变得空寂起来。我把麦子重新翻了一遍，也准备着回家吃饭。阳光很明亮，照在麦草上很是刺眼。我往麦场外围走着，想走快些，慢慢地我跑了起来，看到前面有两个麦场垛，我顿时来了兴致，助跑了几步，想一跃而过，可麦草垛刚堆起来是虚的，而且麦草很光滑，我越过了第一垛，脚踩在第二垛上，一滑，重心不稳，跌落了下去。麦草很软，不至于伤到我。那只是一个瞬间，我还没明白过来怎么回事，人已经被卡住了，两垛麦草之间的空隙很紧，我被折起来掉了下去。待明白过来，我已经不能动弹，我成了一个V字形，还不是正的，不是从肚子部位折下去的，而是从后背的腰部背着折了下去。那不是疼痛，而是无助。我喊不出来，已经折背过去了，手脚无法动，没有人发现我，这个时候麦场上也没有什么人在，有也不可能发现我。我怕得要命，我不知怎么办，幸好麦草是虚的，人是有重量的，重力不会在V字左右出现完全平衡的力，我向一侧开始侧滑，很慢很慢，我没法动一根手指，我的脸部埋进了麦草垛里。看不到身后被折成异形的身躯。我慢慢侧滑着，直到完全着地，在两堆麦草垛底部几乎连在一起的缝隙里。我不敢动，我怕我动不了，我感觉我的身体早不是我的了，它不听我的使唤。在躺了一会儿后，我开始试着伸腿，腿抽动了一下，我才有了点知觉，我试着爬动，慢慢地身子似乎也能动了，我很怕，怕我依旧动不了，所以我很小心翼翼地蠕动着，直到确定我的身子能动弹了，我才试着爬起来。我的样子就像是受了重伤的人，跌跌撞撞地从两堆麦草垛之间横了出来，脚步趔趄，我看到了外面刺眼的阳光，我确信我脱难了。这一个小小的动作和想法导致了严重的后果，我差点葬送了自己。

我们家的老院子里有棵核桃树，我跳一下刚好能够上最下面的一根枝干，我双腿盘在树的主干上，像虫子一样蠕动着，慢慢地就爬到了树杈上。我喜欢在这棵树上玩，因为上面枝干多，我可以在上面像只猴子一样来去自如。有一次，我从这根树枝换到另一根时，一脚踩空了，我人仰马翻，从树上掉了下来。在掉下来的过程中，我本能的用手去抓近旁的枝干，可是我什么也没有抓到，枝干都比较粗，我的手根本抓不住，跌下来时速度比较快，我反应太慢，在离开所有枝干后，我抱了一下主干，从主干上滑落了下来。我被吓坏了，这是我第一次从树上掉下来，我被吓哭了，此时的我并没有发现身上的伤痕，怕大于疼痛。我脸上被刮掉了一层皮，被蹭去了，火辣辣地疼。腿和胳膊上也有多处刮痕。高度也不算高，也就一堵墙高的样子，换作平时这么高的墙我都是可以跳下去玩儿的。但这次我很害怕。因为我很熟悉这棵树，没有提防过。在原本不该跌的地方跌，从心理上来说，是一种耻辱。耻辱恰恰是每个人都极力回避的。

我喜欢上山里玩，比较新鲜与刺激。当我发现山里人放圆木下来的溜槽时，我比较兴奋，我把自个放了进去，我想象着圆木从山顶哧溜一下子滑到山底的激情。我在溜槽里慢慢地走着，有时坡度比较陡时，我就蹲下身子把重心往后移，以便稳住身体。溜槽从山顶上直通到山底，没有弯曲，不像山路，弯来弯去的，要走很多的冤枉路，这是我选择从溜槽下山的原因之一，其二就是溜槽对于我这个山外人而言比较新鲜。我很快下到了半山腰，似乎还不够快，我稍微移动得快了些，在一个小坎处，我试着往前跳了一下，这一跳重心没稳住，我顿时像皮球一样滚了下去，我的身形被胡乱地扭曲着，幸好坡度有平缓的地方，我抓到了溜槽边上的一棵小树，待稳住了身体，我哭笑不得。我的嘴里流着血，牙被撞掉了两颗。我没敢再走进溜槽，而是抓扶着边上的植被和树木下了山。那条溜槽是属于圆木的，不是我的，我有我的路，圆木与我该各行其道才是。

无可名状的生活

　　我讨厌重复着生活，但我每天几乎做着同样的事情。在七点半醒来，洗脸，刷牙，而后出门，经过一条走了上千次的路，到达上班的公司，打卡，进入办公室，打开电脑，输入密码，然后面对着电脑一整天。这机械式的一连串动作，让我犹如步入一种无限循环的境地，照此下去，我似乎能推断出此后的几十年我都将是这样一成不变的生活。我恐慌，我怕自己会变成机器，有血有肉的一台机器，没有思想，失去自我，只知道按部就班的运行特定的程序。我试图抵抗这种模式生活，但非常有限，我只能在工作时间以外暂时性逃离，而后还是得进入这个循环模式，继续重复。或许，重复本身就是一种生活，学会复制生活是一种安慰。

　　在多年漂泊的生活状态下，我渐渐变得麻木不仁，对很多事情都可以做到熟视无睹。走在马路上，前面有人撞车了，很多人都凑上去围成一个圈围观，而我顶多路过跟前时瞟几眼，从来不会围上去，我习惯默默地离开。那是一件无关我生活的事情，对于他人的生活，我从根本上无法介入，冷眼旁观也并非我的本意，所以我选择淡然。有人会说我冷漠，对此，我不反驳。我只想说，一个人变得冷漠是件不容易的事情，有很多人做不到，大多数人绝对做不到不围观，不起哄，这也是一种修炼。究根到底是土壤的作用，无关生长。

刚来到城市生活时，见到乞丐，我会掏光身上所有的零钱，因为我有着一颗纯真的心，没有被异化。但后来，我就不再给了，见到类似的人群，我会躲得远远的，把钱包捂紧。在站台等车时，总会有乞讨者不厌其烦地在面前晃动着，面对公众的眼神和乞讨者的坚持不懈，似乎不由得被赶上道德与良心的天平上，不得不乖乖就范。我想说，这简直就类似于抢劫。诸如此类的不能尽述，吃饭时在边上弹唱的小妹妹，公园散步时卖花的小女孩，车站里上车兜售杂志的残疾人士……种种变相而生的抢劫方式被迅速推广。这就是我们生活的社会，如此的肮脏。人是可以肮脏的，但灵魂绝对不可以。我是个爱书的人，有时在车站碰到残疾人士拿上车的书里有我喜欢的，我很想买下来，但看到他们近似乎强迫的手段，我还是忍了。要是正常人拿着书在卖，只要有我喜欢的，我一定买下来，但恰恰是残疾人，恰恰在我翻书的时候亮出了残疾证，而且一而再，再而三地把残疾证显摆在我面前，强调自己是残疾人。人可以残疾，但心理不可以。每次看着这些残疾人惺惺作态，我仿佛就看到了一个蠕动着众多蛆虫的车站。我宁可被劫匪拿着刀架在脖子上抢劫，也不愿意被这些人用道德绑架，逼迫我就范。前者光明正大，而后者卑鄙无耻。

有很多次，我从梦中醒来，眼里都饱含着热泪，有时我会很清楚地记得我梦到了什么，但更多的时候一片空白，一定是有什么让我难过了，热泪盈眶的好事情我从来不会奢望发生在我身上。我一直以一种异样的眼光打量着这个世界，与眼前的生活。我也做过富足生活的美梦，但我知道，那样的生活不属于我，或者说，我的宿命里没有这样的安排。对我而言，活在这个世上，只要还有一个人想念我，关爱我，那么我就不是孤独的。犹记得多年前，因为工作原因，有几个月忘了给家里打电话，后来是弟弟的提醒，我才知道我有那么长时间没打电话回家了，随即，拨通了家里的电话，一般都是母亲接听的，但这一次却是父亲，与父亲寒暄了几句，父亲语气里有点责备的意思。父亲将电话转给母亲时，母亲却不愿意接我的电话，我在电话这头听着，父亲说，娃的电话，你接呀……母亲捂着嘴哽咽着，最终哭出了声。父亲安慰劝说了好一阵子，母亲才拿起电话带着哭腔数落起我这个不孝子。我不知道，在母亲想念儿子的那些日子里，她每天深夜都端坐在土炕上无法入睡，企盼着儿子的一个电话，只要儿子的一个电话，她就可以睡得很踏实。

父亲这些年一直在外打短工贴补家用，除了两季农忙时节回家料理一下农活，其他时间大多在外面，家里就母亲一个人，过着孤单无依的生活。很难想象，母亲一个人做饭吃，一个人下地做农活，一个人睡在土炕上，那是一种什么样的生活。我常常觉得生活不如意，但面对母亲，我觉得无地自容。和母亲通电话，其实就是和故土保持着联系。母亲会告诉我，村子里的友平他爹过世了，在办丧事；现在是什么时节，在准备磨镰要割麦了；今年，村里的年轻人都跑到外面去了，只剩下了老人和小孩。可能母亲觉得，我作为在这块土地上长大的人，应该有必要知道这块土地上发生的一切事情。在母亲絮絮叨叨的述说里，我感受着故土上的那些变故，既温暖，又辛酸。

多年的城市生活让我总会产生这种错觉，越是身处人多的地方越感觉孤独。当我走上人潮汹涌的街头，面对一个个从身边不断穿梭而过的陌生面容，我就从心底深切感受到了作为个人的孤独和渺小。城市里人来人往，熙熙攘攘，有多少人成了过客。十字路口，总站立着等待过马路的人；火车上，挤满了返乡的人，也有一些人正怀着希望而来；遥远的乡村，总有一双双期待着的眼神；城市里，形形色色的人都在为生计而奔走，皮鞋，运动鞋，高跟鞋，布鞋，锃亮的，污浊的，响亮的，悄无声息地走过来，走过去，不间断，一只蚂蚁在路边的草丛里搬着比它头颅大几倍的泥块……

深沉的夜

在熟睡的深更半夜，我一个激灵睁开了眼睛，没有什么声响，一点动静也没有，我奇怪我为什么突然间就从熟睡中睁开了眼，而且是一种异常清醒的状态。这一直没有答案，如果有人叫我，我应该能听到一些声音才对，但我什么也没有听到，连根针掉在地上的声响也没有，黑夜静悄悄的，一片死寂。睁开了眼就睡不着，眼睛睁得大大的，还是在疑问，是什么让我突然间清醒，不得而知，我躺在床上没动，只是用眼睛扫视房间，没有什么异样，窗户的窗帘拉着，留下了一条缝，外面是灰蒙蒙的天。想知道时间，看表，快五点了，我想，如果没有时间，我会不会不知道我现在在哪里，我会不会因此一直睡着，一直处于现在的这个蒙眬状态。

我没有了睡意，但这些时间属于夜晚，我只能躺在床上，遵循着时间的安排。看来我是个逆来顺受的人。时间能掌控我的行动，但却无法掌控我的思想，我的思维活跃起来，我好像回到了好多年前，我也是像现在这样睡着，睡不着但睡着，闭上眼睛假装睡着，不同的是，我睡着的不是床，而是一席土炕，平整的土炕。我睡在里面的位置，我侧着身子像现在这样把头朝向窗户，似乎是睡着了。我听到有人在说话，一男一女两个人，时间也是天快亮的时候，我是

睡着了醒过来的，可能是我听到他们的对话声才醒的，又或者和这次一样也是
莫名其妙的醒来。但结果都一样，我只能继续闭上眼睛假装睡着，这是属于夜
晚的时间。我没有扭过头去看，我怕被他们知道我已经醒了，但我知道他们是
靠着墙面对面半躺着的，他们说话的声音并不大，像蚊子一样嗡嗡地响，但在
这寂静的深夜却格外的刺耳，他们一定有什么愁心事，睡不着觉，所以两个人
起来说说话。他们没有开灯，窗帘拉得死死的，屋子里一片黑暗，他们就在黑
暗里像是自言自语一般说着话，话语里有轻微的叹息和诸多的不如意。我听到
了，但我只是个旁听者的身份，有些话听下、记下就对了。这是我一个人的秘
密，没有人知道，除了那个夜晚。

　　那天天黑了我和弟弟才回到家，我怕，因为我和弟弟偷拿了家里一百块钱。
在那个年月里，一百块钱可不是小数目，平时谁兜里有几毛钱就不错了，能吃
五分钱一根的冰棍，能买三分钱一支的铅笔，能买一分钱一颗的洋糖等。我和
弟弟回到家，父亲铁青着脸，母亲脸色也很难看，我知道一场暴风雨就要来了，
好在我早就料想到会有这样的结果，一顿皮肉之苦是不能幸免的。事先，我和
弟弟讲好了，千万不能承认钱是我们偷拿的。但我和弟弟被罚跪，跪在冰冷的
水泥地板上，并且脱了裤子，父亲显然非常生气，因为我们并不认错，龙颜大
怒的父亲抽下了他的皮带，开始抽打我们。但我挺着身子，忍着疼，一声不吭，
不叫也不哭，我固执的个性让我坚持到底。弟弟就不同了，在一阵抽打后，弟
弟就哭喊着开始求饶，哭得一把鼻涕一把泪，当然，他怕挨打，据实交代了一
切，被我们花剩下的钱在我身上。我掏出钱来扔在地上，我并不服气，扯着嗓
子喊道，我花掉的钱，等我长大赚了钱，一定加倍地还给你们，但这顿打骂请
你们记住。父亲怒气未消，冲上来对我又是一阵打骂，但我就像是一尊石像，
不躲也不逃，任由他打骂。父亲说，你从小吃我的，穿我的，我花钱供你读书，
你花我的钱一辈子也不清。母亲心疼儿子，扯住了愤怒的父亲，把地上卷成团

的钱捡拾起来，一张一张平展开来，仔细清点了一下，还剩下六十多块。我和弟弟喝了几瓶五毛钱的汽水，还买了些零食吃，我喜欢上一块机械表，也就是因为这个动机，才让我有胆子偷拿了这一百块钱。表就戴在我手腕上，最后，当然也被父亲收缴了去。

父亲责骂着母亲，责怪母亲没有保管好钥匙。母亲其实把钥匙放的很隐蔽的，只是被我有一次无意间给看到了，我才能顺利找到柜子的钥匙，打开柜子，从而成功偷拿走了钱。那些钱是交犁地钱的，现在被我这样一闹，犁地钱交不上，到时如何播种。家里的钱很吃紧，平时买支铅笔几分钱，家里人都是算着给的。我的铅笔盒里，从来没有过一支完整的铅笔，都是短得不能再短的拿捏不住的铅笔头，或者借其他同学的铅笔做作业。我为此常常感到自卑。一场暴风雨算是过去了，这个夜晚变得面目可憎起来，黑白的14寸电视机哗哗哗地响着，没有人再有心思去看它。惩罚已经结束，接下来是训导，道理也许每个人都懂，我不是听不进去，但有时候，我认为大道理都是空话。我流泪，不是因为疼痛，而是因为委屈。夜越来越深了，夜晚是藏匿一切的最佳时机，因为披着黑色的外衣，一切会被包裹进黑暗里。似乎该睡觉了，我脸上的泪痕还没有干，兴许是折腾的累了，躺下去很快就昏昏欲睡。

当我睁开眼时，窗户外一片黑暗，天还没亮，我听到细微的对话声。男的说，老大真够犟的，比牛还犟，看这娃以后可咋办呢？女的说，你的儿子和你一样，你心里亮着。男的又说，这性子是和我对头，其实也没有什么不好，倒是老二性子太软和了，以后会吃亏。女的说，你净偏袒老大，是老二老实，说实话，你说咱平时对娃是不是太苛刻了，平时没有给过一分零花钱。可能是吧，那以后能不能隔段时间从手头上给掐出几毛钱做零用，免得再生出什么事端。这次是偷自家的还好，要是在外面偷麻烦可就大了，管得太严了，也不是好事啊！那块表怎么办？能怎么办，都买了就给他吧，好歹是个物件。想这些年，咱也没给娃买过啥东西，老二穿的都是老大穿过的衣服，补了又穿，穿了又补的，明天把那一袋子玉米拿去集市卖了，先凑够钱把地犁了，把明年的种子撒下去。也只有这样了，本来我还打算着把这袋子玉米卖了，换两个钱扯两米布，做两件新衣服，置办两件锅灶上的东西，锅铲早就磨得剩下半截子了，还在凑合着用。唉，希望明年有个好收成……在泪眼迷糊中，我硬忍着，又沉沉睡去。

当我再次睁开眼，我看到窗户外慢慢地白了起来，越来越亮，直到有一缕阳光映射在窗帘上，外面开始有动静，整个世界又重新苏醒了。迎着阳光，我开始重新审视自我与过往，太阳，太阳，我对着你，你背离我，在那个深沉的夜，把最滚烫的泪滴进我心里。

摇晃的时光

在我小的时候，没有游乐场，我最大的快乐就是用旧书本的纸张折一个纸飞机，然后把它飞出去，跟着跑出去，再捡回来，如此反复，在纸飞机摇摇晃晃飞在空中的那个短短的时间，放飞快乐。游乐场，我知道有很多孩子的童年和我一样，没有游乐场。此后的我却经常置身于游乐场，不同的是，我不再是个孩子，我以成人的身份介入，成了游乐场的旁观者。我喜欢在游乐场穿行，只是穿行，有一次，我却在旋转木马前停住了脚步，我站了很久，木马一上一下，一圈一圈转动着，我感到眩晕，迷离，觉得时光在跟着摇晃……

在我很小的时候，我没有摇篮床，却也总能安然的入睡。夏日的夜晚，老院子的中间，坐着一家人，树叶儿纹丝不动，闷热无比，屋子里待不下去，就搬张凳子坐在院子当中乘凉。大人们拉着家常，我被抱在怀里，热了我就会吵闹，被蚊子咬了就哭啼不止，反正我不舒服就扰得大人们也不舒服，围着我团团转。哄睡着了就好了，可能是瞌睡了，我知道他们可能不止一次的这样说过。我被奶奶坐着抱在怀里，躺睡在奶奶的腿上，奶奶一手揽住我的脖子，一手搂着我的腰。然后奶奶开始左右晃动双腿，整个身子也跟着轻微摆动着，我睁大眼睛望着夜空，有很多的星星一眨一眨的，不一会儿，眼睛就模糊起来。奶奶以为我睡着了，把我抱进屋子，一放在炕上，我就醒了，更是一番哭闹。奶奶只好又重新抱起我，左右摇晃着我，一只手轻轻拍着我的后背哄着我，我趴在奶奶肩头，重新回到院子里。多少次，多少个夜晚，我就那样躺睡在奶奶怀里，奶奶摇晃着我，充当着我的摇篮床，那是世界上最温暖舒适的摇篮床，我从这里长大。

在我成长的时程中，有一段时间我迷上了秋千，那个简易的结构，却给我带来了无尽的快乐。初见它是在村子里的麦场上，过年时，全村的大人们一起动手，扶起一座高大的秋千，然后一村的大人小孩子围着它玩，当时的我胆小懦弱，只是站在人群中暗暗心里欢喜，就是不敢上去。后来，我就跑回家里央求着父亲给我做一架秋千，父亲从我的眼神中看出了我的期待，就满足了我的这个心愿。父亲把家里最结实最好的一节绳子拿了出来，在院子当中一棵拐枣树的几个树干上绑来绑去绕了几圈，一架秋千就落成了。我坐上去，别提心里有多欢喜，我两只手抓着两边的绳子，荡过来荡过去，从早荡到晚，好像不知道累似的，吃饭的时候端着饭碗也坐上去小心翼翼地摇晃着。我也曾不止一次的从秋千上摔下来，摔了一鼻子的土，但我忍着痛笑着，又爬起来坐上去，继续摇晃着，我喜欢那种感觉，自由，无拘无束，随心所欲，天马行空。在这种摇晃的时光里，一些事物渐渐变得面目全非，那根用来绑秋千的绳子早已不知去向，就连那棵拐枣树也早已被砍了。我的那架秋千我再也坐不上去了，如同我的童年时光再也不可能回去。

我要上学了，背着一个用碎花布片缝补成的花书包，两条袋子斜挂在身上。在此之前我对时间没什么概念，我只能分清楚白天和黑夜，早上和晚上，中午都不太清楚是什么时段。上学后，有了时间上的限制，我起码得知道几点上学，所以我开始注意到柜子上放着的那个座钟，木质的一个框子结构，前面还有一扇小小的门，钟面很大，站在门口都能看清楚是几点几分，三个指针，长短粗细不一，最细小的秒针一般很少关注，最粗最短的时针是最先看的，然后是分针，比时钟长很多，但细些。在座钟里，我最感兴趣的地方就是钟摆，那个圆圆的从上面垂下来，左右不停摆动的结构，随着一左一右不停息的摆动，发出"滴答，滴答"的声响。我曾经好奇地打开小门，用手拿住它，但这样会造成时间上的不准确。要把时间调准确，要用到一把类似于钥匙的东西，在座钟的表面上有两个孔，插进去就可以任意调整时间。时间是这个世界上最公平的东西，谁也没法左右。在钟摆不停息的摇晃中，时光一去不复返。我总是回想起那架座钟，我好想伸手再调整一次时间。座钟，柜子，那间老屋，老屋里的人，我是那么的怀念它们，什么也没有，什么也没有留下，除了记忆。钟摆依旧在不停息地摆动着，在记忆的深处，发出"滴答，滴答"的回声。

少年的我一直桀骜不驯，对于成长，肩膀上压点担子似乎才是有利的。在那个偌大的建筑工地上，我第一次知道了艰苦一词的含义。我肩膀上扛着一根胳膊般粗，八米长的钢管，在大雨过后的山坡上蹒跚向前，脚下是泥泞不堪的山路，穿着雨靴，身上负重，我混在四十多个人当中，我年龄最小，十六岁，这种重量对于年纪轻轻的我来说，无疑是不堪重负的，再加上下雨地滑，情况可想而知，而且要走二里的山路才能把钢管扛到地方。在赶时间赶工期的当口，刚好碰上下雨天，卡车开不上去，只好换成人力，一个上午最多走三个来回，也就一个人扛上去三根钢管。照此下去，没有个三五天是扛不完的。同村的几个长辈替我抱不平，但我咬牙坚持着，每一次走在泥泞的山路上，我的身形就轻飘飘的，开始左右前后不停的摇摆，我没有足够强大的身形和力气保持平衡。就这样摇着晃着，走走停停，最终也能到达。我扛钢管的肩膀在第二天脱了一层皮，开始红肿起来，钢管一放上去就火辣辣的疼。我咬着牙硬撑着，后来找来了一本书垫在肩膀上，才稍好了些。在那条泥泞的山路上，我撑了很久很久。时光总是一晃而过，面对艰难困苦，我总是习惯于咬着牙撑着。只要不倒下，就坚持到底。一些担子，会让人学会坚强，一段飘摇的时光，会让人迅速成长起来。

　　在离家的火车上，我站着，那是我第一次出远门，站在过道里，我不停地变换着姿势，这一站要三十多个小时，我得保持点体力，索性我靠着别人的椅背站着。在列车的行进中，我感到身体在不停地摇晃着，白天似乎还好过一点，没有什么睡意，一整车的人不停地喧哗着。可是到了晚上，车厢里一下子安静了下来，我有点无所适从，到了后半夜，眼睛已经打不开了，伴随着"咣当，咣当"的铁轨声，我不停地打着瞌睡。我蹲下去，像个虾米似的蜷缩着身子，把头埋在双腿之间，在列车的摇晃中，我蒙眬睡去。在我刚刚睡醒时，我眯着眼，我不知道身在何处，但很快我就意识到我在列车上，因为有摇晃的感觉。没有想到的是，这一摇一晃十多年就过去了，从北方往南方，南方往北方，在往返的过程中，一个不谙世事的少年长大成人。火车，承载了太多难忘的记忆，父母站在站台，我坐在窗口，父亲朝我摆着手说再见，母亲扭过脸去抽泣着……火车，飞奔的火车，我和你一起在奔跑。

　　那一年，公司晚宴，我们部门坐在一桌，红的白的一起整，我们喝得昏天暗地，从凳子上跌坐在地上，爬上来接着喝，在觥筹交错中我已经不清醒，那是我人生第一次喝醉。晚宴散了已很晚，我们几个跌跌撞撞从酒店出来，相互拉扯着搀扶着说着胡话，在无人的马路上，在刺眼的路灯下往回走，反正我们摔倒在了马路上，大家都躺着，没人愿意先起来。躺了一小会儿，又在推搡中爬起来，继续往回走，一路头重脚轻，摇摇晃晃，这是最彻底的一次释放。从那一天起，我学会了喝酒，喜欢上了喝酒。一些时光会在酒里变得迷离，进而愈发的真实。

　　在正午的阳光下，在人潮汹涌的街头，我感到时光正在流逝，从每个人的脸上，脚下……人来人往，潮起潮落，是谁？站在时光背后，看岁月浮沉，季节变更，我能拿住钟摆，却左右不了时光。在时光钟摆无形的摇晃中，我将静静地绽放，一如黄灿灿的油菜花。奔跑，跳跃，穿梭，徜徉，我沉浸在一片金黄里，对着浩瀚的天空，觉得整个世界都在摇晃。

左眼沧桑

在我还很小的时候，我喜欢站在家门口的门墩石上向东边眺望，那是太阳刚刚升上来的时候，我不知道太阳离我有多远，但我看到它就是从很远处的一座大山后面慢慢爬上来的。我喜欢阳光的力道，一种穿透世俗的明媚，给大地带来感知与温情的光芒。我的眼睛可以与一缕一缕的光线对接，感知这个五彩缤纷的世界，每每这时，我的脸上都暖暖的，并且从心底涌出一种感动。当太阳越升越高，当阳光越来越炽热，我的眼睛不能再与其对接，在刺激下我只能眯起眼，先是左眼，直到右眼眯成一条缝，左眼完全合上。在与时光的交锋中，我的右眼流淌出泪水，当然，那绝不是因为悲伤。左眼无法看到这一切，只能感知。在我的感知里，左眼总是先于右眼闭合，左眼总是不忍目睹，为了遮蔽，或者说不愿意看到世间太多的沧桑。

我想起很久很久以前的事，与左眼有关，当然也与我的记忆有关。先是一位木匠，家里来了一名木匠，他把木板刨得光光的，然后就拿出墨盒，从里面拉出一条沾着浓黑墨汁的线，把一头固定了，然后把线拉到另一头，线绷紧了，他就闭上左眼，只睁开右眼看线拉得直不直，如果他认为不直，他就挪动拉线的手调整，而后再闭上左眼，只睁着右眼，如此反复，直到他认为线拉直了，

179 ·

他就用另一只腾出来的手拉起线，打下一条线，整个过程中他要不停地闭上左眼看线是不是拉直了。我曾经蹲在他的身后，学着他的样子，把左眼闭起来，只用右眼看那条线，但我根本看不出线是不是直的，我只知道那条黑线印在光亮平整的木板上，醒目，刺眼。木匠把打上线的木板送上电锯，依旧闭上左眼，只睁着右眼，把木板沿着线推向电锯，随着刺耳的声响，木板从黑线处一分为二。木匠费了很多时间和精力，他做成了一个大大的木匣子，是做给我奶奶的。后来，我才知道那个东西叫棺材，是一个人离开这个世界时最后安睡的地方。我没有害怕过，也不曾悲伤过，在当时，我不懂永别，更不懂生死。在十多年后，当我再次想起木匠闭上左眼的样子，我也试着再次闭下去，但我却不敢睁开，一睁眼便知生与死，拥有与失去，悲伤与泪水。曾经的一切都会在左眼里历历在目，变成岁月的沧桑与沉重。

我坐在父亲的自行车前梁上，母亲抱着弟弟坐在后座上，深秋时节，天气有点凉，我们一家四口从集市上往家里走。在离家的最后一个十字路口，我什么都没有看见，只听到一阵急促的刹车声，还有碰撞声。然后，父亲喊着让母亲跳下车，他自己也跳下了自行车，把我从前梁上抱下来，他说，刚有人撞车了，好像很严重。我看到了眼前的场景，一辆大卡车横在马路中间，那条马路是我上学时每天都要走过的，我最熟悉不过了。卡车的前轮下压着一辆摩托车，那时的摩托车像现在的小车那么少有，然后就是鲜红的血。我记得我是躲在围上来的大人们后面绕着走过去的，我怕血，尤其是那么多血，已经流成小水沟了，在路面上。我绕过车，才看到人，一个浑身满脸都是血的人，他还在动，但那种动，是机械式的抽搐，上半身一上一下的不断起伏着，眼睛睁得大大的。我当时吓得直发抖，用力咬着牙齿，全身都颤抖起来，不由得就闭上了左眼，只用右眼的一条缝看着这一切。边上的人说着话，没希望了，这是死之前的最后一口气。我匆匆逃离了现场，多少年过去了，我一直在脑海里残存着这个血腥的画面，生命是脆弱的，人往往在这个世界上，显得是那么的渺小。当小小的我在颤抖时，在被吓得闭上眼时，我就知道面对生命，每个人有多么的无助和多少的无奈。

我在象牙塔的那些时间里，除了一些文化知识外，我什么也没有学到，那不能不说有点可惜，直到一些事情的发生，让我开始了思考，似乎从那个时候起，我开始懂得了一些什么，但绝对不是什么大道理和人生哲学。我考试没过录取分数线，但我过了另一个线，简单来说就是多掏学费就可以算作录取，但这里面存在着一个变数，这个变数就是得找一个介绍人，才可以报上名，也就是录取。如果找不到这个介绍人，这个线过了也是白搭。幸运的是，我找到了这么个介绍人，身份是学生会主席，只有这样的人手里才有这样的名额。当然不是我亲自找的，是婶子帮我找的。在此之前，我不知道他们之间达成了什么协议，反正我报上了名。

开学两个月后，婶子就安排我给人家送米，我没多想，人家当时帮了忙，谢谢人家也是应该的。50斤的大米还是有重量的，等到晚上十点多，校园里已经没什么人了，我才让死党帮我看人，我背着大半袋子米从校园里披星戴月经过，像是做贼似的，这要是让别人看到了，准会认为是贼。我承认这是我这辈子做得最龌龊的事情。当我好不容易敲开人家的宿舍门，说着客气话，人家把我让了进去，我嘴笨，说话不太有水平，人家似乎并不高兴，我满脸大汗赔着笑脸，这点人情味还是要有的，谁让咱欠了人家的，反正人家冷冰冰的，我感觉得到。事办妥了，出来后，我一脸的愤怒，从来没有这么低声下气过，从来没有这样被人看不起过。为了所谓的狗屁前途，似乎尊严啊，原则啊什么都不要了。这样的前途是我要的前途吗？那一晚，我失眠，我心里恨恨的。后来一日，学校进行法制宣传教育，请来法院的，基层干警等在上面讲座，我所认识的那位学生会主席冠冕堂皇地坐在上面，说着言行背道而驰的话语，我坐在下面几千人中间，别人在鼓掌，只有我沉默。

　　旁听生，插班生，自费生，这些名号像贴在城市的牛皮癣一样附贴在我身上，成为和我一样的学生身上无法揭去的标签。我为此自卑过，自责过。我曾经多么想奋起，想证明自己，但最终还是孤单的落幕了。在经历了后续的一系列事件后，为了顺利参加考试，找关系，走门路，给主管学籍的老师送烟酒，为了顺利拿到结业证，找关系，花钱请拿事者吃饭，这是我所受到的最后的教育，我不知道这算不算堕落，但我从不后悔，有些路，是让人前行的，而有些路，是让人学会坚强，学会长大。在那些生存规则的背后，我时常扭曲着脸，心生抵触与怨恨，我习惯于左眼表达愤慨与不满，这一世的沧桑，都将隐匿在左眼里。

流花似火

白晃晃的月光静悄悄的覆盖在大地上，树影婆娑，河流斑驳，村庄沉默在静寂的夜色里。一条乡间小路悠长悠长，通向未知的远方。半截破损的土墙，残缺在荒野里，无人问津。我置身于扑朔迷离的夜色里，在一间人字梁的老屋后站着，掉着土渣的墙壁，长着绿茸茸苔藓的瓦片，一切都是那么的熟悉。不远处的水泥柱电线杆上写着几个不工整的字：胡——27。我由此确信我回到了久违的村庄，回到了旧时光里，那些时光像河流一样不停息地流过，带走了我的童年，如花一般绚烂的季节，像火一般燃烧的峥嵘岁月。

我喜欢奔跑，少时的我走路总是连蹦带跳的，从来不会慢下来一步一步地走。当我拿着刚刚撕下的课本上的纸，并把它熟练地折成一个夹子，我就飞奔出了教室。我一路奔跑，径直跑到了一处盛开着油菜花的地头才停了下来，我把纸夹子套在四根手指上，撑开，收紧，来回在手上试着；这是一个简易的夹子，我要用它来捕捉蜜蜂。阳春三月，油菜花开得正艳，花团锦簇，一片金黄。我置身于这片金黄里，我的个头并不高，要是蹲下去一点，就会被花海所淹没。我在一片金黄里穿行，那浓郁的花香味让人陶醉，我在寻找着那些采蜜的蜜蜂，嗡嗡的声音到处都是。我轻手轻脚地走到一株油菜花前，把夹子慢慢地凑到一朵花上的蜜蜂前，蜜蜂是那么的专注，它没有察觉到危险在靠近。等夹子凑近到了合适的位置，我猛地向前一突，收紧夹子，蜜蜂就被夹住了，连同几片黄色的花瓣，有几片被我碰撞掉落到了地上。我把捕捉到的蜜蜂用带着的小塑料瓶子装起来，然后寻找着下一个目标。不仅仅是我一个人，很多小伙伴也有同样的爱好，把玩一只蜜蜂远比一只蚂蚁有意思得多，也许是因为蜜蜂有刺，具有一定挑战性，又或者与这个季节，与成长有关。

　　蜜蜂有刺，所以没有被蜜蜂蜇过是件不太可能的事，即使有夹子，也有失手的时候。我记得我第一次被蜜蜂蜇了的时候，别提有多伤心。我的右手中指被蜇到了，很快红肿起来，又痛又痒，让人觉得无比难受。在放学的路上，我哭丧着脸，用另一只手紧紧握着被蜇的手指，闷闷不乐，几乎要哭出来的样子。那时候我还太小，太脆弱，禁不起一点的挫折和波澜。后来是家族里的一位叔叔，知道我被蜜蜂蜇了，把我拉到路边上对我说，第一次吧，会很痛的，以后就不会那么痛了。他把另一只蜜蜂弄死了，不是为我报仇，而是把那只蜜蜂身体里的蜜采下来一点，帮我涂抹在了被蜇到的手指上，很快，我感到了丝丝的凉意，好像没那么难受了。叔叔说，回去再用大蒜擦拭一下，消毒的，擦的时候会很疼，过后很快就会好的。回到家我尝试着擦了大蒜，的确火辣辣地疼，但后来很快就好起来了。后来再被蜜蜂蜇了时，我觉得并没有什么疼的，顶多难受一小会，我是绝对可以承受得起的。对于身体而言，那实在是微不足道的。季节里有春暖花开，就会有疼痛。一条路，无论怎么走，也不可能走出一条直线。道路总是崎岖的，人总要在跌跌撞撞中才能成长。当我长大后，看到了人体的心电图频率，我就明白了一切，只有死人的人生没有起伏和波澜，而活着的人，必须面对沟沟坎坎。

　　少时的我抓蜜蜂就是为了好玩，我像其他伙伴一样把蜜蜂用瓶子装起来慢慢地玩，蜜蜂是有刺的，但我有办法把刺去掉，比如用棉花团逗蜜蜂的屁股处，蜜蜂就会蜇出刺来，刺被棉花团粘走了。没有了刺的蜜蜂就真的成了玩物，可以随意地拿在手上玩，但它有翅膀会飞走，我就把翅膀撕掉一些，这样它就飞不走了。后来，听老人们讲，蜜蜂其实是不愿蜇人的，因为蜜蜂的刺一旦刺出，它活不了多久就会死去。听说了这些以后，我替蜜蜂感到难过，保护自己却要以付出生命为代价。蜜蜂是在采蜜，又是在酿造生活。我想起小学课本上的这句话，忙忙碌碌的一生，却不是为了自己。蜜蜂，扇动着翅膀的精灵，油菜花，金黄色的油菜花，在风起时，在我童年的天空下开始左突右撞，连绵起伏，像一大团火焰在燃烧。一片温暖，一片绚烂，一片迷离。

我曾经不止一次地看到过流星，当我骑着单车在夜晚的路上踌躇前行时，一抬头，不经意间就看到一颗流星划过天际，而后消失，无影无痕，那瞬间的光芒一直映射在我的心里。在中学时代，我茫然，不知所措，我曾经在一篇作文里这样写道："一个人在风雨中前行，不知道前面能到达哪里？细雨朦胧的日子，一切都是朦胧的。"我还记得那篇文字的题目是《细雨蒙蒙的日子》，我的语文老师给我的批语是：情景交融得很好，但思想上有点颓废，作为新一代的青年，思想一定要向上。88分。这个分数在班上算是中上水平了。后来，老师到过我的座位，可能他想看看这位学生是个什么样的人。他似乎对我没说什么，只是看了看我，想说什么但欲言又止。我不是个好学生，按个头排座位我是排在中间一排的，但我自己坐到了最后一排。我不合群，学习对我来说已经变成了沉重的负担。在接触到一些不合乎情理，不适合在阳光下呈现的事情后，我陷于焦虑。后来走上社会，接触到我的人都说我深沉，也许就是那段时间造就的。那段时间，我写了很多莫名其妙的文字，遗憾的是那些字与那个年代一起匆匆埋葬了。

　　很多人都说，流星划过的时候许个愿就会实现，但我面对流星似乎从来没有许过什么愿，要说有，也只有一个，我想我的人生像流星一样。我曾经和几个至交在毕业前夕推着单车一起走着，谈着叫作理想的那个东西，简单说就是毕业以后想做什么，有什么打算。有的说他想去当兵，当兵后悔三年，不当兵后悔一辈子；有的说，她想开个花店。问到我时，我哑然，我确实从来没有考虑过这个问题，我能做什么呢？我又适合做什么呢？我抬头望着深邃的夜空，突然对他们说，我想做一颗流星，就是瞬间的光亮，我也璀璨过，不后悔。他们一定奇怪我为什么说出这么不着调的话，听起来有些悲伤，充满无奈。曾经的我迷茫过，失意过，惆怅过，我积蕴了很久很久，说出了这句莫名其妙的话。我只看到了流星划过天际时的闪亮，我又怎会知道流星在这一刻闪亮前积蓄了多久的能量，十年，二十年，几万年？也许，穷尽此生我也做不成一颗流星。那么，我就做只飞蛾吧。

　　我看到过烟花的璀璨，在黑夜里，月亮、星星之外，能发出耀眼光芒的除了烟花，似乎别无其他。烟花是短暂的，一跃而起，飞上高空，燃烧自我，发出一瞬间的光亮。当人们兴高采烈地观赏烟花时，唯有我闷闷不乐，我知道璀璨与光亮是一时的，过后是更长时间的静寂与黑暗。一场烟花，就是一生，从期待开始，在璀璨中辉煌，最后暗淡退场。

我用一生去寻找

当我还很小的时候，我渴望能穿上军服，那身衣服让我觉得很平整，也很威风，可能我最初的人生目标就是要成为穿上这身衣服的人。这个简单的目标鼓励了我好多年，大人们告诉我要好好学习，争取考上军校，这样就能穿上这身衣服。因此，我学习不断进步，成绩优异。小学毕业时，一场突如其来的变故影响了我人生最初坚持的目标，那个把我当作宝疼爱的奶奶仙逝了，从那时候我知道了疾病，对此也曾有过深切的体会，只是不知道它能把人带到很远的地方，再也见不到。从此后，我改变了最初想穿军服的想法，想做个穿白大褂的医生，这个想法隐藏在心底好些年，最后不了了之。原因是即便我做了医生，也救不回我最想救的人了，在懂得了生与死的意义后。

少年的我，似乎总站在邻居家院子里的一棵杏树下，那是杏子即将成熟的时节，满树都是摇头晃脑的杏子，馋得我直流口水，但熟透黄澄澄的却没有几个，我在寻找着先黄的个别杏子。我仰着头，盯着树上的每一颗杏子，那些刚带上点黄色的杏子，很快就被我找到，我找来长长的竹竿，将它敲打下来，杏子掉落下来的那一瞬间，我扔掉手中的竹竿，三步并作两步冲到跟前，蹲下身子，把它捡起来，然后洗也不洗，直接在胳膊上擦拭几下，就放进了嘴里，那酸酸的味道至今让人回味无穷。在天晴时，阳光斑驳地照在树上，我站在树下仰望，总能透过枝叶的缝隙与阳光对接，耀眼的光芒阻止不了我的寻找，眼睛酸了揉揉接着找。在雨天，我光着脚丫子，戴着草帽，披着塑料纸站在树下，尽管有雨水冷不丁滴下来，打在我的脸上，或者一下子钻进脖子里，冰凉得让我颤一下，但我还是坚持寻找。也不知道我在这棵杏树下站立了多少的时光，回想起来，那大抵是一段时光的缩影。在别人的果园里，有梨园，也有西瓜园，当别人采摘完毕后，我总是不甘心，寻找着那些漏网之鱼。每次都有收获，当我发现梨树上剩下的一个梨子时，别提有多兴奋。

当我躺睡在麦场上看场，夜空是那么的清澈，我也数过星星，但数着数着就数不清了，月亮只有一个，而星星却有无数个。我在满天的星星里寻找着最亮的那颗，我一会觉得这颗最大最亮，一会又觉得另一颗更大更亮些，在变换来变换去的过程中，星星变得模糊不清，我也进入了梦乡。每次躺在夜空下，我都会试着在夜空里寻找北斗七星，它们的组合形状像一个勺子，容易认出来，而它们下面那颗星就是北极星，传说是夜空中最亮的那颗星，人们可以根据它判断方向，在黑夜里走路，就不会迷失。我曾经多次看到过我认为最亮最美的星，那就是流星，我喜欢它的绚烂，虽然只一瞬间，短暂，但带来的光亮是别的恒星无法比拟的。流星用不着刻意地去寻找，只要看着夜空，就有机会看到，在它出现的那一刻，一定是火光四射，像一把利剑划破夜幕，它的出场，惊艳无比，让其他的所有星星都暗淡无光。流星是短暂，但它发出的能量是巨大的，在人世间留下了最美的一笔。

我用一把锄头，在记忆里一点点的挖掘，每一锄头下去，都会有复苏的场景。木门，木门背后的支门棍，穿越窄逼的巷道，一棵核桃树立在院子中，树皮裂开着很多纹理，有的是树长的，有的是用刀砍的，是爷爷说过，树上结的核桃仁被壳卡得太紧，就用刀在树上砍几道口子，这样结出的核桃就不会太卡壳了。院子很深，走过核桃树，左边有很高大的一棵桑树，边上还有棵被压弯的柿子树，再往前，左右各有一棵拐枣树，中间还有一棵高大的杨树，这差不多是院子的正中间，窄起来，一边是猪圈，一边是两间厨房，还有半截土墙立在中间，我记得后来是我和父亲挖倒的，就一米高些一米长些的一截破旧的土墙，我和父亲忙活了一天，才将其挖倒，年月久了，这墙已经生根了，不想离开这个院子。土墙前依次有三棵树，杏树，樱桃树，核桃树，树型都较小，在猪圈墙外边还有棵梨树，边上是鸡窝。走过三棵树，右边是一棵枣树，左边还是一棵核桃树，边上有个羊圈。我曾经从这棵核桃树上掉下来，把脸上的一层皮都擦掉了。羊圈自羊没了后，空在那个角落好多年。核桃树刚好在老厨房的门口，那间老厨房在奶奶离世后就搁置了，成了杂物间，很少有人走进去。我记得里面的摆设，案板，橱柜，锅灶，灶爷的位置，那个小方桌，一家人围在一起吃饭，馒头，米粥，野菜……

老厨房有个小的后门，打开后是一大片竹林，密密麻麻生长着成千上万根竹子，但现在已夷为平地，一根竹子也没有了。老厨房只存在于那个空间，在记忆里犹存，所有的物件全都不见，也不会再出现。那些曾经开花结果，安静的生长在老院子里的树，一棵一棵地没了，当我听闻老院子里最后仅存的一棵核桃树老了，只掉叶子，长不出果实，要被砍伐时，我无言以对。虽然重新栽种了一两棵树，但再也不是以前的树。老院子里曾经晾晒衣服的那根绳子，在白花花的阳光下，一直晃动着，上面空荡荡的，没有搭晾衣物，只有一根绳子的影子，孤独的投射在院子里松软的地面上。扫帚从地面上轻轻扫过，那一地细小的枣花，随着风声滚啊爬啊，纷乱了一段时光。

我寻找的方向，也许就是我以后要去的方向，当我把面目全非的老院子在记忆中复活，我追寻着离开的人去的方向，从老院子里出来，穿越那座古老的村庄，沿着乡间小路奔向荒野，那是很多人的路径，一路有小草与野花，一路有麦子和玉米，一路还有车辙与走过的人的脚印。一生很漫长，要一步一个脚印慢慢走过，要一笔一划去书写，我的一生，不停地在记忆里穿梭，找寻着生命最初的悸动，那些人生最珍贵的小小情节，终将汇成一条幸福的河流，缓缓流淌，既温暖，又辛酸。

时光镜像

在流淌的时光里，我撑一叶小舟，逆流而上。我曾在时光的某一个缝隙里停留，驻足，留下了一些值得打捞起来的影像。这些影像都能在大地上找到相应的经纬，是一段时光里离我的心最近的地方。

当村里的其他孩子背着书包走进学校的时候，我却在村子里井房后的乱石堆上坐着。那些日子，我不敢想象自己是如何打发掉那些无聊时间的。我不喜欢去学校，所以我逃学，家里人当然不知道，每天，我和村里的其他孩子一样背着书包往学校走，放学吃饭的时候，我也夹在他们中间回家吃饭。那时候我只有七岁，但我却以这样的方式来选择逃避。家里人知道我逃学竟然有近半个月没去学校时，大吃一惊，他们绝对没有想到，我会隐瞒得那么好，而且那么久。让他们更难以置信的是一个七岁大的孩子，他没去学校，那他这些时间到哪去了，都做了些什么，是如何过来的。其实我也不知道。我什么也没做，我走到半路上就开溜了，开始时也不知道去哪里，做什么，怎么打发掉这些时间，但有一点我很清楚，绝对不能让村里的大人们看到我，如果让他们看见，他们肯定会告诉我家里人。但我实在不知道去哪里，后来我找到了一个好去处，那就是村子里的井房后面。那地方并不隐蔽，而且人来人往的，不停有村里人来井房打水，但井房后面有一大堆石头，我个头小，钻到一大堆石头后面，只要不弄出大的声响，是没人能发现的。其实石堆边上就是一条路，也有村里人不停地经过。我坐在石堆里，一坐就是一上午，等到村里其他孩子放学回到村里，我才爬出来，拍拍身上的土，背好书包回家吃饭。现在想来，我那些时间到底做什么了，是如何打发掉的，其实真实的情况是什么也没做，就坐在那里等时间了。我坐在那里，静静的，什么也没去想。我一会这样坐，一会那样坐，有时也躺在石头上，看蓝天，看白云，看阳光。那时候的我不可能有块表来看时间，当时的我也许还不会认表，我对时间这个东西从根本上就没有概念，所以不会觉得时间很漫长。

如今村庄的井房依旧健在，只是那一堆石头没有了。我想，那堆石头肯定是井房旁边哪户人家的，被人家建房子时用来打地基了。曾经陪伴过我的井房在这里一直没动过，一晃就已经二十多年了。这让我总能想起我曾经坐在井房后面，一坐就是一上午，一天，一天接着一天。我坐的十多天时间在时光长河里也算不上什么，只是这个地方，在我的记忆里被保存了下来。只要养育村庄的那口老水井还在，我就能准确地找到我孩提时的那段旧时光。它是我成长路上的一个符号。

离家出走的那一年，我十四岁，不知道是因为什么事，反正我跟父亲大吵了一架，说不到一起。父亲出言不逊，说重了让我滚出家去，我血气方刚，当然咽不了这口气，便吵嚷着要离开这个家。母亲在中间哭着调解，但没什么用。在母亲哭哭啼啼、拉拉扯扯中，我甩开胳膊，走出了家门，头也不回地沿着家门口的路一直往南走去。等赌气的状态一冷却下来，我就心虚了，我身无分文，我能去哪里，但年少固执的我却坚决不肯回头。我沿着家门口的路一直往前走，一直走到山挡住了我的去路，我才停下了脚步。我看到了那条熟悉的河，它的源头就在山上面，它流经村庄边上，我年少的很多时光都在这条河里度过的，现在看到它当然是格外亲切的。我从路上飞奔下去，在河堤边上找到了一个位置。这个位置比较特殊，河堤沿着河道本是圆滑的，但这里却纵进河床里一大块，原来这里是弯道，河水大时冲得猛，怕河堤受不住冲击，所以才突出加固了这一部分，这样一来，纵出的河堤下必然被水冲出一个水潭来。河堤还分了两三层，我坐在中间一层，背靠着上面一层，看着河流，无聊的时候摸着小石块，往水潭里扔，打水花，看溅起的一串串水花。心里觉得委屈了，就朝着河水使劲砸石头，能抱起来大的小的都扔下去，听石头撞到石头的声响，反正这个地方也没有人。扔累了，下到河床里，洗把脸，喝点水，再上来坐着，躺着，可能是累了，我竟然就这样打了个盹。等我一个激灵醒来，我才发现自己并不是睡在家里的土炕上，而是在河堤上，周围到处都是荒野。

我在这个地方已经待了一整天了，时间已经到了傍晚，太阳就快要落山了，我突然间感到落寞，然后慢慢地离开河堤往来时的路上走。其实我是想回家了，但我这样回去实在是狼狈，心有不甘。当我走到离路只有几步远的地方，我看到了父亲，父亲踏着自行车，左瞅瞅，右看看。我没有叫父亲，我装作没看见他，继续向前走我的。等我走上路面，父亲自然看到了我，我当然是故意让父亲看见我的，但同时我却继续装作没看到他。父亲踏着自行车跟着我走了一小段路，我想他面子上也放不下来，他也不想认输。父亲踏着单车绕到我旁边，似凶我又似担心我地说，一整天往哪里跑，还不往回走，上车！我像是获得了释放的囚犯，跳上了父亲的自行车后座，任由父亲斥责，并带我回家。我想，父亲一定在我走后没多久，就骑着自行车往我走的方向开始找我了，也不知道他找了多久。

这一块河堤后来成了我经常去的地方。有事没事的时候，我总跑到那里坐上一小会，扔几块石头到河水里。我还带其他人去过，也在河堤边上学着唱歌，那里很安静。

第一次离家住校是高中时期，有很多的不习惯，特别是周末，不知道如何度过，我和室友最常去的一个地方就是学校后面不远处的铁路旁。我们出了学校大门向右走，走不到五十米右转，沿着一条乡间小路就一直走到了铁路旁，我们喜欢站在铁路边上说心里话，谈着理想，等一列火车通过，听它发出铿锵有力的"哐哐哐"的巨大声响，我们所说的理想也在这巨大的声响里变得微弱。在没有火车通过的时候，我们习惯在铁轨上玩走钢丝，或者沿着铁路一直向前走，一路上用脚踢着铺铁道的小石块。我们还把硬币放在铁轨上，让一列急驰而过的火车把它压得又扁又长，我们再捡回来用小刀把它刻成小人像，或者一把剑等稀奇古怪的东西。我们还把写给女生的信拿到铁路边上来大声宣读，或者把一些让人伤心的信撕成碎片，洒在铁轨上，在火车驶过时，看火车扬起的风将这些碎纸片吹得烟消云散。

我们也曾拿着一些简单的乐器，坐在铁轨上演练，口琴，笛子，等等。也就是那个时候，我学会了吹口琴，我还记得我学会的第一首曲子是《新鸳鸯蝴蝶梦》，在当时，大多数学乐器的人都会这首曲子，因为它调子简单，容易掌握。后来，我还学会了《刀剑如梦》，比较婉转的《相思风雨中》等，铁轨后来一直伴随着我，只不过不一定是那一截而已，但铁轨都是相连的。在后来的很多年里，铁轨承载着我走过了人生的很多路。铁轨一直在这块大地上延伸着，天南地北，我也沿着铁轨为了生活而四处奔走。曾经的迷失、茫然、彷徨都曾被铁轨所映照，那深色的铁脉一直蜿蜒在心里。

触摸死亡

河流

那个夏天的晌午，骄阳似火，光着膀子站在树荫下也是汗流浃背，唯一能摆脱这炎热的就是处在水中。村子旁边有条河，每天去河里游水降暑，成了那个时候每天必做的事。母亲在厨房里张罗着午饭，米已经下锅了，要不了一袋烟的功夫，即可开饭，但恰在这个时候，我的伙伴们在门外叫开了，他们喊我，我们一般都是相约一起去河里游水的。听到伙伴们的召唤，我迫不及待地就要出门跟他们会合，然后直奔河里。我肚子不觉得饿，就是饿了此时也已无关紧要，我急着出门，但父亲却拦住了我，并不是父亲一定要拦着我，他觉得饭马上就熟了，吃完饭再去比较合适。可我并不这么想，伙伴们在外面等我，我还哪里坐得住，吃得下饭，我的心已经飞出去了。我并不理会父亲的阻挠，强行要出门，我性子倔，和父亲一个样，有其父必有其子。父亲从里面扣上门，不让我出去，我心里很恼火，退回到院子里，想趁父亲不注意，溜出门去，但父亲显然察觉到了我的阴谋，他密切注意着我的动向。

在父亲的再三阻挠下，我终于忍不住发飙了，我不想吃饭你为什么一定要让我吃饭？我觉得父亲严重干涉了我的人身自由,我向父亲的权威发出了挑战,从小我就比较叛逆,此时出不出去已经不重要,我觉得为什么你要强迫我,把你的思想强加在我的意识上。我和父亲在院子里发生了争执,父亲恼羞成怒,顺手抄起立在院子角落里的一根竹竿,在我右胳膊上抽打了三下。我咬着牙硬撑着,胳膊火辣辣地疼,很快肿起来好大一块。即便如此,父亲依然没有拦得住我,在母亲拿着锅铲从厨房跑出来劝架的当口,我心一横,冲出了家门,母亲拦住了身后要追出来的父亲。伙伴们早已不知去向,我一路小跑到了河边,但伙伴们今天不知去了哪里游水,我只能站在河边张望,看哪一个潭里有人,顺着我的猜想,往河对面不远处的一个水潭走去。

到了水潭边上,我失望了,只有几个不认识的人在此处游水,我的兴奋顿时减去一大半,只有和伙伴们在一起才游得开心。天太热了,也不再顾及那么多,先下水去凉爽一下再说,我脱着衣服,胳膊生疼,抬起来都显得非常吃力。下了水,凉爽多了,游了一个来回,胳膊越来越感到用不上力。我知道这个水潭在附近算是很深的,最深处有四米多,河里发大水时,站在河对岸可以清楚地看到这里是一个大旋涡,河水主流冲上河堤又迂回来形成的,这个旋涡的正中间河床露出水面,但四周却深不可测。我说的四米是用钓鱼竿插下去量的,大致上不会错。在我又一次游向河流对岸时,我发现水上面的白色泡沫多起来,这是涨水的信号,随着白色泡沫的增多,水浪大起来,本来我的胳膊就用不上力,被这突如其来的大浪一卷,我急了,一张嘴,被河水呛到了,胳膊也似乎没有了力气,我溺水了。我至今能清楚地记得当时的状况,开始时,我还在水浪里挣扎,后来就完全失去了知觉,我感觉像是在做梦,就像是在梦中,其实这个时候我已沉入了水底,我想我的嘴巴在水底肯定是一直处于张开的状态,合拢不了。我一直在喝水,这是很可怕的。

我一直像处在梦境中一样，其实已经不省人事，在下沉的过程中，在接近河床底部的时候幸好我是头朝下的，在与河床底部石头接触的刹那，我的头因为撞到了河底的石头，而产生了一点知觉，有些麻麻的痛感。人在梦中是不会感觉到疼痛的，此时的我算是有了一丝清醒的意识了，潜意识里的一个信号告诉我，这不像是在做梦，我的耳边传来噌噌噌的响声，如同潜入水中时，有人在水里撞击石块传过来的刺耳声响，这种响声直接刺激到了脑部神经，我的头就像是要被震裂开似的。在胡乱的挣扎中，我幸运地浮出了水面，像只没头的苍蝇在湍流里乱窜，岸上的几个人看到不对劲，同时下水将我拖上岸，他们将我的肚子挤在一块大石头上，我趴在上面，头晕晕的，只是不停地往外吐水，也有人帮我在后背挤压，不知吐了多少水，我才慢慢苏醒过来。我离死亡只差一步，在溺水后的几天里，我看到小水渠里泛起的小浪花都会感到恐慌。

即使这样，当我身体好起来以后，我还是经常性地跑到河流里游水，丝毫没有畏惧。我溺水的过程当然只有我自己能体会，那种像是在梦中似的，贴近死亡的感觉是他人无法想象的。这个过程看似极其漫长，其实不过几秒钟的时间。一条河流会把人的灵魂带去哪里，没有人知道。

悬崖

水与山似乎不分家，有山水的地方总是充满着诗情画意，同时也充满着神秘莫测。

我和伙伴们相约去山里，那时候挖些药材之类的，天气还算晴好，我们在朝阳的山坡下走着，在一处陡峭的悬崖边上，长着一棵树，那棵树远看看不清楚是什么树种，但它的长相极好，和周围的树木完全不同，有种鹤立鸡群的感觉。它的树冠长得圆润，像用圆规画的一样；其次，它的枝叶大同小异，整齐得当。我们都觉得这不是一棵寻常的树，于是，我们决定把它挖下来。我们站在悬崖下，离树大约三十米，要想从下面爬上去，那几乎是不可能的事，那山石奇形怪状的，有的地方已不是九十度，而是一百多度向外延伸，如何上得去。我们只有另觅它径，最好的办法就是从上面下到那棵树的位置，上面看起来似乎没有那么陡，坡度大致六十度左右。

我们往前走了好远，终于寻得一条小径通到了半山腰，到达了那棵奇树的上面。我们试着往下面走，坡度看起来不陡，但往下走确实要小心，上可能还好点，往下人的重心不容易掌控。坡体都是土沙，植被都是些弱不禁风的残枝败草，没有靠得上的。在下到离那棵树只有十米远的地方，不好再前进了，下面的坡度太陡峭，没人敢下了。我们困在了半山腰，要回去也得小心翼翼地走上好一会。有人说要放弃，但我不甘心，在原地撑着身体休息了一会，我开始试探性地往下滑着移动，伙伴们不停地说着小心，开始时并没有感到害怕，总觉得自己可以，即便脚下已经打滑，有几次身不由己，但我还是横下心来要挖到那棵奇树。

在我慢慢靠近那棵树的时候，危险也在慢慢靠近我，在离那棵树只有三米远的地方，我束手无策了，我到不了那棵树跟前，就是到了跟前，也站不住脚，更别提挖下那棵树了。我想放弃，但此时已晚，在我犹豫的时候，我脚下的虚土层开始下滑，我身体紧紧地贴在山体上，但还是在下滑，我手边上能抓的无非几棵发黄的小草，这草的根长在沙土里，根本就是一捏就掉下来，等脚底在下滑过程中蹬了些许土沙，垒成了一个虚的土沙线，才勉强不再下滑，但我已经动都不敢动了。我开始求救，伙伴们站在上面也想不到办法，有人提议去找绳子，可是这山里人家离得太远，等绳子找来就怕晚了。伙伴们有几个开始往回走，提议先回到安全地带再说，有一两个在十米远看着我，跟我说话，说旁边有什么，可以借点力。我脸上已经开始出汗，往下看，二三十米的高度，下面全是石头，又这么陡峭，掉下去后果可想而知，非死即残。也许是因为害怕身体抖动，我贴紧坡体的身体突然急速的下滑，这一滑滑出了近五米，吓得我两腿发软，头发一瞬间全都竖了起来，我的心仿佛都跳了出来，魂都吓飞了。在滑下的那一瞬间，我本能的闭上了双眼，我想我肯定完了，我听得到耳边呼啸而过的风声，闭上眼睛前的一刻，天空暗淡了下来，像是蓝天白云要掉下来，我似乎处在九霄云外。

等我重新睁开眼，我的身体还紧紧地贴着坡体，脚底下的土沙更多更厚了，这似乎能承载我一些时间。伙伴们砍了胳膊粗的野葡萄藤过来，足有十多米长，有几个也已经迅速的下到了悬崖底下，万一我掉下去，他们看能不能接住我。我已经没力气了，伙伴们顺着野葡萄藤放下来一个伙伴拉我，待我把手伸向放下来的伙伴手中时，奇迹再一次发生，他把手伸向我时，由于藤的晃动，他没有抓到我的手，我也因为伸手而重心不稳失去平衡，等我身体往下再次滑动时，我一伸手抓到了一支筷子粗细的树枝，也就在同时，伙伴的手也刚好抓上了这条树枝的另一端，真是好险，要知道这条树枝是干树枝，很脆的，稍一弯曲就会断，好在是顺着拉的没折弯的力，借了一下力，换只手就拉上了伙伴的手，最终有惊无险。上去后，我们坐在一起，总算松了口气，伙伴们说着刚刚经历的惊险一幕，没有人不感叹。我似乎吓傻了，呆呆地坐着，回想着带着戏剧性的重生。

我是执拗的，坐着休息了会，我便让伙伴们拉着葡萄藤放我下去。我的固执无人能敌，后来，在伙伴们异样的眼神里，我终于挖下了那棵树。其实并不是什么奇树，只不过是一棵普通的松树，周围的林子里多的是，只不过这棵长得俊俏了些，我费尽心机挖下它，然后又扔了它，似乎这样才对得起我的铤而走险。

　　后来，我总是做一个相同的梦，无数次的梦见自己跌落悬崖，不停地往下跌，就是触不到底。我惊恐万分，一触底生与死便见分晓，也不会再有恐惧感，可怕的就是一直处于跌落的状态，你不知什么时候能到底，或者永远到不了底，将永远恐慌，挣扎……这是比死亡更可怕的。

风筝

一根细细的线，牵着，拽着，若隐若现，心悬在末端，风起的日子，扯着……

一根羽毛从天而降，轻盈，缥缈，徐徐而来，并缓缓落在故事的主人公脚下，这多少带有宿命的意味。如果换成一张纸，飘浮在城市上空，那定会被世人视为浮尘，垃圾，但如果给这张纸加上结构，再牵引一条线，那便成了风筝。人们有梦想，想飞却苦于没有翅膀飞不起来，所以由风筝代替着人们去飞翔。飞翔是一种姿态，其间少不了风的推波助澜。每个人都想飞得更高，所以风筝的筝下面是个争字，竹头则不用说，就是风筝的结构部分。

在一个阳光慵懒的午后，我看到了一只风筝，它没有飞在空中，而是挂在荒野中的电线上，它依旧没有停止，在风的鼓动下，它舞动着身子，摇晃着，摆动着，远远地看去，它就像是在空中游泳的一条鱼。不同的是，它失去了自由，只能左突右撞。我不知道有多少人注意到了它的存在，但我开始像个孩子似的去关注它，审视起它，甚至去猜想它的前世今生。我想，放风筝的那个孩子就在不远处，或者离得比较远，又或者是几个孩子，一大群孩子一起放飞了这只风筝，这与我的童年有着诸多的相似。我不知道他们是在哪个地点放飞的，但我肯定是在一个空阔处，没有房屋与树的遮挡。如果换作是我小时候，肯定是选在麦场，空阔平整，目所能及的上空，一片开阔，适合飞翔。

放风筝的那天一定风和日丽，是个难得的好天气。我不知道那只风筝是那些孩子自己做的还是去店里买来的，换作是我小时候的那个年代，可能要自己动手做，麻烦归麻烦，但还是会用心为之。先要找好纸张，如果有大块的白纸那当然最好，如果没有，就只有把小纸张用糨糊粘合拼接在一起，做成一张大的。形状一般做成简单的蝴蝶状，前面大，后面小，再加上两条尾巴。纸做好了，就要找来竹子，去竹林里砍一根就好，把竹子破开，划成细细的竹条，还要用刀刮得很薄很薄，以减轻重量，降低飞起来时的阻力，但牵绳子的那个边，也就是迎风的那边要硬朗些，不然会被风吹烂。用糨糊粘起的部位一定要牢，另外就是要注意风筝的平衡，左右两边的重量一定要相差无几，不然是放不上去的。线一般用结实的细线就好，像钓鱼的鱼线就可以。风筝做好后，可以用蜡笔在上面涂上各种色彩，装扮得漂亮些。

麦场上，抓把麦草扔上去，试试风，多试几次，确定风向，家乡吹西北风偏多，一人手拿风筝，迎着风吹来的方向，奔跑，线先放出五六米，一人在前面奔跑，后面一人先托着风筝，跟着奔跑，跑出几米后，迎着风松开手，风筝就飞上去了。前面奔跑的人要边跑边放线，等从麦场这头跑到那头，不出意外的话，风筝也已飞上了蓝天，迎着风舒展着。接下来就简单多了，拉线收紧，试风力，放线，如此反复，直到风筝飞得越来越高。放风筝实际上放飞的是心灵，愉悦的就是这个过程，等风筝飞上天空，一切反而都归于平静。当很多人问你飞得高不高时，却很少有人会问你飞得累不累。

风筝是停不下来的，也许它本就属于天空，努力地向上，向上……我一直以为我手中的线和风筝之间是直的，但真实的现象却不是，握在我手中的那条线是弧形的，弧度大得让人不可思议。接近风筝的很长一段线我已看不见，但我手里还牵引着它往更高更远处飞，我把线放完了，没有想着把它收回来，放下来。我又找来了线，在童年伙伴们的簇拥下，我继续放线，累计超过三百米。

风筝已经越来越小，有些模糊，迷离，它就飘浮在村庄的上空，甚至更远。开始飞得没多高时，村里的老人们有些反对，他们怕我的风筝落下来掉在村子里哪户人家房子上，说那样会很不吉利。但现在，没有人说了，因为他们知道，风筝已经飞得太高了，就是落下来，也不会落到村子里了，会飘到更远的地方去。我手中的线越来越紧，我已看不到风筝的跌落，直到离我手最近的那十多米弧线掉在平整的麦场上，我才意识到线断了，再抬起头看风筝时，只有一个影子跌跌撞撞，似乎已超出了我的视线之外。

我突然间紧张不安起来，我的风筝！伙伴们也和我的心情一样，我们顺着风筝的方向奔跑，穿越偌大的村庄，一口气顺着乡间小路跑过田野，来到了小河边，站在河堤上张望，但什么也看不到。我不想放弃，脱了鞋子，趟过了河，爬上了对岸，在对岸大片的田野里胡冲乱撞，风筝带着线的，这么多人不可能一无所获，我们分开来继续寻找着。最后，在天色暗下来的时候，一座大山挡住了我们的去路。我的风筝，它飞过了高山，飞到山的那一边去了。在我模糊的记忆里，我们似乎找到了风筝，但却不是我们要寻找的那一盏。有时候，我们苦苦寻觅的结果，也许并没有能如愿以偿，但在无意间却又收获了其他的，阴错阳差，在得与失的一线之间，我们最终成长起来。我又想到了那个故事的主人公，他只是在奔跑，不停地奔跑，不知疲倦地奔跑……

童年的那盏风筝再也找不回来了，或者是我早已放弃了寻找。也许不该把它放得那么高，它的跌落就是因为飞得太高，迷失了方向。离开脚下的土地太远，也许就会被驱逐。挂在电线上的那盏风筝，也许只能在风雨飘摇中慢慢地退场。我似乎看得到它的陨落，风雨交加的夜晚，风使劲地撕扯着，雨水发了疯似的泼洒……在岁月的长河里磨损着，残缺着，一点一点，最终被时间的洪流侵蚀，吞噬，变成尘埃，回归脚下的土地。

摇晃的
时光

YAO HUANG DE
SHI GUANG

第三辑

编　外

DI SAN JI
BIAN WAI

短工行

初中毕业那年，考试没达到高校的录取分数线，我就有些气馁，有了辍学的念头。于是跟着门子的一个叔叔，开始了人生第一次外出打工的历程。那一年，我十六岁，第一次背井离乡，离开亲人和朋友，体验生活。

我记得我们有一大帮人，都是村子里的，好多我都要叫叔叔的，不管是按辈分还是算年纪。在这帮人里，我毫无疑问是最小的一个。我们各自用蛇皮袋子背着被褥，几件换洗的衣服就上路了。先从村口上的班车，上车前，母亲，父亲一起来送我，因为第一次出门，千叮咛，万嘱咐，并嘱托叔叔要照顾好我，给我寻个轻松一点的活路。叔叔说他会安排的。叔叔是个小工头，其实就是代班的，一般可以不用做事。真正的包工头是我们村子的另一户姓马的人家，一般大家都叫他马三，他名字里有个三字，在弟兄五六个里面也排行老三，他家弟兄多，本来也是很穷苦的人家，以前和母亲去过他家里。他家有两个小孩，一儿一女，四口人挤睡在一间破旧的土坯房里，房子小的可怜，炕下就是做饭的地方，人进来后都没有地方插腿。自从村子上头秦岭里修一座水库，他就去了，村子里的，附近村子里的很多年轻人都去了，这座水库修了整整18年，也是这个时候，他就慢慢和工程队的人混熟了，后来就干起了包工，而且越做

越大，成了方圆百里出了名的大工头。附近几个村子里的人找不到活干，都要
来找他寻活路。

后来，我回来后，去一个要好的朋友家玩，也是同学，也是附近村子里的，
当时刚好过春节，和他父亲一起喝酒的时候，他父亲语气深长的说，你们村出
了个马三，给你们村年轻人找到了活路，但反过来，他这也是害了不少年轻人
啊，我当时应合着说是，以为是一般意义上的，就是说很多年轻人都因此放弃
了学业，跟着早早地打工赚钱去了。这样一辈子就只能沦为没文化的庄稼汉。
现在我再想起来，觉得这话中有话，猛然间想起在工地上的那些触目惊心的往
事，在短短不到两个月的时间里发生过的……

从村口上了班车，到了城里，然后又从城里转乘上了火车，经过一天一夜
的行程，在第二天，天刚蒙蒙亮的时候，我们一行人下了火车，提着大包小包，
背着行头，四五十个人，在这个陌生城市的早上行走着，与这个城市的格调完
全不相符。由于人多，就摊钱包了一辆巴士，这一路上，开始时还是城市的
高楼大厦，慢慢地就成了村庄，后来就是蜿蜒曲折的盘山路，不停地绕着路向
上开，路况很差，时不时地一个急刹车。在一个急转弯的地方，差一点和迎面
的车碰头，我只听到一阵急促的刹车声，车子停在了路边边上，下面就是万丈
深渊。全车人惊出一身冷汗，都不断地责怪司机，说，怎么开的车？开慢点，
这可是一车人的命啊。巴士沿着山路足足走了半天时间，终于到达了目的地。
后来听别人说起，这方位说不准在哪里，只知道在一个叫二朗坝的地方稍后面
一点的深山里，这里要建一座坝后水电站，就是从大坝里引水过来，在山后修
一座大型水电站。大致上方位在汉中宁强县城上面的山沟沟里，这是回来时我
的一点记忆告诉我的。

我们一行人下了车，由工头带着先去找睡的地方，是在一个废弃的学校教室里，用简单的木板架起的通铺，一行睡八九个人，因为都是同村的，附近村子的，也没有拒外，很快大家都安顿了下来。今天暂时可以不用开工，第二天由代班的分工，所以，就坐在一起谝闲传，我年龄最小，说不上话，只和一两个邻居的叔叔说话，其实叫叔叔是按辈分算的，他们比我长不了几岁，最多四五岁，有的也只比我大一两岁，小时候还常在一起玩的。不过他们都出来打工好几年了，碰到了熟悉的当然可以走到一起了，这是人之常情。很快的，我就和他们几个打成了一片，他们盘算着说，你叔叔在，肯定会给你安排个好活的，你不用担心。我也希望着能找个轻松的活干，因为我这个人生性本来就比较懒。

第二天早上，八九点钟，吃过早餐就开工了，早餐是稀饭，馒头加咸菜，我们一行人加上以前的有近上百人，由两个到四个代班负责，每个人负责20人到30人不等，我跟在队伍里，显得不知所措。以前在这里做着的人们，手里不是拿着铁锨，就是锄头，头上有的还顶着一项安全帽，有的没有。他们显然知道今天要去做什么活，新来的我们这批人手里都没有工具，分好活后，才去仓库登记领取，自己保管好，丢了当然是要扣工钱的。我们这一组人代班的不用说是我叔叔，所有人都分配完了，他才跑去找大工头，也就是马三，合计着给我寻个轻松的活，因为我年纪太小，拿不起重活。后来，我就被派去山顶上看工地，山顶上有一个三角形的帐篷，是用工地上的钢管临时搭建起来的，上面有篷布，里面有木板，我就把被褥铺上去，这就是我的工作地加休息地了。白天没什么可看的，四周，边上都是工友，他们都在挖土，砌石，我去的时候深坑已经挖好了，只是怕滑坡，所以工友们只是把边上的虚土层给铲下来，实际上这项工作很无聊，但也得有人做。重要的是时值夏伏天，头顶上的烈日当空，让人受不了。我以为这就是工事，后来才知道这个地方只不过是要修一座桥而已，离后面的工程远着呢，这里的工事只是一个小不点。

看工地的日子其实是很无聊的，白天有人的时候，我可以到处走动，但对这个地方很陌生，不喜欢到处乱走，只是没事的时候在周边转转，这时我才发现周边都有工事，而且响动比我们这边大多了，身后不远处是一条深深的沟，有四五丈深，长度看不到，上面都是遮蔽起来的，下面不停地有人进进出出的，显得很忙碌紧张，离我们这个山头不远处相对着的一块空地，是一排整齐的简易房，铁皮凑起来的那种，不过很干净，也很有秩序。后来才知道是铁十三局的驻地，他们是施工单位，主要负责打通大坝和山后水电站之间的隧道，大概有多长不曾得知。只是路过那边时，看到像火车一般的运输机，不断地从里面送出石块来，有四五辆，不长，一两节火车车厢的长度，上面就是装碎石块的斗子。

晚上的时间是我看工地时最无聊的时间，工友们都走了，山顶上就只剩下我一个人，还好，周边都已经光秃秃的，没有了林子，要不然我还真不敢一个人待在这里。四处都是灯光，明晃晃的，也不黑，晚上的时候，是我值班的时候，一般是不可以睡的，因为附近的村民，或者有些工友会来偷工地上值钱的东西，有时模板，钢管之类也拿，一块，一根也值七八十块钱的，最重要的就是桥下水坑里的水泵，还有我帐篷里的测量仪，这两样东西都值上千块钱，随便哪一个都顶我在这白干三个月的。水泵是因为地下出水了，要做桥墩就要把水抽干，这样才做得稳。测量仪是工程队给我们派的负责测量的一个小伙子用的，那小伙子是个中专生，学的是这个专业，其实中专在当时是很难考的，每年我们学校也就出两三个，有时弄不好，一个也没有，剃了光头。这小伙子的工作也挺闲的，按照工程进度测量一下位置，偏差不多就可以了，有时会坐在帐篷里和我说话，我那时不喜欢说话，和他始终没有成为朋友，一来打交道的时间短，二来我觉得人家是工程队的，比咱站的台阶高。有一次，他跟一个小包工头来算那个包工能赚多少钱，因为外面天热，就躲在我的小帐篷里，我在旁边听着，我数学一直学得不好，但我来了点兴趣。我听他告诉那个小包工头说，这样算，一方是这么多钱，你总共是这么多方，上面给你这么多钱，你请了这么多工人，一方给他们这么多钱，他们说的是砌石，反正算来算去是没钱赚，还要赔钱，那个小包工头可能文化程度太低，没有细细算过，听他这么一说，算是明白了，赶紧下山去了。

我第一次晚上上工的时候，不知道怎么开周边工地上的灯，我叔叔带着工友们已经散去，也忘了跟我说，他们走到半山坡的时候，我才站在上边喊，叔叔说是怎么搞的，但我听不太清楚，由于离得远，大致上是理解了，跑到不远处的变压器边上，看到了叔叔说的两根电线，都是带钩的，好像说是钩在一起就好了，我学过物理，但第一次真正把电线拿在手里，手心出了汗，有些后怕。试着把两个钩往一起钩，就差没有闭上眼睛了，把头偏向一边，两个钩刚接触在一起，就起了一丝火花，更重要的是我感觉得到胳膊麻了起来，我一慌一惊，马上撒手扔了出去，吓得我倒退好几步远，好像那钩会追上来。我叔叔也吓了一大跳，他本来已经打发了一个工友朝回走，来帮我了，知道我不清楚，但远远地看到我的样子，知道我可能触电了，赶紧往回跑，还骂那个工友走得太慢，待来到我面前，看到我没事，才放下心来。只是朝那个工友吼着，在工地上，代班的说话很有分量的。后来，那个工友才教我如何如何做，有了这一次，以后我按部就班，也就会了。

晚上，所有人走光了的时候，我就坐在帐篷口，数星星，看月亮，最有趣的是这个地方的蝴蝶，青蛙小动物之类的，和我家那地方的不同，这里的蝴蝶花花绿绿的，而且个头很大，晚上，它们就围着那个大灯陪着我，比我见过的蝴蝶都要漂亮好看，但我从不敢轻易去抓，小时候，听大人们说起过，有一种蝴蝶是不吉利的，我怕这里面有。这里的青蛙很绿，而且也很大，比我们那地方的个头要大一两倍，蛮吓人的。一种生物突然间变大，着实是让人恐慌，不安的。而且它不怕人，到处乱窜，我想，肯定是工程，惊扰了青蛙们的美梦。看来，它们和我一样，将要背井离乡，去另一个地方漂泊了。看工地的那段时间是枯燥的，每天除了三餐到山下食堂吃饭外，我没有去过比这更远的地方，食堂里一般大多时间是面条，有时也吃米饭，红烧肉之类的改善一下伙食，但很稀罕。吃饭是要饭票的，饭票也是领的，从工钱里扣除。

我看工地的日子宣告结束的那天，是个早上，早上同村的一个小伙子上来，说代班的让我下去，他说的这个代班不是我叔叔，我还觉得有些纳闷，但看到他手上缠着个白布绷带，胳膊是吊起来的，看起来胳膊是受伤了，说了几句话，交接了一下就下去了，也没有多想，下去后就领了铁锹，跟着大家一起铲除怕滑坡的土层，其实这都是些无聊的事情，做着倒是不累，主要是天气太热，顶着烈日，处在没有一点阴凉的地方，别说做事，就是站着也受不了，一会就浑身是汗，粘着衣服，让人觉得很不舒服。后来才知道，接替我看工地的是从架子顶上摔了下来的，把胳膊摔断了，住院住了有些时间了，现在好点的，但不能做事，在工地上也总不能不做事，所以只有安排这个给他做，不然他就没工钱了。我当时确实是很理解，也没有埋怨什么，就跟着大家一起做起工来。

其实和大家一起，也是很好玩的事情，说说笑笑，打打闹闹，累是累点，但挺开心的。我小大家也都让着我，什么事我不懂的，也给我提个醒，算是照顾我吧。第一次觉得累是一个晚上，上面说要加班，赶工程进度，这次我们面对的不是泥土，而是碎石块，铁锹在这个时候，真是吃力不讨好，使不上劲。忙活了大半夜，代班的早就不知溜到哪去了，我们一行人二十几个也都越干越没力，好在晚上干活不热，吹着点凉风还是感觉挺爽的，最后，大家都停了下来，兴许是累极了，或者是没办法，你总不可能偷着回去睡吧，大家都躺在乱石堆里打起盹来，我记得我都睡死了，后来是别人叫睡的，因为天已经麻麻亮了。第二天感觉到背上有几个地方生疼，肯定是晚上睡在石块上，让石块的棱角给蹭的。

后来一些时间，我跟小战叔叔走的近，他是我邻居的邻居，叫他叔是论辈分，其实他比我只大两三岁，小时候常在一起玩的。我和他在通铺上也挨在一起睡，小时候，我和同村的其他孩子经常逗他玩，拿他的名字，站成一排撒尿的时候，我们总是不约而同地说，我一下子打了个尿转（战），气得他老是追着我们打。每天下班后，一行人扛着铁锹，锄头，有人还哼着歌子，真是沉重后的轻松和舒缓。回来后，住的地方旁附近有条小溪流，我们都跳到里边去，赤着胳膊，露着腿，洗个痛快，然后去吃晚饭，吃过晚饭，就可以到处转悠了，这个小山沟因为有了工程队和我们的到来，显得热闹起来，附近也开了理发店，本来我们理个发都要跑到山外几公里的小镇上。后来还开了歌舞厅，那个时候恰逢1997年，香港刚好要回归祖国的怀抱，他们在歌舞厅里疯狂地唱着，来吧来吧，相约98，我也跟着大队人马去了好几次，由代班的领头，这个代班也是同村的，我也叫叔叔。这段时间我一直在他的下面由他负责。一般他们都会跳舞，尽管我觉得扭扭屁股，做做手势，显得很别扭，并不好看，但他们还是乐此不疲地扭动着。我一般都是坐在旁边看，还有那些唱卡拉OK的，像驴叫一样刺痛着我的耳膜，我也上去唱过，但怯场，声音幼稚，总是唱不好。歌舞厅里的女人真的是少得可怜，而且个个奇丑无比，工地上的人想必也就这相对的消费水平，抱在怀里，还以为抱着王母娘娘。工地里有个近四十岁的老男人，一直没有对象，天天往这里面钻，没钱就把食堂里的馒头往怀里揣几个。这被很多人说起。这男人肯定是渴急了，八成又在那里面有了相好的。

最开心的一段时间是在工程队也就是主工单位,他们中总有些人无所事事,谁让人家是领导来着,从小镇天天租碟片回来看,放在临时单位的院子里,说是临时建的,其实有些可惜,其实是这里一代最好的建筑,只可惜工程完了还是要拆的。我记得那时候刚好上映那个《天龙八部》,每天晚上准时在八点开场,放两集,这吸引了一大群人争先恐后地看,工程队的,我们这些民工,当地的村民,开场前就围得严严实实的。我也有幸看了这部戏,确实很好看。但有时却安排加班,心里有一百个不情愿也得去,代班的说的话就是圣旨,不可违抗。我和小战叔叔有一次被点名去加班,下一车钢筋,去的路上,小战叔叔不停地骂那个代班,没人性,别人叫不动,看我们俩小好欺负。后来,下钢筋时,我以为怎么下的,其实很简单,都是成捆成捆的,一捆可能就上百根,指头那么粗细的,是用吊车下的,我们只需要站在车上,把吊车的钩挂在有力的,结实的位置就可以了,并不费力。有一捆我还没有说好,吊车就起动了,把我的手指夹去了一层皮,要是手再抽离得慢一点,我的手指就他妈的完了。我在心里狠狠地咒骂着那个开吊车的司机,不知道这次是侥幸还是幸运。

过了些时日,有时会出现少工,就是暂时的停工,没我们民工的事做,我们民工不比工程队的工人,他们都是正式工人,有合同,没工上也有工资拿,民工记的是工分,没活干就没钱拿,还要吃饭,在这里消耗时间,有的家里有学生,就希望着一直开工,到时能凑齐开学的学费,就算不停工,有时碰上连绵不断的大雨天,也是不能开工的。汉中的雨是我见过的最有气势的雨,那雨来的时候凶猛异常,像是山洪暴发一样,路面上霎时就会形成水流,并迅速汇成一支浪潮,呼啸着朝低处狂奔而去,那阵势挺吓人的。在大热天停工的几天里,我和小战叔叔还有几个工友翻过了一道山梁去游水,那里有条小河,河水挺清的,从两座山梁间的峡谷里而过。我们在河里游着水,很畅快,似乎游回到了村庄旁的小河里,这是让我颇有感触的一件事。最后一天离开的时候,我和小战叔叔，也就我们两个，因为要走了，得洗洗干净，总不能脏着做工的身子回家吧，我们又去游了一次，也是最后一次。

　　大雨停工的那些天，真得无聊透顶，工友们没事做也就打牌，有时会赌钱，但在这里是禁止的，因为挣个钱不容易，输了就一无所有了，民工们其实也没钱，因为工资是工程完了才会发的，要不就是一个季度才发一次，而且每次都不会发完，要押一两个月的。平时想用钱，难啊，关系好的给你借个一两百，不好的，想都别想。所以只有赌饭票，有人一月领的太多，一看就吃不了这么多，后来，可能还有人打小报告，领工的一个大工头进来发难了一通，说不准就不准，谁要再玩就给我走人，后来就没人敢玩了。但私底下还是有人偷着玩，是很小心谨慎的，我碰到过那么一两次，在半山腰里无人处的破墙下。

　　雨稍停了一些，就有一众人要提出上工，工头也没办法，大家吃喝都要用钱，耗在这里也不是个事，就向上面工程队反映了一下，这下倒好，苦差事来了，也算是上面照顾民工，给个活干，原本可以用卡车拉到山腰工地的钢管，要人去扛。天还时不时地下着毛毛雨，好在每人可以发一双靴子，山路上泥泞不堪，车现在也拉不上去，会打滑出危险，所以就只有用我们这些非常廉价的劳动力，但这也是我们这些民工们向往的，有活干总比没活干好，从山脚下往山腰工地有2公里远，那种钢管都是胳膊粗的，最长的8米，最短的也要3米，都是空心的还好，有的建工程时，架子搭得太高，怕不受力变形弯曲，还给中间灌上了水泥浆，这一根就有七八十斤重，大人们还受得了，我根本挺不住，开始时，小战叔叔就让我给我叔叔说一下，不要去了，我硬是逞能，去坚持了一个上午，一般一个上午也只能跑四五趟，一次一根，也就是四五根管子，好在人多，我在肩膀上垫了一本书厚度的牛皮纸，很多人都这样做的，但肩膀上还是肿了起来，红红的，一碰生痛，马上要破皮开裂了似的，一路上要休息五六次。真遭罪，好多长者看到我都心疼地说，下午的时候，我就开溜了，因为我年纪小，也没人管我的事。三天以后，所有的钢管都被一根一根扛了上去。真是难以想象，有一座小山丘那么多。

忙完这些琐事后，终于正式开工了，这次我被分去跟几个打钻的，和我一起的是一个当过兵的，他们都叫他党员，党员当过兵，身体比我强壮得多，打钻的是弟兄俩，下面有几个跟着他们俩实习的，也就是他们的学徒，我和党员做的事情比较无聊，清闲又好玩。玩泥巴，我们俩可以跑到树林子里，找一个地方，用铁锹锄头把土挖开来，要湿的土，不含沙粒的，太干了要加点水，但不能太湿，像面团那样就最好了，我们俩要把湿土揉成一条一条的，比锄头手把细一些，长度适中，一拃，手掌长就好了，要搓很多很多，上百根，有时几百根。除了做这些，我们在没有炸药的时候，要去后山，有一两公里远，因为放炸药的地方不能离工地太近，怕出意外，我们要去扛炸药，一包也有二三十公斤，重要的它是个方箱子，扛在肩头，一走路棱角蹭着生疼生疼，火辣辣的。我和党员一人一箱，通常他要照顾我，一路上都是山路不好走，要休息四五次才能到地方，顺便还要带上导火线和雷管。当然做这些事的时候，我们的代班已经换成了工程队的，不再是村子里的，他有五十岁了，显得老，但做事很老练。他会教我们这个雷管如何插在导火线上，导火线要留多长才够。这是个有意义且危险的工作。

打钻的两兄弟用的是风钻，钻杆大约有两米长，那钻子靠风也就是靠气发力的，转动的时候力道很大，有时一个人拿不稳，会把人撂倒，要两个人一起支着打，钻子是空心的，只是空的不那么多，不然钻子不受力自身会弯的，钻头顶上有个黄豆大的小口，气流从这里冲出来把打碎的石粉吹出来沿着钻杆与石层的边缝地带，所以打钻者要戴眼镜和口罩，遮住冲上来的石粉，尽管这样，他们打钻的几个人整天都是衣服上白白的一层粉，不是面粉，是石头粉。做这种工作听说时间久了会得职业病的，尤其是肺受不了，由于吸入了这些有害物质。所以要定期更换一批。打钻的地方都是厚厚的岩石层，向地下打的，其实开始时我们还在山上，到后来，我们已经到了地下，钻头向下打两米深，隔两米左右打一个，把一块地，反正有时要打100多个孔，间隔2米，那么大的一块位置。打好一层后，打钻的就可以休息喝水去了。我就和党员就开工了，我们把炸药抬上来，是一根一根的棒状炸药，一根20厘米长，直径3厘米，我们把炸药一个孔放个七八根下去，然后把连着雷管的导火线插进去，雷管是放进孔里的，地面一般能留出一米左右的导火线，导火线剪的时候一般是1.5米到2米长的，最后就是把搓好的泥条拿过来塞下去，要用孔那么粗的木棒使劲往下捅。直到地表，捅扎实为止，这样一个一个孔，直到全部塞严实了，就大功告成了。点炮的时候，要几个人拿着烟一起点，我和党员一般要跑到两里远的路上去拦人，先不准人过，炮响完了才给过。

我第一次去拦人的时候，那个老工头说让我走远点，能跑多远跑多远，我跑了大约一里地就觉得很远了，站在那里不走了，是山路也没人过来，一会，炮响了，轰隆隆的声响像打雷，此起彼伏，一抬头，看到头顶的天空上飞着一群一群燕子，再细看时才知道是炸飞的小石块，吓得我赶紧往山底下跑，幸好戴着安全帽，飞来的石块也没打中我，以后，我就跑得远远的，碰到过路人，不管怎样，都得拦下来。我们炸的时候，有一次一块大的石头飞上了人家屋顶，把人家屋顶砸了个大窟窿，为此，工程上的单位赔了钱才了事。最可惜的是修车路的时候，把一棵银杏树给搞倒了，这棵银杏树估计已有上百年的历史了，树很高大，繁密。当时，树上已经长出了果实，但还是青色的，像弹子那么大的颗粒，很早就听说银杏树很珍贵，是活化石。但现在看到的确是倒在地上的，让人可惜。后来听别人说，为这棵树，工程上赔了人家好几万块钱。我拿着银杏树的青色果实，和扇子状的叶片。只是替这棵古树惋惜，时不逢世啊。

　　工程一天天进展着，我们每天重复着同样的事情，每次炸完后，工程上会开出铲车，几十辆卡车，一下子就把炸碎的岩石层给清理完毕了。师傅们又开始打钻，我们又去搓泥巴，扛炸药，雷管，导火索，钻子一直向着地下，我们就这样慢慢地向下，我来的时候是站在山顶的一块平地上的，我走的时候，我的位置已处在了地表以下，这真是个伟大的工程。我们挖的这个位置就是将来水电站的位置，水将从这里穿过，带来我们生活中需要的电。后来，打混凝土，所有扛上山腰的钢管都派上了用场，从山顶搭起一个架子，一到这个坑的位置，简直是一座云梯，有人走的，也有混凝土的下放槽，机器声不断，晚上也赶工，钢筋错乱交织，绑在一起，然后再灌水泥浆，这种结实眼睛要是没有看到，简直不敢相信。细微处，工程结构混凝土和岩石层结合的地方，要全部用一把小小的毛刷一点一点地刷过去，然后才倒水泥浆进来，以便结合得更稳固。

　　工程的造价是可想而知的，我走之前，工友们不断地有人受伤，小战叔叔也受了伤，幸好戴有安全帽，头还是震破了，他是被倒下来的一根钢管砸在了头上，事后他说他当时就蒙了，晕过去了，不过有安全帽，只是头蹭破了，没有大碍。后来，工程上就说，一定要戴安全帽，不戴安全帽的不准进入工地。但出事前从来没有人提起过要戴安全帽的事。最惨的是大工头的亲弟弟，他是看下面一处工地的，不知道想做个什么，去开了电锯，切钢管时不小心把手指带了进去，去了医院也于事无补，一根手指就这样没了。还有同村的一个小伙子，从架子上掉下来把腿摔断了，送到医院腿是保住了，但他以后永远不可能像正常人一样走路了，他还没有娶媳妇，这对他谈婚论嫁，以及以后的生活带来的负面影响是无法衡量的。最可怕的其实还远远不止这些，听说，打通隧道的那个工程队，有一次发生意外爆炸，有两个人被炸成了碎片，尸体都找不到，只好将碎尸和清理出来的石块一起倒进沟底，最后被填埋。这真是死无葬身之地啊。工程的指标书上，也明确地给出了死亡名额，也就是说，这么大的工程不出意外几乎是不可能完成的，所以，早就做好了准备，一般都是赔偿死者家属抚恤金了事，但再多的钱，也买不回已逝的生命。

这份工，我做了将近两个月，母亲打电话过来询问我，其实意思明摆着，要开学了让我回去继续读书，并且还让叔叔劝导我，兴许是我真的体验到了生活的艰辛，又或者是我惧怕死亡，我在那个夏天带着短暂的，支离破碎的梦离开了工地，当我再一次回到学校，坐在明亮的教室里，那些工友们的脸，时常会浮现在我的眼前，他们的脸上不是流着汗，就是沾着灰，反正就是不干不净，似乎是刚刚经历了一场劫难。我很庆幸自己早早地有此一遭，这让我懂得了珍惜和热爱。

返乡手记

我的写作起源于疼痛，这个系列的文字可能不会太长，其间会充满诸多的回忆，我又开启了一道闸门，那徐徐而来的是对自己人生的回望，事实一再的证明，我是个念旧的人。我很模糊化的写作因为《南方》系列的初步完成告一段落，进而越发的清晰起来。《南庄在上》将是我离家去南方前二十年的乡村生活的写照与历史见证，而《返乡手记》就是这期间来来去去中的影像，我曾经在一篇文字里写到，在南方与故乡之间，把人演变成了候鸟。多年前，我写过十个小节的返乡手记系列，比较单薄无力，我将重新介入这段来去之间的事物与影像，那么，就从南方的一节开始这个系列吧！

1

时间回放到2000年，那个时候我刚从一个小工厂出来，在找工作无果的情况下，只好准备"打道回府"。这是我第一次离家一年多以后，我与一个同乡准备一起返乡，在工业区的旁边不远，有条国道，我们大清早的就在国道边上等车，车来了，我们上了车，没曾想这一路上充满着各种艰险。这让初涉人世的我看来是那么的不可思议，如今回想起来，仍然充满着各种担忧。

我和同乡上了一辆大巴，开往火车站的，25块钱的价格不算太贵，其实我们浑然不知这趟车是黑车，也叫"野鸡车"。在车子行进的过程中，陆续有乘客上来，不一会，车上就坐满了人，我和同乡坐在倒数第二排。在车子离开闹市区，进入前不着村，后不着店的一段路上时，戏剧性的一幕开始上演了：先是一个穿着破烂的农民工，有五十岁左右的年纪，从穿着上一看就是工地上出来的，蓝色破旧的中山装，上面沾着灰浆等脏兮兮的东西，好像有一个月没洗过，裤子是黄绿色的那种裤子，手里拿着一条有破洞的旧麻袋，他眼神呆滞，胡子拉碴，比乞丐的样子好不了多少。在车行进的过程中，他拿出了一罐可乐，忘记了是哪个品牌的，他没有拉拉环，而是把罐子握在手中，在前排乘客坐着的椅子靠背的角上，这种椅子是金属质地的，用力撞击罐子的底部，试图把罐子打开。全车人都不曾想有这回事，直到这位农民工用力三两下撞破了罐子，罐子里的可乐飞溅出来，洒得到处都是，一车的乘客才关注到他，各自用手巾擦拭着洒在身上的可乐，整个车厢里，埋怨声、抱怨声一片。

这时一位大叔站了起来，正是坐在这位农民工前面的那位乘客，大概四十多岁的样子，他的脖子上、左半边脸上洒得到处都是，笔挺的西装肩部也湿了好大一片，他的埋怨声最高，并带着谩骂，他走到过道对着那位农民工指指点点，说到性急处，他还用手拍打农民工的头。农民工知道是自己错了，只是吓得躲躲闪闪，傻傻的说不出话，手里紧紧地握着那个可乐罐子，因为里面还残留些可乐，农民工便从破裂的缝隙处用嘴啜吸着。

也许是气急了，那位大叔突然一把夺过可乐罐，他当然不是夺可乐喝，而是要告诉这位农民工，这个罐子的开口在什么地方，应该怎样打开，他试着拉了几下拉环，便打开了可乐罐子。奇迹便是这时候发生的，虽然里面的可乐已经没多少了，但罐子里有金属撞击的声响。大叔摇晃着可乐罐，全车的人都看着，期待着。可乐被倒了个干净，可乐罐也被撕扯开，里面便露出了一个硬牌子，上面雕刻着一辆小车的模型，原来是中大奖了，是辆小轿车。全车人看得清清楚楚，大叔也连声慨叹，直骂这个农民工运气好，农民工当然作势抢回了那块雕刻着小车模型的牌子。但大叔似乎并不甘心，就哄骗说你要这个牌子也没啥用，把这个牌子给我，我给你钱，很多很多钱。大叔貌似一个公司的老板，一个文质彬彬的年轻人，大概是他的跟班吧，随即便打开了一个公文包，里面当然装了好多钱，但这些钱不是人民币，说是港币。农民工本来愿意的，但看到港币就摇头说不要，他说只要有毛主席头的那种钱。

没办法，大叔就说想与车厢里的乘客换钱。随之，最大的托——出现了，一个看起来是个高级白领的男青年，三十岁左右，拿出了公文包，说他出差，带有公司的公款两万多，换港币还是很划算的。这时，一个女的，看起来是银行职员，戴着眼镜，一身职业装，从她的穿着可以看出绝对是银行出来的。她说，这钱是真的港币，换来很划算，说着便把身上所有钱都找出来换了，几块的也拿出来凑着换，并劝说大家也来换，说是到银行能换回更多的钱。

后来大叔为了让更多的人参与进来，说他吃亏点，两张换一张，为了给农民工凑够有毛主席的那种钱。大叔带着跟班一个乘客一个乘客询问，请求帮助。前半截车厢的人大多都换了几百块钱不等，我正寻思着能不能发点小财，便也想拿出身上的几百块血汗钱来换，因为我看得真真切切。当然，我还是征求了同乡的意见，同乡心里也没有底，只说看看再说。等换到我前面一排时，一位女青年不知说了句什么，被那位大叔打了一个耳光，骂骂咧咧说你他妈的不识相，想害老子没饭吃。还要继续动手时，旁边坐着的一位男性青年便起身想要制止。大叔要那位男青年少管闲事，男青年说那女的是他女朋友，但大叔说，你们根本不是一起上车的，别在这搅和。大叔还是打了这位女青年几下，用手打头，用脚踢腿，那个男青年也被打了几下，还被警告说以后出门放聪明点。

随后，大叔让司机停车，说是要带农民工去他处取钱。一行人下车后，车厢里便骚动了起来，一车乘客都在窃窃私语，交头接耳，显然的，这时候已经有不少人明白了，那些人都是一伙的，所以他们一起下车了。受骗换钱的那些人怒骂着，似乎心有不甘。我在后面看得惊心动魄，心情久久不能平静，这戏演得实在是太真了，我从头到尾没有看出任何破绽，要不是前面那位女青年拆穿他们，我想不光是我，还有后面的人都极有可能会上当，那些所谓的港币不用说都是假币。如今回想起来，我也就慢慢明白了人们为什么说社会是最好的大学。只有经历，才能让人成长起来。只有历练，才会让人学会坚强。巴士到站了，又转乘上了火车。火车向北行进，时间上得近三十个小时，我和同乡这次没有坐在一起，但相隔不远，也许是我运气好，我坐在了两个军队上转业的干部旁边，一路上，听他们说着种种的事情。我不擅长与人打交道，这是与生俱来的，特别是陌生人，所以大多时间我都沉默着，我也不好动，除了上洗手间，吃点东西，我就那样安静地坐着。我的同乡喜欢抽烟，老是跑到两节车厢的空当处，也就是厕所旁边抽烟。我不知道他是怎么惹上别人的，我们那时候还只是毛头小子，人家肯定一眼就看出他涉世浅，想从他那里下手，具体的事情我不甚了解，只是看得出，同乡脸色不太好。据他的陈述，那个男青年和他一起抽烟时，给他一个东西看，他就看了，但是给他看的东西是他不该看的，男青年以此为理由，向他要挟，目的就是要钱，幸而要的不多。同乡找到我时，我正坐在座位上，他问我借钱，我身上钱不多，再者，我看出有些不对，我问他出什么事了，他遮遮掩掩，在我一再追问下，他才说出了实情。要回家的，可别出点什么事，我想着该怎么办，也只有两条路，一是给钱，息事宁人，二是和他们拼了，大不了鱼死网破。想想看，那毕竟是一年的血汗钱啊，幸好不是临在我头上，要不然，我也一样会惊慌失措，拼了又没有那个勇气。我们在说话时，没有避开旁边的转业干部，他看出了我们的困惑，说是帮找乘警来解决，可能是威胁同乡的青年男子远远看出我们不是一个人，态度就不再强硬了，后来，同乡只买了两包烟给人家，人家就没有再为难他，而且还过来给转业干部和我发了支烟，说是场误会。一场惊慌终于落下了帷幕，我们悬着的心终于放下了。

而后，一路顺畅，到站了，我与同乡也要分开了。下了火车，已是晚上九点多，班车早就没有了，我一个人提着大包小包下了火车，因为是从南方很远的城市回来的，在出站口要例行严格的检查，很是麻烦。进入车站办公室，大包小包全部打开了检查，翻得乱七八糟的，等出了站，我都不知如何是好，在外住一晚，我没有这个习惯，要花钱，再加之回家的心情在此时越发迫切，所以只好硬着头皮上了拉客的的士。起先说好了是八十块钱，上了车，走了没一会，先付钱，给了一百，人家没给找，说余下二十用作过收费站时的费用，晚上人家是两个人，有个陪开的，我一人显得势单力薄，也不敢再做声。后来路程可能比他们想象的远了一些，又让我加钱，忍气吞声地便又加了十块钱。直到下车后站到自家门口，心里终于踏实了，身后发生的一切在我推开家门的时候都已变得无足轻重。

2

我在夜晚九点多钟的时候终于站到了自家的门口，北方的冬季格外阴冷，村庄的灯都灭了，整个世界暗淡下来，幸好我家在公路边上，我不用走路，下车就直接站到了家门口。此时的我，心是急切的，我一手拖着拉杆箱，一手使劲拍打着门环，屋子里太严实了，拍打了好一会才有人应声，我拍得很急促也很用力。爸妈一起到院子里，开了院子里的灯，问着是谁啊，我说是我，爸妈快开门啊。这个时候，我爸已经走过八米长的巷道，来到了门后，他听出了我的声音，把顶门的棍子移开，打开关门闩子，一脸的诧异，因为在回家前，我没有告诉过他们我要回来，那个时候没有几个人用得起手机，大老板大多用的还是大哥大。接了我的箱子，一家人就急切地往屋子里走去，显然是惊喜的，毕竟是我第一次出远门一年多回来了。

因为天冷，我被家人拥着上了炕，还是炕上暖和，嘘寒问暖一阵后，气氛才慢慢地降了温，一家人看着电视，说着我这一年多来的情况。其实也不过电子厂流水线上普工一个，收入并没有当时说的八百块那么高，真实的收入只有一半。我记得我把箱子打开，衣服不少，但没有一件像样的，都是二三十块钱在街边拾的便宜货。我还带回了一件没舍得穿的工衣，后来给我爸穿着下地做农活，也算是物尽其用。一年多，我只存下来一千多块钱，不是我不省吃俭用，我是渴死了，五毛钱的水也不舍得买来喝的，总的来说是因为工厂有时没活做，还有就是饭堂的伙食太差，不得已过几天要在外面小吃店吃三块钱的快餐。此外就是我因没有边防证，进过拘留所一次，人事经理扣了我的赎金三百块，外加一条人情烟两百多，又请吃饭一百多，这一次就开销了我差不多两个月工资。

回来后第二天我做的第一件事情是写信。那一年多我在工厂交了个女朋友，我走前跟她说好要给她写信的。第一封信寄了没三五天，我就接着寄第二封，第三封，反正我在一个月之内一连寄出了五封信，我记得很清楚。我还很认真地打了草稿，在那种红线很多的信纸上，我有时就是那么痴情与执着，到现在我也许还不曾改变过。但她没有回过信给我，我走前她说会给我回信，还说会寄她的照片给我，但一点消息也没有。那些天，我在家里心慌慌的，总是一次又一次跑到邮局去查问有没有我的信，是不是搞错了没给我发到村里，问多了邮局的人都嫌我烦，可我的心始终无法释怀。这里我保存了写给她的第一封信，附上：

敏：

见信好！

我终于远离了你，远离了我心中的你，我知道不管我怎么说，你都不会明白我走时对你是怎样的一种割舍不下，是带着怎样的一种心情离开的。我的确是离开了，但我的心却从来不曾离开过。我对你深深的眷恋着，其实走了的只是一个身体，我的一颗心将永远地陪伴着你，与你朝夕相处，永不分离。

我依然会在心里想着，念着，每分每秒，看到几点了，我都能想象得到你此时在做什么，一如往常我在你身边时，我想你现在一定走在那条小路上吧，因为以前我们总是相对着走过去的。现在，我远在千里之外，而心却跟随着你在来回走着，你知道吗？我走时一路上，你的影子不断地在我眼前盘旋，我知道我将离你越来越远了，心里酸酸的，不知道什么感觉，我走的每一步都将我的心拉得好痛，我真的舍不得离开你。

或许我该多留几天，这样走了，我真的觉得一切很茫然，从3月到11月，我们在一起的时间真的很短暂，上天也许就是这么不公平的，现在去珍惜已经太晚了，希望只能寄于将来。

我不在你身边，你要好好照顾自己。说真的，其实我在你身边时，我也没能够为你做些什么，现在回想起来，我心里觉得对不住你。一直以来，我虽然表面上和你在一起，可是对于你的内心我从来没有真正的了解。所以，正如你说过的，我让你很失望。我也曾解释过原因，一切都是因为我过于认真。或许你忘不了，其实我更难忘记，在最后相处的时间里，我提到了以前，你也是，这样的阴影总是很难抹去的，因为它曾触及心灵的最深处，只希望时间能改变一些什么。

和你在一起，总是觉着有说不完的话，我要说的很多，可是真正面对你时，我又觉得无话可说，等到想起的时候，你却已不在我身边了。

我昨晚很晚才到家的，今天起来就赶紧给你写这封信。我回来没有丝毫的喜悦，相反，我变得很消沉，这个我也曾经和你说起过，我真的不习惯看不到你的日子。走的那天，你说你不送我了，我说好的，我知道你不会来，这一点我还是了解你的，但我还是希望你能来，其实你来了，我也许就走不了了，或许我还会哭。我没有看到你最后一眼，只有带着失望上路。最后一天在一起分开时，你也不让我送你回去，我知道原因，可是我的心真的很痛，晚上我彻夜未眠，我想起你哭泣的样子，这让我伤心欲绝。我没有听过你说过的话，请你原谅我，你要知道我所做的一切都是因为我对你太深太真挚的感情。以后，我都听你的好吗？

如果你能想起我的时候，知道我的心每分每秒都在想着你，那我也就知足了。你说过会给我机会，可是那么快你就反悔了，对此，我没有什么可说的，我知道你心里现在也很乱，等你心绪平静了下来，你想对我说什么，再告诉我好了，我答应你的我都会努力做到的。

这样说下去会没完没了的，我现在就说到这里了，我等着你的回信，别忘了你答应我的，回信里附上一张你的近照，这也是我现在唯一期望的。

那边天气也开始冷了，出门时多加些衣服，千万保重身体！

　　我停笔了，把给我的信写长一些好吗？（记得要快递，我想早点看到）

　　如果人生真的是一场梦，那么我希望我的梦里只有你。

最爱你的人：zm

2001 年 11 月 4 日

　　其他四封信的原稿或许就在家里某一个角落封存着，但我现在找出它还有什么意义，十五年过去了，弹指一挥间。我曾在《南方》系列的某一个关于爱情的章节里深深地回忆过她。也许是用了真情，那篇稿子曾三次登上报纸。其中一次很巧的是在她所在的那个省，我还能清楚地记得我曾经在一个日记本的最后一页记下了她家的地址，甘肃省三官行政村，她叫陈敏。记忆到此为止，我想她现在早已有了属于自己的生活，我曾在很多年前幻想过去找她的念头，但终究放下了。现实生活与时间会冲淡一切，回忆回不去。我做过最傻的事情就是跑到铁道边上，去看火车的窗口，我在心里想象着她要回老家的话就会坐经过我们这里的火车，这是必经之路，就是看不到她，也可能会看到她坐过位置的窗子，那玻璃上会不会映出她的容颜。我曾经和同学坐三轮车在闹市区看到一个和她非常相像的女孩子的背影，为此我疯子一样的追出了几里地，当我怀有的所有希望破灭，知道不可能是她时，我彻底地失落在街边上，我的痛苦无人能懂，我哭都哭不出来。

　　我在家里根本待不住，她在南方，这是刺激我第二次南下的唯一指令。临近过年，在我的再三央求下，家人终于同意我再次外出南下，我不为别的，打工只是一个借口，我只是想看到她，问清楚她一些事情。在一个月后，我终于返回了南方，硬座三十四个小时，下午到的，第二天一大早，我就跑去以前的工业区找到了她，她哭了，我没有找到答案，这场我以为我用情最真的感情到此结束了。那是我最后一次见到她，时间定格在2001年腊月，离过年不足十天。在后来的四五年里，我几乎与女孩子再无往来（工作除外），我完全封闭了自己，我从不表达我的感情，即使碰上再喜欢的，也只是默默地放在心里，我变成了一只刺猬。

3

第一次回家后，我的一个同学，也是从小玩到大的，虽然不在同一个村子，但关系一直很好。那时他刚从监狱劳教一年多才刚放出来，他知道我回家了来找我，但他不想让我的家人知道，他躲在村旁的小路上，让我村里的一个小孩子跑到我家把我叫了出去。

其实我的第一次南下跟他也有着或多或少的关系，那时候我刚辍学在家，他读了一年多的计算机，上班嫌工资少，也是无所事事，他有个爱好，就是爱赌博，那时候流行飞三页，他天天找场子玩。有一天，他找我出去后，顺着小路走去了他家，后来又顺着路走到了他姐夫家，他从他姐夫家的后院，很偏僻的一个角落，在很多层织的草片盖着的地方，推出一辆很新的摩托车来。我一下子就傻眼了，要知道，那个时候，一个村子七十多户，开得起摩托车的只有一两家特别有钱的人，一辆要5000块钱以上。就是有钱人家，也大都不愿意拿全部的积蓄去买辆摩托车来开，反正我感觉比现在的小轿车还稀罕。我问过他哪来的，他说他和别人赌博，别人输了没钱给，就把摩托车抵押给他了。我信以为真，就由着他载我到了我家里。那段时间，我们有事没事老骑着摩托车在外面玩，后来，他竟然把摩托车存放在了我家，我更是天天骑着走亲戚什么的。再后来他就骑走了，骑走后没多久，以不到两千的低价出售给了跟他们一起赌博的人，这个人骑着摩托车到处赌博，有一次，被一个一起赌博的人试骑了下，出事了，这个人骑上去感觉很熟悉，虽然改装过一些，但直觉告诉他，这辆车就是他几月前丢失的那辆摩托车。这下一环扣一环，我同学被揪了出来，这个人本来就是外面道上的混混，找了些人打了我同学，我同学的父亲是个老实巴交的庄稼人，心疼儿子，立马东凑西借给人家准备了五千块钱，希望不要为难他儿子，可是他想错了，这些人得理不饶人，人打了，钱拿了，还报了警，我同学因此被判劳教一年多，此事在我们当地传开后，都说对我同学太不公平。因为那车在我家放过一段时间，我家人可能怕牵连到我，刚好有个时机，就把我送去南方打工了。

这次我回来，他来找我玩，我并没介意先前那件事，我们去了他家里，后来一起去他一个弟的厂里，那个厂在镇上，我们在镇上瞎混，抽着烟，晚上没事就跑去歌舞厅玩。那个时候，一阵歌舞风吹来，到处都开着歌舞厅，我不会跳舞，只坐在一旁看别人跳。舞厅出入的人都比较复杂，很容易发生摩擦，但那个时候，我们不怕事，青春年少，无所畏惧，在学校那阵子打架都是家常便饭。舞厅里出入的女人总是花枝招展的，让人想入非非，就是因为这些女人，和这个跳，和那个也跳，很容易让男人之间大打出手。在镇上几晚后，我们终于和别人干了一架，那时候打架都是不要命的，幸好都不带家伙，不然真容易出人命，我们打翻了人家就扬长而去。因为在别人的地盘，我们躲进他弟的厂里几天没出来，等到平静了，我们就回去了。

回去后，他老毛病又犯了，想赌博，凑了几个人一起玩，等其中一个上厕所时，我们在扑克牌做了手脚，然后那个人就输光了身上所有的钱，到发现不对时已经迟了，那人就嘴里嚷嚷着走了，差一点又上去打人。在他家玩了几天后，我们又坐车出去另一个镇上，那时候坐车便宜，四十里地才两块五毛钱，他说在家反正闲的没事，坐车到处转转也好，我那时候心情也很不好，坐在车里，看着外面流逝的风景，毫无目的地转悠着。后来有一次，他带我去一个厂里找人，说是他在服刑期间认识的，是狱友，也算是朋友了，看看能不能找点钱来用，也就是找那个人找点出黑钱的门路，那个人看到我们显然很紧张，特别警觉，后来我了解到是做假币的。当然，我们一无所获。

外出几天后，我家里人知道我和他在一起，害怕我被他带坏了，因为他毕竟是有前科的，我家人找到他家里，我不得已跟着家人回了家，家里人又是一番苦劝。那个时候我二十岁，也许是容易走错路的。

4

我去了以前就读的高中，因为我弟弟还在学校，已经读高二了，也见到了曾经要好的几个同学。我觉得我们变得生分起来，虽然觉得自己没变化，但在他们眼里，我肯定见识多了，比以前表现得更加成熟。我最要好的同学是宇，我让我弟陪着我了他的宿舍，他还和以前一样，是个乐天派，他家境较好，人也长得体面，宿舍里音箱什么的一大堆，他喜欢音乐，唱歌也很好听。我记忆最深刻的就是我们俩喜欢过同一个女孩子，从初三就开始了，也是从那个时候起，我变得话越来越少，越来越沉默，我学会了掩饰，明明喜欢，却装得很无所谓。

那个女生个头不高，常常在早上出操时排在第一个，我一般情况下不出操，而是坐在教室后面座位上发呆，每天出操完了她总是第一个走进教室，我总是第一眼看到她，她看到我的时候总是一笑，就跑回到座位上去了。这是我一天心情最好的时候，我给她写过信，也送过她礼物，都是托人转交的，我从来不敢正面跟她说话与接触。她舅舅家就在我家旁边的一个村子，而小学的操场就在公路边上，那是学校放假的时节，我与几个邻村的同学在操场上打篮球，其中一个同学，也是朋友，知道我喜欢她，正在我们分组打得难分难解时，我的这位朋友突然间朝马路上叫出她的名字。一时间，整个球场停了下来，任篮球滚到操场边上，我们全部站定了，看着她从马路上走过。等她过去后，我的朋友劝我去追她，还把他的单车借给我，其他人也吆喝着，算是给我壮胆，我也不想让他们看不起我，他们大多比我小，叫我哥的。我骑着单车从操场上了路，一咬牙就追上她，跟在了她的后面，她可能发现了，转过头来看到是我，还是笑着，但显然有些羞涩。我说我载你吧，她说不用了，我骑在她身边坚持了多次，还下来推着车陪着她走，她似乎没有言词，无法逃避了，终于跳上了我的单车后座。我载着她可能走了也就一里地吧，她弟弟骑车下来把她接走了，望着她远去的背影，我在马路边上站了许久。这是我与她最亲近的一次，那种感觉真好！我一辈子都不可能忘记。

读高一时，有一次，我刚好骑着单车与她相遇在路上，而且是一起往学校方向。这一路我有着很多的不自在，但内心深处是喜悦的，我甚至不好意思看她，她跟我说着话，问着学习上的一些事情，我应付着，我不知道该对她说什么么，也许说什么都显得多余，我不善于表达自己，一直都是。在许久前，我曾写过一篇怀念她的文字，里面描述了我在一个冬夜约她出来时的情景，我知道她可能不喜欢我，但我还是忘不了她。后来有一件事深深刺痛了我，我以前从来没有发现，她和宇已经走得很近了。那个周末，我在租住的房间睡觉，窗外下起了大雨，我睡不着就站在窗口往外面看，在学校旁边的一条乡间小路上，宇和她同撑着一把伞，还拉着手，因为雨很大，他们几乎是小跑着的。我以为自己看错了，我找来布狠狠地擦拭着玻璃上的水珠，希望是我看错了，但事实是真的。这对我打击太大了。为此，我和宇谈判了一次，我们在初中时曾是同桌，又是要好的朋友，我们还曾住在一起，睡过同一张床，宇说他可以退出，他喜欢的没我那么深，我打断了他的话，即使再喜欢，我也不想他让给我，这事关我的尊严问题。我说做好你自己的，让她自己选择吧，其实我出局了。

我喜欢坐在窗户跟前，看着她从校园里走过，也喜欢跟着她，离得远远地看着她从学校花坛边的小道上走过。她扎两个羊角辫子，一双大大的眼睛，总是带着一脸甜甜的笑。恍惚间，我还载着她，从如今残破的小学边上的那条马路上行进着，阳光很温暖，从马路两边的白杨树枝叶间投射下来，散碎了一地……

5

回家的头三五天里，有一件事是一定要去做的，不容忘记，那就是给我奶奶上坟。对于一个长期在外漂泊的人来说，回家拜祭先人是惯例，人不能忘本。依回家的时间去，不按节令什么的，算是许久不见的看望。家里有纸就拿上，没有就到村口小卖部买一些，可多可少，麻纸摊开铺平整，用一百块钱压在上面，间隔着一张的距离一下一下拍打上去，算是印上去了钱，过世的人在下面好用。不管怎么样，按这些民间流传下来的方式，也算是一种慰藉，对自我，对九泉之下的老人亦是。

带好打火机，把纸拿在手上，跟着母亲出门去。母亲在前，我稍跟后，走过村庄，穿过那条乡间小路，碰上村里人，母亲说着话，我叫着叔、姨等打着招呼。村里人总是热情的，问我什么时候回来的，我说前几天刚回来。又问母亲去做什么，母亲说我回来了，说要给我奶上坟去。村里人自然说，小时候没白疼。这让我有些不知所措，奶奶去世很多年了，村子的老一辈人还是记得，记得我奶在世时最疼的人就是我。母亲说这些客套话，似乎是为我赚个好名声。我心里清楚，在村子里，百事孝为先，行孝尽孝者人都敬之。跟碰着的村里人打过招呼，从村庄东边也走到了西头，出了村庄，走上往北的一条乡间小路，这一条乡间小路两边都是庄稼地，此时都种着冬麦，一拃高的麦子青青的伏在土地上。这条路的尽头就是坟地，刚开始时没几座，现在已经又多了几座了，以后还会越来越多。这是村里新批的一块坟地，奶奶去世的那一年才刚批的，所以奶奶的坟就是第一座。

转到墓前，砌的墓碑略显陈旧，我先上坟顶去压纸，从坟头到坟尾，两行，一行压四个地方，顺着对直对称了压，用半块砖头，或是石头。压完纸我从坟上下来，走到坟前，母亲嘴里念念有词，叫着我的小名："毛毛回来了，来把你看下。你生前最疼你这个孙子了，你孙来看你了。来，跪下（母亲对我说）你孙怕你在下面没钱花，给你烧点钱用，你要保佑你孙在外面好好的。"

我和母亲各跪一边，烧着纸钱，一张又一张。我对这种仪式是陌生的，但我觉得是神圣的，我只能用心念着，回想着奶奶生前的面容，那么亲切，那么清晰，又是那么遥远，遥不可及。有些感伤，但我不会哭。烧完纸钱，磕三个头，起身，站定，作揖三拜，就可以走了。我回头看，心里想着，奶奶，我走了。我想着我上小学时，奶奶送我到村口，我也对奶奶说过同样的话，奶奶，我走了。我放学回来总能看到她站在村口接我，而现在，她躺在这里了，我只能来这里看她，她再也不可能对我说一句话，再也不可能对我笑，再也不可能拉起我的手。她静默在这里，永远都不可能理会我了。

离开的时候，我总是习惯性的抬头看天，偶尔回头看一眼坟地。我一直相信人们所说的天堂就在天上某一个地方，可能这个时候，奶奶正从上面看着我，所以我想她，她应是知道的。我看不到她，不代表她不存在。她一定在上面看着我，知道我来看她了，想她了，我的心思，我想对她说的她都能感应得到。

奶奶，这么多年你都去哪里了，你可知道我有多想你吗？我一直以为你又走了哪个远房亲戚，怕我要缠着跟你去，不上学，所以你偷偷地走了。可是，我等了这么多年了，你一直都没有回来过，是你把我忘了吗？当我慢慢地长大，知道你永远不可能再回来时，你知道我有多难过吗？奶奶，你为什么不等我长大些就扔下我走了，起码让我为你哭一场，让我知道你不回来了，不让我白等了这么多年。奶奶，我是你一手带大的，你做什么都会带上我，而这一次，你忘了吗？你怎么没有带上我呢，你怎么忍心把我一个人孤零零地丢在这个世上？这世上还会有人像你这样疼我吗？奶奶，多少年过去了，我还总是梦见你，你的音容笑貌一点都没有变，你等着我，像我等着你回来一样，有盼头总是好的，不管是以前等你的我还是现在等我的你，当尘世的土蜂拥而来，掩埋我时，我将幸福地降临在你面前！

6

一条河流，总在我的心里流淌着，流过我的童年，伴随着我的成长，很多记忆因此可以从容接近，显得清晰起来。当我从外地回来，我总不会忘记去河里走走，哪怕什么也不做，只是看看河里的那些石头，触摸一下河岸上的野草，没别的，只觉得亲切，仿佛一切都回来了,回家了总要让一切远去的也重新回来。

我从村子南边的乡间小路走向河边，多少次，我都是沿着这条小路去河里的，我的心情就好像要去探望一位故友。站在河堤上，放眼望去，河还是那条河，石头还是那些石头，河里是清澈的水流，但再也映不出曾经的童年。顺着河堤沿着车路走到河床，这条土路在我的记忆里也存在近三十年的光景了，这是村子里的车拉石头而临时拓荒兴建的一条路，以前路的两边还种着小麦，或者玉米，而现在，地却荒了起来，长着齐腰高的蒿草。

我记得在河岸边上，祖父曾凭一己之力拓荒出大约二分地，种植过水稻等农作物。那一小块地处在河堤突出的一个角里，周边都是石头与野草，也不知祖父费了多大力气才开垦出来的，那本就是河床的第二高台面，河水一般是上不来的，但全是沙石层，由此，我断定祖父肯定拉了别处的土过来填了土层，才有了这块地的。我走到此处，却没有了那块地的踪影，一切还原了河床本来的面目，石头遍地，野草丛生，仿佛一切不曾发生过。不知不觉间，祖父过世已经有十多年了，那块地在他生前身体不便时早就没人料理了。

站在河堤上，河流越来越安静，水位已经很低了，可以跳着裸露的石头过河去。河流从南往北流，把一个平原地带分成了河东与河西两个乡镇，河东的人去河西，从不叫乡镇的名号，而是直接说去河西，反之亦然。以一条河分界，把人们分离开来，也弄得生分起来，在我小时候，就知道河东和河西的孩子经常打架，我长大后也干过同样的事情，不知道后生们还会不会如此，只是我知道两个乡镇现在合并了，就不用再分彼此了吧！

在我的记忆里，河流一直是喧嚣的，天没亮，就听见拖拉机突突突的声响，河里的石头是取之不尽的，不然也不会叫石头河了。拖拉机一年四季不停地往外面拉着石头，一车又一车，附近村子里的人盖房子打房基要用，或者拉到碎石场用咬石机咬碎了，用来做打混凝土里的石子。河床上多处可见停在河床里装车的拖拉机，还有人在河滩上支起网来筛沙子，自个用的，或者帮别人筛，用来赚钱。还有石匠们，带着钻子、锤子等工具，敲敲打打不曾停歇。我曾经走近看其中一个石匠干活，先看石头的纹理，然后试着打眼，打一排眼，然后下大力，撬开，就能得到一个平整的切面，石匠只要石头的一个平面就好。现在河里很大的那种石头已经很少见了，在我小时候，有很多石头和卧倒的牛一般大，我和小伙伴们曾跨在上面当马骑着玩。也有在水潭边上钓鱼的，一般是些老人，也有人在河床湿草地带放牛或放羊的。傍晚，总能看到村里的妇女们提着篓子把洗干净的衣服提回家。而现在，那些昔日熟悉的场景和棒槌敲打衣服的声音只存在于记忆，一切都被搁浅了。

一条河流总是流着流着就把时光带走了，我跳着石头过河，在河对岸的石头坐下。三十年河东，三十年河西，这话一点也没有错，河水曾经在东边的河床流过，现如今，已换到了西边，哗哗哗的流水声像是动听的音符。我在河潭边上找了块片石，侧身，用手摔出去，打水漂，一下子没扔好，沉了，再找一块，两块，三块，一连串，河水中荡起一层一层的涟漪。每次过河时，只有两个地段最好跳着过，露出河面的石头多而集中，容易小跳着不费劲就到对岸。我在学游泳时，曾在其中一个地段上面的水潭溺水过一次，喝了几口水，被村里的大人救起。我还曾在河水里摸过螃蟹，捉过鱼，钓过虾，还在河床里拾涝柴，架起火，找来河道地里的玉米或者红薯，和小伙伴们烤熟了吃，那真是难得的美味，还有河边上的野酸草，一想起就流口水。

我蹲下身，掬一捧河水洗脸，好清爽，脱了鞋子提在手里，挽起裤管，我就这样蹚过河去。一条河日夜浸润着我的心，鲜活着故土上的风貌，承载着太多难以忘却的记忆。

7

公交车总在马路上来来回回地跑着，我家的门前就是一条马路，我时常站在路边看着一辆辆公交车驶来驶去，它能把人带到城里，然后到达很远的地方，也可以把远归的人带回家。从家门口驶过的公交车对我来说有着特殊的感情。当我远行时，公交车载着我离开家，离开村庄，那条熟悉的公路，和路两边的庄稼离我越来越远，我留恋这块土地上的一切事物，象征北方的白杨树、狗尾巴草也因此显得可爱起来。当我踏着风尘乘坐公交车归来，趴在窗口看到田间站立的玉米，就好像闻到煮熟了的玉米棒子味，一股醇厚的乡土气息迎面而来。

我曾经在沮丧与失意时，乘坐着一辆公交车，在乡间的马路上漫无目的游走，从这里到那里，又从那里坐到别处，转来转去，车有终点站，而我没有，我没有目的地，我就是想不停地走下去，让自己不要有时间去想一些让人头大的事情。我趴在窗口看车窗外流动的风景，田野，庄稼，村庄，秦岭，还有路上走着的人，而我此时只是个过客。

那次，我和同学一起搭车到镇上，回来时，坐在最后一排。这一路上车的人都是我们一个镇子上的，很容易碰到认识的人，我到南方多年，一般不是很熟的不太喜欢打招呼。上车没多久，车又停在路边，上来一人，那人刚上车，同学就用胳膊肘捅我，然后说着，×××她爸。我伸长脖子看了一下眼前的这位男人，以前看到过，有些模糊，他从没正面与我接触过，所以他并不认识我，可能在我读初中那会，他知道有我这么一个人。同学说的是我初恋女友的父亲，这让我想起很多事情来，二指宽的小纸条传来传去，我和眼前这位男人的女儿就有了那么一层似是而非的关系，我曾帮他推过一次架子车，他女儿要是没说，他这一辈子可能都不知道。那是暑假，我和几个要好的同学骑着单车到处玩，就逛到了她所在的村庄，我们就在村旁的桥上玩，刚好就碰到她跟在她爸拉着的架子车后面，去村庄不远处的田地里拉稻草。我和同学不敢靠太近，只是骑着单车远远跟着。装了高高的一架子车后，往回拉，她爸在前面拉，她在后面帮忙推车。这车稻草装的老多，前面根本看不到后面，这给了我和她接近的机会，我骑着单车尾随着和她说着话，走到一段路，车子陷进一个小坑里，她爸在前面使了几次劲，拉不出来，她也推不动。不得已，我让同学骑车，我跳下去帮忙推，这一路边推车边说话，一直到村庄的那座桥上，她怕村里人看见，就劝我停了下来。我确实曾经喜欢过她，那时候的感情真的很单纯，初中三年，我连她的手都没有碰过。而坐在我眼前的这位男人，就是她的父亲，显然已经突显出苍老。在人生的来与往中，我与他没有产生交集，只是在近二十年后的今天，有幸坐在同一辆公交车上，想必他女儿早出嫁了。人生匆匆而过，就如一辆公交车驶过，其间有人上车，也有人下车。

公交车上总能遇上一些事情，我和同村的伙伴从镇子上坐车回家，坐到中途车前面就争执起来，原来是售票员和几位乘客争执起来了。好在那天车上的人并不多，我很快就听清楚了事情的来龙去脉。老夫妻俩和女儿（有可能是媳妇）三人一起，男的可能五十多岁了，他的妻子一直不说话，看样子不喜欢与人争执，她的女儿有三十左右的年纪，嘴说话比较快，埋怨售票员加收了一蛇皮袋子东西的票钱。开始时，我也嘀咕着，反正车厢又没坐满，有空位，袋子是大了些，占了很大的位置，但空着也是空着，何必硬要加收票钱呢，反正都是乡里乡亲的。售票员也不甘示弱，她可能看出来了其他乘客的疑惑，然后对着吵嚷起来，说上车前，我说过这一袋子东西太大，占位置太多，要加收票钱的，你们同意了才上车的，现在上车了又不想补票。这女乘客也是牙尖嘴利，说乘客带行李很正常，怎么可能都空着手坐车，不带东西。她的老父亲也跟着理论。售票员说带是允许带，但你们的这个袋子明显超重超体积了。反正争来争去，半天停不下来，后来票钱还是补了，但双方各不满意。坐车的一家人埋怨着，说以后不坐这趟车了。这一路公交车都是私人所有的，一般开车的是老公，售票的是媳妇，司机倒是从头到尾一句话没说，兴许是开车不好说话，又或者是男人不喜计较这些小事情，他一插话肯定会起更大的争执，所以他还是当好司机的好。

那该是个周末，我乘坐的公交车从县城驶出来，没有卖票的，司机只好把车停稳当在十字路口边上，自己上车来卖票，顺便等一下坐车的人，这个十字路口等车的人还是比较多的。因为进站买票要加收两毛钱的站务费，因此，很多人都不进站，选择在车站外的路口等车。我的左前方坐着一个少年，看样子二十岁上下，抱着一床很大的被子，我没有猜错的话，他该是县城哪所学校的学生，选择在周末回家。他坐的位置是两个连座，但他的被子太大，占了一个座位。司机从前面开始售票的，陆续有人上车，都是本地人，操着乡音。有人上车想坐那个位置，但看到上面放着被子不知如何是好。上车的人越来越多，很多人只好站着，司机卖票到跟前，就说，这不是有位子吗，怎么占着。这少年心也横了，说我买张票好了，说着递给司机两块钱。司机也没再吭声，便伸手接了。但旁边有乘客埋怨起来，说一个座两块钱，我也掏了两块钱，我不也站着的。司机也觉得不妥，劝说少年把座位让出来。少年有些难为情，毕竟被子大，不知道放哪里，放别处肯定会弄脏。车里都快站满人了，也有坐着的一位大叔调侃说，一个座位两块钱，数了一下，总共18个座位，一会有人出36块钱是不是可以包车了。司机就劝说少年让出座位，让把被子压一压，抱在怀里好了，说着把收的两块钱退还了少年。车厢里总算平静了。其实都是附近村庄里的人，也没有什么恶意，只是觉得少年这事做得不顺当，这不是两块钱的问题，在农村，人们喜欢认死理，觉着没有让人站着，让被子占位置的道理。挤公交车的，有哪个不累的，能坐下来休息一会也是喘息。每个人都忙碌着，为生活而奔走。

是谁，在马不停蹄地诉说忧伤

还记得黄四娘家的枝头，鹊儿的欢快否？
还记得小桥流水的人家，西风中的瘦马否？

远处的晨钟宏厚而沉闷
携着喊一嗓子的音符
在秋水长天里绵绵涌动
不经意间，触动了藏匿了一个季节的花开
于是，落红满天

田埂间
一头老牛号叫着岁月，蹒跚而行
远山外
一支牧笛悠然地奏起，高山流水

日起日落，蹉跎着岁月
夕阳西下

古老的道口

在静寂的夜色里扑朔迷离

此时

一曲断肠曲由远及近

调子无比的悲凉

在山谷里荡漾开来

勾起了无限的忧伤

斜峪关的风

斜峪关的风
从巍巍秦岭间
挟持着山里的清凉从南往北

吹落了白杨树上的叶
吹尽了流淌在河床上的沙石
吹皱了时光里的每个人

斜峪关的风
漫向关中平原
轻扣的柴门吱呀作响

摇曳的路灯泛着眩晕的光圈
我逆向而行
夜色里的路孤独迷离

在风起的时候

我离开或是归来

我是风中的一棵草

含着热泪与尘土

倔强的倒下

跋

虚实之间

郝小平

一个人，絮絮叨叨地回念往事，并且，记录这些往事，我以为那是对现实的无力和对过往美好和疼痛的呼唤，也是用往事慰藉和表达现实的关怀。这让作者陷入一种悖论，越想写得真切，越虚假；越写出疼痛，自我越得到安慰。所以，作者常说，文字对他来说，是毒药，也是解药。是解药，自然，不能不吃；是毒药，自然又不能不戕害着自己的身体和灵魂。

写作者的不容易，自古都差不多，只是感觉在当下，尤其的不值钱。不仅不值钱，而且，连一点本应该有的劳动的尊严也会丧失。这一方面当然是时代之大趋势，另外备受争议的是传统士大夫到知识分子的流变。时下，连君子固穷恐怕也没太多人敢说了。因为如果把文人士大夫的清高和冷艳，不羁和真丢了，穷就成了最可怕的东西。

个人史写作的冒头有几年了，这应该感谢互联网的兴起和思想市场的启蒙。

官修的历史，无法逃脱政治的视角，所谓的客观也只是更大程度上罢了，无论是编年体，纲目体，实录，起居注，还是国别体，纪传体。个人史写作完全从自我的经验基础出发，把所见所闻记录下来，整理成篇，编辑出版。

张茂的写作，除个别小说诗歌之外，主要的方向即是非虚构的个人史写作。他穷尽其出生，故乡，流浪，生病等个人记忆中的人和事物，一花一草，一食一居，无不入文。

时代的进程会让有些写作的意义凸显出来。如果乡土消失殆尽，那张茂的写作就是对历史和乡土的最好的礼物。从张茂的文字不仅仅能读出如诗如画，如烟如幻，如在眼前的真切来，还能读出一个人回到那时那景的所思所悟。

不喜欢张茂文字的人，自然弃之如敝履。但喜欢张茂文字的人，又喜欢的真切。因为，喜欢的人在张茂的文字里找到了共同的记忆，共同的情感和感悟。我觉得这就是对一个写作者最好的回应，哪怕这回应少得可怜，也足以感受到温暖和慰藉。

改革开放后，我们一路狂奔，步伐矫健，欢欣鼓舞。我想，这自然是长时间的一段历史积蓄下来的能量。什么时候我们跑累了，跑喘气了，甚至脚步不稳，踉踉跄跄摔倒在地，仰面八叉的时候，才会有更多的人想起积贫积弱的乡土和自己的出生地吧。到那时，再读张茂的文字，或者才会体悟到不同，才会会心一笑，才会感觉那被遗忘和辜负了的，才是最美好的。

如果是这样，那张茂的辛劳和挣扎，在毒药和解药之间的纠结，就完完全全的成就了他。